TÊTE À QUEUE

K.L. HIERS

TÊTE À QUEUE

K.L. HIERS

DREAMSPINNER PRESS

Publié par
DREAMSPINNER PRESS

8219 Woodville Hwy #1245
Woodville, FL 32362 USA
www.dreamspinnerpress.com

Ceci est une œuvre de fiction. Les noms, les personnages, les lieux et les faits décrits ne sont que le produit de l'imagination de l'auteur, ou utilisés de façon fictive. Toute ressemblance avec des personnes ayant réellement existé, vivantes ou décédées, des établissements commerciaux ou des événements ou des lieux ne serait que le fruit d'une coïncidence.

I

— LOCH, ANNONÇA Sloane Beaumont avec calme, tu ne peux pas continuer de menacer le facteur de l'écorcher vif.

— Bien sûr que si, protesta Loch, avec un air de défi. Ce serait même très facile à réaliser. Il me suffirait de commencer au niveau des pieds et de rouler la peau vers le haut...

— Je sais que tu en es capable, grogna Sloane, vu que tu es un ancien dieu très puissant, mais tu ne *dois pas* le menacer ! Ce n'est pas la première fois que nous avons cette discussion !

Loch hocha la tête en signe de compréhension.

— Oui, tu as raison, je vais cesser de le menacer et mettre ma promesse à exécution. Il est clair qu'il faut donner l'exemple.

— Quoi ? Non ! C'est répugnant !

Loch battit des yeux, l'air émerveillé.

— Je te comprends mal, mais tu es très chou quand tu es en colère. Tu as des sourcils si merveilleusement épais ! En fait, tu me rappelles cet adorable humain qui joue Spork dans le film où les vaisseaux voyagent à travers les étoiles.

Bien que touché de cette comparaison flatteuse, Sloane ne comptait pas se laisser distraire.

— Ne change pas de sujet ! C'est une conversation importante.

— Mmm ? Oui, bien sûr. Tu es un sujet important.

— Loch !

— Tes yeux sont aussi chauds et sombres qu'une tasse de chocolat fumant, tes lèvres... oh, je pourrais parler d'elles pendant des siècles sans me lasser !

Grognant toujours, Sloane s'assit à côté de Loch sur le canapé et prit ses mains dans les siennes.

— Loch ! Je te rappelle que la majeure partie de la population suit désormais la religion luciane et ne croit plus aux anciens dieux. Tu ne dois pas révéler ta vraie nature, parce que cela provoquerait une panique de masse.

— Je sais ! s'écria gaiement Loch.

1

— Alors, ne touche pas au facteur. Et surtout, ne l'écorche pas.

Loch fit la moue

— Mais il n'est pas du tout soigneux ! Il froisse tous mes catalogues. Et moi, j'adore mes catalogues. Et je les préfère lorsqu'ils ne sont pas tout plissés. Il y a définitivement un pli là.

Sloane invoqua le vrai nom de Loch :

— Azaethoth ! gronda-t-il.

Sous la sublime apparence humaine – boucles rousses et grands yeux verts – se cachait un grand dragon aux proportions légendaires. La plupart du temps, Loch passait pour un mortel, mais jamais Sloane n'oubliait sa vraie apparence derrière cette magnifique façade.

Et il ne se lassait pas de gronder un ancien dieu comme un enfant turbulent et têtu.

Contrarié, mais docile, Loch croisa les bras.

— D'accord, concéda-t-il de mauvaise grâce, je serai donc contraint de repasser mes magazines comme un paysan.

— Et… ? insista Sloane, méfiant.

— Et je n'écorcherai pas le facteur, ajouta Loch, maussade.

— Merci !

Sloane le récompensa d'un doux baiser et savoura ses lèvres au goût de menthe.

Loch sourit et un de ses tentacules bleu-gris émergea de sa manche pour caresser la joue de son fiancé. Sloane en frissonna de plaisir. Le moindre contact avec la chair divine de Loch lui procurait un bonheur absolu. Parfois, il avait encore du mal à croire qu'un dragon géant aux multiples tentacules se cachait dans ce corps humain.

Utilisant d'autres tentacules, Loch attira Sloane sur ses genoux.

— Mmm, laisse-moi t'emmener au lit, susurra-t-il. Je tiens à m'excuser pour mon comportement horrible.

Sloane secoua la tête et chercha à se dégager.

— Ce n'est pas le moment, voyons… Nous avons une enquête à résoudre. Aurais-tu oublié Jay Tintenfisch ? Il travaille au poste de police avec Milo et il est passé hier nous signaler la mystérieuse disparition de son colocataire. D'après lui, le coupable serait son chat.

— Oui, je sais, mais cette affaire peut attendre que j'aie fini de m'excuser.

— Non ! Nous avons déjà baisé toute la nuit dernière et ce matin.

2

— Et alors ? Il est de tradition de célébrer des fiançailles par une intense activité sexuelle !

Sloane se releva.

— Non ! répéta-t-il. Le travail d'abord, le plaisir ensuite. Allez, viens.

Quand Sloane lui prit les mains, Loch quitta enfin le canapé.

— D'accord, d'accord, marmonna-t-il. Je te suis. Je te signale que je compte passer mon temps à me plaindre.

— Je n'en suis pas surpris.

Sloane gloussait toujours en descendant l'escalier, Loch sur ses talons. Il arriva à sa voiture.

Loch s'installa sur le siège passager et esquissa une grimace de mépris.

— J'aimais mieux ton ancienne voiture, déclara-t-il, elle avait de la personnalité. Ce tacot est merdique.

— Je te rappelle que l'ancienne voiture en question a explosé à cause d'un sorcier très en colère.

— Quel dommage ! Nous y avions échangé notre premier baiser.

— Je ne t'avais pas *vraiment* embrassé, précisa Sloane, tu m'avais piégé.

Loch éclata de rire.

— Normal ! Je suis le dieu des voleurs et des escrocs !

Amusé malgré lui, Sloane roula des yeux. Il reprit son sérieux quand son téléphone sonna. L'appel venait de Milo Evans, son meilleur ami et ancien partenaire – à l'époque où Sloane était encore inspecteur de police au poste d'Archersville.

— Salut, Milo, qu'y a-t-il ?

— Viens vite, répondit Milo. C'est hyper urgent !

Sloane regarda l'heure.

— Tu es sérieux ? Je suis en route pour rencontrer un nouveau client.

— Oui, hyper sérieux ! Ça concerne le résidu bleu. Tu sais…

Il semblait particulièrement excité.

Sloane tressaillit et jeta un coup d'œil à Loch.

— Oh ?

— Tu ne perdras que cinq minutes, insista Milo. C'est important ! Je dois te voir et te parler le plus vite possible.

Milo s'excitait facilement, c'était bien connu, mais Sloane tenait réellement à en savoir davantage sur l'étrange résidu bleu, un sujet qu'il trouvait particulièrement préoccupant.

— D'accord, Loch et moi serons là dans cinq minutes.

— Je vous attends ! Dépêche-toi !

Quand Sloane raccrocha, Loch le dévisagea en inclinant la tête.

— Qu'a-t-il encore fait ? S'est-il disputé avec Lynette ?

Lynette était la jeune sœur de Loch – enfin, de Lochlain Fields, le beau roux dont le meurtre avait tout déclenché. Comme Loch vivait dans un corps identique à celui de Lochlain, Sloane se demandait parfois s'il existait un lien familial entre Lynette et l'ancien dieu…

Milo et Lynette avaient emménagé ensemble quelques semaines plus tôt, et leur entente connaissait des hauts et des bas.

— Non, je ne crois pas, répondit Sloane, il a parlé du résidu bleu.

La mine offusquée, Loch plissa le nez.

— Tu as refusé de t'accoupler avec moi, mais pour une pâte collante sans le moindre intérêt, tu prends le risque d'être en retard avec un nouveau client ?

— Je te promets qu'une fois revenus à la maison, nous baiserons à ton cœur content, déclara Sloane pour l'apaiser. J'ai l'intuition que Milo a découvert un indice important.

Pendant tout le trajet, Loch continua à grommeler des protestations.

Sloane ne l'écoutait pas. En arrivant devant chez Lynette, il sortit sans attendre Loch et se précipita vers la porte d'entrée.

Ce fut Milo qui lui ouvrit, le visage maculé de cendre noire.

Sidéré, Sloane cligna des yeux

— Euh, ça va ? demanda-t-il, un peu inquiet. Ta barbe n'est-elle pas… brûlée ?

— Oh ! Non, tout va bien !

Milo tapota son épaisse barbe avec un sourire penaud. Il était très grand, très large et toujours souriant.

Il s'inclina devant Loch qui arrivait enfin.

— Bienvenue chez moi, très noble dieu à tentacules !

Récemment converti à la foi Sagittaire, Milo se montrait souvent un peu trop exubérant, mais Loch appréciait son enthousiasme.

Loch sourit et agita les doigts.

— Je te salue, mortel poilu.

— Venez voir ! cria Milo.

Il les attira à l'intérieur et les conduisit dans la cuisine, où il avait installé un petit laboratoire. Une légère odeur de fumée flottait dans la pièce et, à en juger par le verre brisé répandu sur le sol, quelque chose avait éclaté.

Sloane hoqueta d'horreur.

Milo, Lynette va te tuer si tu ne nettoies pas tout ça !

Milo attrapa un torchon pour s'essuyer le visage.

— Sloane, écoute-moi, c'est important ! Ce résidu bleu, tu l'as découvert pour la première fois chez Lochlain quand il a été assassiné, c'est ça ? Après que Loch a pris son corps et que vous êtes retournés ensemble chercher des indices ?

— Oui. Plus tard, nous en avons également trouvé chez le professeur Emil Kunst.

— Après qu'il a fait exploser la voiture de Sloane, précisa Loch.

Milo eut un grand sourire

— Exactement ! Et comme Vil Robert – enfin, le corps humain qu'occupait le dieu Tollmathan – était passé à ces deux endroits, nous avions pensé que ça venait de lui. Mais sais-tu où je n'en ai pas trouvé du tout ? Eh bien, là où tu t'es battu avec lui, là où tu l'as vaincu et renvoyé dans les étoiles !

— Et alors ?

— Il y avait du sang et de la bave de ver divin et monstrueux, d'accord, mais pas ce résidu gluant. Si tu veux mon avis, déclara Milo, ce truc bleu vient d'un autre dieu.

— Tu es sérieux ? Oh, merde !

Atterré, Sloane échangea avec Loch un regard inquiet. Les anciens dieux étaient tous plus ou moins déséquilibrés depuis qu'ils avaient sombré dans le rêve, certains étaient même devenus de francs psychopathes.

— Oui, répondit Milo avec une grimace. J'ai fait des expériences explosives toute la matinée afin de vérifier ma théorie.

Il attrapa deux assiettes sur le comptoir et les tendit à Sloane.

— Regarde, ajouta-t-il. À gauche, le résidu bleu d'origine, à droite, celui qu'a laissé Vil Robert.

Sloane leva les mains et forma un triangle pour lancer un sortilège de perception. Il reconnut le résidu bleu à son aura holographique familière et malsaine. La bave de ver avait un éclat similaire, mais Milo avait raison : la provenance était différente.

— Une seule chose est sûre : ça vient d'un ancien dieu. Désormais, nous savons qu'il ne s'agit ni de Loch ni de Vil Robert...

Milo se tourna vers Loch et ajouta :

5

— Votre divinité, sauriez-vous de qui il peut s'agir ? Qui a pu être éveillé en même temps que votre frère Tollmathan et voudrait lui aussi provoquer la fin du monde ?

— La liste est longue, rétorqua Loch, pince-sans-rire. Combien de temps avons-nous pour que je la débite ?

Sloane lui serra le bras.

— Sois sérieux, s'il te plaît. Tu ne pourrais pas faire un tour à Zebulon et vérifier ? Ne trouves-tu pas ce que Milo a découvert inquiétant ?

Usant de ses tentacules, Loch serra Sloane contre lui.

— Je vais contacter ma sœur, déclara-t-il d'un ton apaisant. Elle se réveille souvent. Peut-être saura-t-elle qui Toll a pu entraîner dans ses divagations.

Milo rangeait les assiettes.

— Qui est Toll ? demanda-t-il.

— Tollmathan, répondit Sloane, le dieu de la musique, de la poésie et de la peste noire. Aussi surnommé Vil Robert.

Milo esquissa un sourire timide.

— Bien sûr, excusez-moi, je suis encore en train de me familiariser avec le panthéon de la religion Sagittaire. Je ne connais pas encore tous les noms et surnoms par cœur.

— Le plus important nom à retenir est Azaethoth le Petit, déclara Loch. Moi.

Sloane chercha à remettre la conversation sur les rails.

— Dans combien de temps pourras-tu contacter ta sœur ? demanda-t-il.

Loch ferma les yeux et fit claquer sa langue.

— Voilà, c'est fait ! Mmm, je n'aime pas la réveiller aussi tôt, mais, de toute façon, j'ai besoin d'elle pour organiser le mariage.

— Quoi ? couina Milo. Quel mariage ? Oh… le vôtre… Génial !

Il applaudit, un grand sourire aux lèvres.

— Oui, confirma Sloane, hier soir, pendant le mariage de Robert et de Lochlain, Loch m'a demandé de l'épouser. Nous n'en avons pas parlé tout de suite, pour ne pas voler la vedette au jeune couple…

— Pfut, maugréa Loch. Ça ne m'aurait pas arrêté, mais Sloane a refusé tout net.

Félicitations ! s'écria Milo.

— N'en parle à personne, s'il te plaît ! insista Sloane. Nous ferons une annonce officielle plus tard. Et garde aussi pour toi ta découverte concernant l'implication d'un autre dieu. Je ne veux pas créer la panique, si nous nous sommes trompés.

— D'accord ! Pas de problème.

Milo regarda autour de lui et grimaça devant le désordre de la cuisine.

— Euh, ajouta-t-il, j'apprécierais un petit coup de main pour m'aider à ranger. Sloane, tu manies bien la lumière des étoiles, non ? Lynette risque de rentrer pour le déjeuner et…

— Bien sûr !

Sloane s'écarta de Loch et tapa dans ses mains. Tous les morceaux de verre brisé se reconstituèrent et la fumée se dissipa. Très vite, toutes les preuves du désastre disparurent par magie.

Milo soupira de soulagement.

— Waouh ! Merci. Tu me sauves la vie !

— Comment ça se passe entre Lynette et toi ? demanda gentiment Sloane.

— Bien, bien. Elle a des sautes d'humeur et elle parle parfois de me tuer, mais la plupart du temps, elle est super heureuse et elle oublie ses sombres projets.

— Tu devrais t'accoupler avec elle plus souvent, déclara Loch avec autorité. Le sexe est une merveilleuse façon de déclarer ton amour et de résoudre les problèmes de couple…

— Non, gronda Sloane. Ne l'écoute pas, Milo. Tu devrais essayer de parler à Lynette.

Loch roula des yeux.

— Humph. Quelle idée ! Ne pas écouter un immortel tout-puissant qui vit depuis des milliers d'années et donne de très bons conseils.

— Tes conseils sont catastrophiques.

— Non !

— Tu as « conseillé » cette petite fille au mariage, tu lui as dit d'envoyer un essaim d'abeilles attaquer ceux qui l'embêtaient.

— Et alors ? Ils avaient commencé.

— Merci, les gars, gloussa Milo, mais je pense que ça va aller. La vie à deux est parfois un peu stressante, j'imagine.

Sloane sourit.

— Si tu as besoin de nous, Milo, n'hésite pas. Je t'appellerai si j'apprends du nouveau. Je dois y aller maintenant, j'ai rendez-vous avec ton copain Jay !

— Oh, oui, il m'avait dit qu'il te contacterait.

— Il l'a fait hier au mariage. C'est mon nouveau client.

— C'est moi qui lui ai donné ton nom. J'espère que tu pourras l'aider. Tout le monde le croit un peu fou.

— Il travaille avec toi, c'est bien ça ?

— Pas vraiment, il est informaticien, et son bureau est juste devant le labo médico-légal. En fait, c'était le placard à balai de l'ancien concierge. Jay est très sympa.

— À bientôt, Milo. Encore merci pour la recommandation !

— Prends soin de toi, enfant mortel, dit Loch.

Il agita un tentacule avant de suivre Sloane jusqu'à la voiture.

— Mmm, déclara-t-il soudain, ma sœur est en route. Il faut qu'elle trouve un corps à emprunter, un fidèle consentant. Cela peut lui prendre un certain temps.

— Oh, s'étonna Sloane. Tu lui parles… par télépathie ? N'importe quand ?

— Oui, elle m'entend toujours, à condition de ne pas rêver trop profondément.

Sloane s'engagea dans la circulation et prit la direction de son bureau.

— Bien, j'espère qu'elle pourra nous aider. L'idée que Vil Robert ne travaillait pas seul me terrifie.

Loch haussa les épaules.

— Nombreux sont ceux qui partagent les idées de Toll. Tout en haut de la liste, je mettrais mon frère, Gronoch. C'est le second dans l'ordre de succession, il aurait régné après Tollmathan. Peut-être est-il réveillé lui aussi… Il est pourtant un très gros dormeur !

Sloane demanda à contrecœur :

— Ta sœur n'est pas dans la liste des suspects, j'espère ? Je parle de Galgareth ?

Loch secoua fermement la tête.

— Non. Elle n'est pas du genre à mettre les mortels en danger ou à vouloir la fin du monde. J'en suis sûr.

— Tant mieux.

Sloane fit tambouriner ses doigts sur le volant. Il tressaillit quand son téléphone sonna. C'était Robert Edwards, « gentil » Robert.

— Salut, s'exclama Sloane. Je vous croyais déjà partis en lune de miel, Lochlain et toi !

Robert eut un petit rire, il semblait un peu nerveux.

— Presque ! Sloane, euh… pourrais-je parler à Azaethoth ? Sinon, mets-moi sur haut-parleur. C'est assez… euh, personnel.

— Oh, bien sûr ! Une seconde !

Sloane passa le téléphone à Loch.

— Mets-le sur haut-parleur, ajouta-t-il.

— Ici Azaethoth le Petit, annonça Loch. Dieu des escrocs, des voleurs et de la rétribution divine.

Robert prit une profonde inspiration.

— Bonjour Azaethoth, lança-t-il, encore plus agité. Je sais que je m'y prends à la toute dernière minute, mais nous nous apprêtons à partir pour l'aéroport et la simple idée de voler me terrifie. Accepteriez-vous de nous donner, à Lochlain et à moi, une bénédiction de protection pour notre voyage ?

Sloane regarda sa montre avec inquiétude. Ils étaient presque en retard ! Malgré tout, il hocha la tête et sourit à Loch, la bouche un peu crispée.

— Bien sûr, cher enfant, répondit Loch avec entrain. Nous arrivons tout de suite.

— Nous vous attendons devant l'hôtel ! s'exclama Robert. Le Wynne, au centre-ville ! Merci infiniment !

En reprenant son téléphone, Sloane gémit et fit un rapide virage à droite.

— Loch, je n'aime pas abuser de tes pouvoirs divins, mais si tu pouvais faire que tous les feux soient verts, ça m'arrangerait.

— Je suis à tes ordres, mon cher Briscoe, déclara Loch, toujours ravi de démontrer ses capacités.

Ils filèrent donc à toute allure dans les rues animées et, en quelques minutes seulement, Sloane arriva devant l'hôtel. Il repéra Robert et Lochlain, qui les attendaient près des marches de l'entrée. Il se gara le long du trottoir et leur fit signe de les rejoindre.

Robert était un beau jeune homme blond et Lochlain, le parfait sosie de Loch. Même leurs magnifiques sourires étaient absolument identiques, mais la similitude ne portait que sur leur apparence physique.

Si Lochlain évoquait pour Sloane un mignon chaton jouant avec un bout de ficelle, Loch était un tigre adulte qui rôdait en quête d'un mauvais coup.

Les jeunes mariés se précipitèrent vers la porte côté passager et s'inclinèrent tous les deux en signe de salutation respectueuse.

Loch baissa sa vitre avec un très joyeux sourire.

9

— Bonjour, mes fidèles.

Robert agita la main et s'agenouilla sur le trottoir en cherchant à ne pas trop se faire remarquer.

— Bonjour. J'ai honte de devoir vous hâter, mais nous sommes assez pressés par le temps et...

Loch tendit la main, un de ses tentacules émergea de la manche et toucha Robert au milieu du front.

— Azaethoth le Grand sera avec vous dans votre voyage, déclara Loch, ses murmures vous guideront et sa lumière d'étoiles vous gardera sains et saufs.

Le regard enivré de ce contact divin, Robert soupira de soulagement.

— Merci... merci beaucoup, vraiment

Loch sourit à son jumeau et demanda :

— Et toi, mon disciple le plus dévoué, veux-tu aussi ma bénédiction?

Lochlain adressa un sourire adorateur à son époux.

— J'ai déjà toutes les bénédictions qu'il me faut. Sinon, j'ai entendu parler d'une intéressante exposition qui devrait avoir lieu sous peu...

Loch en frémit d'impatience.

— Oh! Raconte!

Si Lochlain était devenu l'adepte préféré du dieu des voleurs, c'était parce qu'il avait la main leste quant aux biens d'autrui. Cambrioleur très talentueux, Lochlain avait gagné le respect de Loch grâce à ses opérations rentables et bien menées.

Les deux jumeaux réunis étaient capables des pires méfaits, Sloane le savait, aussi intervint-il promptement pour mettre fin à leur projet :

— Non! Pas de cambriolages avant la fin de la lune de miel! Loch, je te rappelle que nous sommes attendus. Nous devons y aller!

Robert s'accrocha à la main de Lochlain.

— Nous aussi! Tu feras joujou avec ton dieu préféré à notre retour!

Il rit en voyant la moue – identique – de son mari et de Loch.

— Prenez soin de vous, les gars! cria Sloane.

Il démarrait déjà dans un crissement des pneus. Il grimaça à l'idée de se faire remarquer, mais ils étaient dangereusement proches d'être en retard pour leur rendez-vous avec le nouveau client.

Au même moment, son téléphone sonna.

Sloane jura, tenté de le jeter.

— Quoi encore?

Loch regarda l'écran.

— Ah, c'est Fred !

— Ne réponds pas…

Trop tard, Loch avait déjà décroché.

— Bonjour Fred ! Comment va, cher enfant ? Perds-tu encore d'autres morceaux de ta personne ? Le pourrissement s'aggrave-t-il ?

Fred Wilder, le meilleur ami de Lochlain, était un Sage et une goule. Quand il avait perdu son corps dans un incendie, Lynette lui en avait créé un nouveau par un acte de sorcellerie interdite. Le corps d'une goule était essentiellement une enveloppe, une simple coquille qui abritait une âme ressuscitée. Techniquement, Loch aussi était une goule puisque qu'il avait pris Lochlain comme modèle, mais, en tant que dieu, il n'avait aucun mal à maintenir son intégrité physique. Une goule comme Fred réclamait une magie spéciale pour empêcher son corps de pourrir.

La voix bourrue de Fred résonna au téléphone :

— Non. Tout va bien, merci de vous soucier de moi.

— C'est avec plaisir, déclara Loch avec un sourire chaleureux. Que puis-je faire pour toi ?

— Eh bien… commença Fred, manifestement mal à l'aise. Tout va très bien avec mon ami, le docteur des goules, mais j'ai à vous parler d'un point délicat.

— Ah, ton pénis ! coupa Loch. Tu crains de ne pouvoir copuler. Sloane et moi sommes en route pour un rendez-vous, mais après…

— Non, grogna Fred, là n'est pas la quest…

— … je serais heureux d'examiner ton pénis.

Fred grommela et raccrocha.

Sloane piqua un fard et passa la main sur son visage.

— Loch !

— Quoi ?

— Laisse tomber. Tu t'y es pris comme un manche.

Sloane gloussa a posteriori, horriblement gêné de la façon dont Loch s'était comporté avec le pauvre Fred.

— Les mortels sont bien trop coincés ! protesta Loch.

Il croisa les bras et fit la moue.

Arrivant enfin devant son bureau, Sloane se gara, détacha sa ceinture et ouvrit la porte.

— Viens. Nous voilà enfin à bon port.

Loch lui caressa la cuisse.

— Mmm, tu es trop tendu, mon cher Briscoe… Tu as besoin de te relaxer.

Sloane tenta d'ignorer qu'il commençait à bander sous la caresse de son amant divin.

— Je suis tendu, parce que je déteste être en retard. Nous n'avons plus que quatre minutes…

— Je peux te faire jouir en deux, annonça Loch.

Il se rapprocha.

— Loch, couina Sloane.

Mais sa protestation manquait de conviction. Et puis, Loch avait déjà descendu sa braguette et un de ses gros tentacules se glissait dans le boxer de Sloane.

— Merde, merde, merde… il va te falloir aller vite !

— Oui.

Loch embrassa Sloane pendant que son tentacule engloutissait la queue de son amant mortel avec un bruit de succion. Sloane gémit et se cambra en sentant la chaleur humide se refermer sur lui, son cri étranglé s'étouffant contre les lèvres de Loch. Tout contact physique avec l'ancien dieu était d'une jouissance incroyable. Déjà, Sloane sentait monter en lui une chaleur fantastique, son cœur battait si fort que c'en était presque douloureux.

Faire l'amour avec Loch n'était pas seulement divin, c'était aussi… alien et… oh, tout ce que ces tentacules savaient faire ! Si la plupart étaient de simples appendices préhensiles, trois étaient de nature sexuelle. Dans ce trio gagnant, deux avaient une sorte de bouche dotée de multiples talents : la fellation, bien entendu, mais également l'éjaculat de semence divine, salvatrice et réparatrice.

Quant au troisième, le *tentaqueue*…

Il était un dieu à part entière.

Sloane s'accrocha aux épaules de Loch et gémit de plus belle quand un autre tentacule glissa entre ses jambes et effleura son anus. Il ne le pénétra pas, se contentant de le caresser pendant que l'autre continuait à sucer.

Loch lui mordilla l'oreille.

— Allez, amour, exhorta-t-il. J'ai tellement envie de ton foutre…

Sloane haleta et frémit sous la force de l'orgasme qui montait. Il espéra qu'aucun passant ne remarquerait ce qui se passait sur le siège avant de sa voiture : ils étaient dans un lieu public, en plein milieu de la journée.

Merde !

Cet exhibitionnisme potentiel déclencha sa jouissance. Il rugit en éjaculant dans le tentacule de Loch.

— Loch! Oh, putain, oh, ouiii!

Avec un sourire suffisant, Loch se retira lentement.

— Là. Tu te sens mieux?

Le souffle erratique, Sloane s'affaissa dans son siège, les joues rouges, le front moite. Il esquissa un sourire repu.

— Oui, beaucoup mieux…

Puis il regarda l'horloge de sa voiture et sursauta.

— Merde! Deux minutes, mon cul! Nous sommes en retard!

Il sortit à la hâte et partit en courant vers son bureau. Loch le suivit, très amusé.

Un jeune homme à lunettes attendait devant la porte, une caisse grillagée à la main. Un gros animal à fourrure s'agitait à l'intérieur.

Bien qu'il ne semble pas trop offusqué d'avoir attendu, Sloane s'excusa :

— M. Tintenfisch? Bonjour, je suis Sloane Beaumont, excusez-moi pour ce retard. J'ai eu… une urgence de dernière minute.

En entendant Loch ricaner, Sloane regretta qu'il ne soit pas assez proche pour lui envoyer un coup de coude.

— Bonjour M. Beaumont. Appelez-moi Jay, je vous en prie. Et voici M. Ben!

Il désigna le chat dans la caisse qu'il portait.

— Très bien, Jay, suivez-moi.

Sloane essaya de se recoiffer en ouvrant la porte de son bureau. Il fit entrer Jay et s'enquit poliment :

— Vous disiez au téléphone que votre colocataire avait disparu?

Jay posa la caisse sur le bureau de Sloane et l'ouvrit.

— Oui, répondit-il. Au poste, tout le monde me croit fou, mais quand j'ai parlé à Milo, il m'a promis que vous pourriez m'aider.

— Je ferai de mon mieux, en tout cas, déclara Sloane. Racontez-moi tout.

— Eh bien, Ted a disparu depuis deux jours, et ça ne lui ressemble pas du tout. Il n'est pas allé au travail, il n'est pas rentré et sa voiture est toujours au parking. La police refuse d'ouvrir un dossier de disparition inquiétante, deux jours, ça ne suffit pas. Et puis, Ted est un adulte!

— Pourquoi pensez-vous que M. Ben puisse être responsable de sa disparition?

13

— Je suis un vacant, vous savez, je ne pratique donc aucune magie…

Certains individus s'avéraient incapables d'user de la magie, ils étaient enregistrés comme « vacants ».

Les Sages les appelaient « les Muets ».

— … mais je sais reconnaître le son d'un portail. Je l'ai entendu dans d'innombrables documentaires à la télévision. Je suis certain d'avoir entendu un portail s'ouvrir juste avant que Ted disparaisse, et il n'y avait que M. Ben et moi à la maison.

Au même moment, le félin quitta la caisse et s'assit sur le bureau de Sloane, sa queue battant l'air. Il avait un pelage épais, très noir, et portait des petites lunettes rondes aux verres fumés.

Loch s'accroupit et regarda le chat avec méfiance, presque nez à nez.

Sidéré, Sloane cligna des yeux.

— Votre chat… porte des lunettes de soleil ?

Jay rougit.

— Oui. C'est étrange, je sais bien, mais les yeux de M. Ben sont ultrasensibles à la lumière. Chaque fois que je cherche à lui enlever ses verres, il se met en colère.

— Comment ? Ce n'est pas vous qui les lui avez achetés ?

Jay gloussa.

— Oh, non ! Il les portait quand je l'ai trouvé errant dans la rue. Le pauvre ! C'est un adorable chat, très doux et gentil…

— Non ! cria soudain Loch. C'est une immonde et misérable créature ! Retourne dans les profondeurs de Xenon, répugnant démon !

Il se redressa et envoya valdinguer le félin à travers la pièce.

Jay poussa un hurlement d'horreur.

— M. Ben !

— Azaethoth ! rugit Sloane, choqué et furieux. Qu'est-ce qui te prend ? Ce n'est qu'un chat !

Les tentacules de Loch commençaient à se déployer.

— Non, ce n'est pas un chat ! C'est un monstrueux démon qui ressemble à un chat !

— Aïe, ouille ! protesta une nouvelle voix. Ça ne va pas la tête ? Grossier personnage, tu m'as fait mal !

Le gros chat noir se releva et sauta sur le bureau, sa queue fouettant l'air avec colère.

Jay le regarda, béat d'admiration.

— M. Ben ? Tu parles ?

14

Il esquissa le geste d'attraper le chat, puis se ravisa et recula.

— Bien sûr, répondit gentiment le félin. Jay, il vaudrait mieux que tu oublies tout ça et que tu dormes, d'accord ?

Jay tressaillit, ses yeux se révulsèrent, et il s'écroula inconscient sur le tapis.

Sloane, stupéfait, se tourna vers le chat.

— Qui es-tu donc ? demanda-t-il.

Il leva les mains et invoqua un bouclier de lumière des étoiles. Loch se tenait devant lui dans une attitude protectrice, ses épais tentacules se tordant autour de lui, prêts à frapper.

Le chat éclata d'un rire rauque. Soudain, il se transforma et devint un jeune homme très maigre et très nu. Il releva ses lunettes de soleil et afficha un sourire insolent, qui révéla ses dents pointues.

— Miaou, les enfoirés. Je m'appelle Asta. Je suis venu sauver le monde.

II

— SAUVER LE monde ?

Sloane joignit les doigts pour former un sortilège de perception tout en conservant son bouclier de lumière des étoiles.

Quoi que soit Asta, il n'était certainement pas humain. Son aura rappelait à Sloane celle de Loch, une gamme de couleurs lumineuses, qui évoquait un prisme, moins brillante cependant, mais toujours étrangement belle.

Très à l'aise malgré sa nudité, Asta s'assit sur le bureau de Sloane.

— Oui. Les humains auraient-ils un problème d'ouïe ? Je suis venu sauver le monde. Tu as compris cette fois, mortel ? Hum. Jeee suiiiis venuuuu sauver…

Loch pointa du doigt le visage d'Asta.

— Tu mens, grogna-t-il. Tu vas quitter ce monde tout de suite, dégoûtant petit démon Asran !

Sloane était tellement secoué que son bouclier chancela un instant.

—Attends, tu as bien dit «*Asran*» ? répéta-t-il, hébété. C'est un Asra ?

Les Asras étaient de puissants félins métamorphes, qui avaient la réputation d'être assez espiègles. Créés par les dieux pour être leurs serviteurs, ils s'étaient rebellés contre leurs maîtres.

Selon les dogmes sagittaires, Azaethoth le Grand, pour mettre fin à la guerre, aurait donné aux Asras le royaume de Xenon, un monde à part entière, un pont qui reliait Zebulon, la demeure des dieux, à Eon, le monde des mortels. Quant à ceux qui étaient restés en arrière, on les disait tombés dans le rêve avec les dieux.

Asta fit la grimace.

— Oui ! Y aurait-il un écho ? Bizarre, bizarre. Notre prince, Son Altesse Très Royale Elysian, m'a personnellement chargé de protéger le petit Jay sur Eon.

— Pourquoi ? demanda Sloane.

— Pour sauver le monde.

— Mais comment ?

— En protégeant Jay.

Frustré, Sloane leva les mains et aboya :

— Arrête de déconner, putain, et réponds à mes questions !

— C'est ce que je fais, protesta Asta. Mais tu ne poses pas les bonnes questions, irascible mortel.

Loch afficha une mine méprisante.

— C'est un Asra, mon amour, déclara-t-il. Tous les membres de cette race maudite s'expriment de façon tordue et sont indignes de confiance. Je vais ouvrir un portail et renvoyer cette insolente petite vermine sur Xenon.

Asta examina Loch des pieds à la tête avec curiosité.

— Joli costume de viande, déclara-t-il. Azaethoth ? C'est toi qui es là-dedans ?

Surpris, Sloane fronça les sourcils.

— Comment ? Tu le vois ?

Asta roula des yeux.

— Non, mais je le sens et j'avoue que ces tentacules sont assez révélateurs.

Il adressa un sourire à Sloane et ajouta :

— Dans ce cas, toi, tu es son amant, Briseur de cœur, le Tueur de dieu, hein ?

Sloane ne put cacher sa surprise. Pire encore, son estomac se noua au souvenir de la façon dont il avait gagné ce surnom.

— Tu sais qui je suis ?

— Mais oui, mon coco ! Quand l'âme d'un dieu arrive en trombe à Xenon, les gens ont tendance à le remarquer.

Sloane secoua la tête, fermement déterminé à remettre la conversation sur la bonne voie.

— D'accord, d'accord, j'ai compris, dit-il. Maintenant, s'il te plaît, dis-moi pourquoi il faut protéger Jay !

Asta désigna Jay, endormi sur le tapis.

— Eh bien, regarde-le, ricana-t-il. C'est un Muet ! Il est en danger et il n'a aucun moyen de se défendre.

— C'est pour ça que tu as fait disparaître son colocataire ? insista Sloane. Ted représentait-il une menace pour Jay ?

— Non, mais je ne l'aimais pas, c'était un sale con. Il me flanquait des coups de pied quand Jay ne regardait pas.

Tout en parlant, Asta décroisa ses jambes. Gêné, Sloane leva les yeux au plafond et essaya d'ignorer la nudité de son hôte. Il lui sembla pourtant… Il n'en était pas sûr, mais Asta n'avait-il pas deux…

Non, c'était impossible.

— Tu as… fait semblant d'être un chat pour rencontrer Jay ?

Asta changea de position, ce qui cacha son bas-ventre – ouf.

— Oui, répondit-il.

Loch intervint hargneusement :

— Je peux le renvoyer à Xenon maintenant ? S'il te plaît, Sloane ?

— Non, attends encore un peu, supplia Sloane.

Il tentait de fixer Asta dans les yeux sans laisser son regard descendre sous la ceinture. C'était d'autant plus difficile à cause des lunettes de soleil.

D'une voix un peu tendue, il ajouta :

— D'accord, tu as été envoyé ici pour protéger Jay parce qu'il est Muet. Dois-je comprendre que la menace est d'origine magique ?

Asta applaudit avec enthousiasme.

— *Ding ! Ding !* Bravo ! Tu es un excellent détective !

— Alors, quelle est la menace ?

— Quelque chose de mauvais.

— S'agit-il d'une personne ?

— Non.

— Un autre Asra ? Attends. Non…

Sloane pensa à ce que Milo avait découvert concernant le résidu bleu.

— Putain ! C'est un dieu !

Asta applaudit de nouveau.

— Oui !

— Lequel ?

— Oh, comment veux-tu que je le sache ?

— Tu as reconnu Azaethoth ! protesta Sloane.

Asta le regarda par-dessus ses lunettes de soleil.

— Euh, oui, c'était pas difficile ! Lui et toi êtes comme Brangelina parmi les êtres des étoiles. Tout le monde sait qui tu es, Briscoe.

Loch afficha un sourire rayonnant de fierté.

— C'est normal, mon amour, déclara-t-il. Je t'avais dit que nous serions légendaires.

— C'est chou – et aussi très bizarre, déclara Sloane, un peu perdu, mais j'aimerais en revenir à la raison pour laquelle Jay doit être protégé.

— Je suis venu pour lui, répondit Asta. Si ce sac à viande se fait attraper, c'est la fin du monde. Tu as compris, cette fois ? Veux-tu que je parle plus lentement ? Avec des mots plus simples peut-être ?

— Tu vois, il ne sert à rien, insista Loch. Puis-je le renvoyer ?

Il regardait Sloane avec une moue pleine d'espoir.

Bien que tenté de s'arracher les cheveux, Sloane s'efforça de respirer calmement.

— Non ! L'Asra reste ! Quant à toi, Asta, je veux de vraies réponses.

Asta ricana.

— Pose de vraies questions !

Sloane prit un moment pour réfléchir.

— D'accord. Jay est Muet, mais il doit avoir un don très spécial, c'est ça ?

— Peut-être, admit Asta.

— Qu'a-t-il donc qui est susceptible d'intéresser un dieu ?

— Il est Muet.

— Pour l'amour d'Azaethoth le Grand ! D'accord, pourquoi un dieu aurait-il besoin d'un Muet ?

— Pour en faire une arme, répondit Asta avec entrain.

De toute évidence, il appréciait ce jeu.

— Une arme ? répéta Sloane.

Il fixa un moment l'Asra, puis il tourna vers Loch un regard inquiet. La situation semblait très grave.

— Asta ! S'il te plaît, insista-t-il. Si tu sais quelque chose, dis-le-nous.

— Te dire quoi ?

Loch déploya un de ses tentacules et le referma fermement sur le cou mince du jeune insolent.

— Assez ! Parle !

— Mmm… !

Loch devait serrer un peu trop fort, car Asta, le visage ponceau, luttait pour se libérer. Pris dans un dilemme, Sloane hésita tout en le regardant haleter et gémir désespérément. Bien que gêné des méthodes contestables de Loch, il n'intervint pas – il lui fallait des réponses.

— Dis-nous la vérité, misérable déchet à fourrure ! grogna Loch.

Il paraissait tellement pris dans sa fureur divine que Sloane s'attendait à moitié à voir un dragon apparaître dans son bureau.

— Tu l'étrangles, Loch, il ne peut pas parler.

Loch dut relâcher un peu sa prise, car les gémissements de l'Asra devinrent plus audibles. Les yeux vitreux, Asta esquissa un sourire plein de provocation.

— Mmm, j'aime ça. Serre plus fort, Azzy, s'il te plaît… Plus fort !

— Oh !

19

Sloane rougit en réalisant soudain que les cris d'Asta étaient loin d'être des sons de détresse.

Tout aussi surpris, Loch libéra sa proie avec un cri de dégoût.

— Tu es immonde !

Asta laissa échapper un rire erratique et haletant. Il s'assit et se frotta la gorge.

— Waouh, Azzy ! C'était super ! Merci.

Loch plissa les yeux.

— Parle et parle vite, susurra-t-il. Je te promets que tu n'aimeras pas du tout ce que je prévois de te faire !

Asta se redressa.

— D'accord, d'accord. Je suis venu parce que Jay est la prochaine cible. J'ignore quel est le dieu impliqué dans cette affaire, mais depuis des mois, il s'en prend aux Muets, il les enlève par centaines.

— Quoi ? protesta Sloane. Tu es sûr ? Je n'ai rien entendu aux informations. Si les Muets disparaissaient en masse, la police l'aurait remarqué, quand même, il y aurait eu une enquête !

— Parce que tu crois ce que tu entends à la télé ? Et sur Internet aussi, je parie. Ouvre un peu les yeux, mon ami doté de la lumière des étoiles. Partout dans le monde, les gens disparaissent, d'accord ?

— Comment les Asras ont-ils compris avant nous ce qui se passait, alors ?

— Les Asras sont intelligents, répondit Asta d'un air suffisant. Le roi Grell et le prince Elysian ont magiquement déduit qui serait la prochaine victime, et c'est comme ça que j'ai été envoyé pour protéger Jay.

Sloane s'assit à son bureau et regarda Asta avec méfiance.

— Et comment un dieu transformerait-il un Muet en arme ?

— Comment veux-tu que je le sache ? geignit Asta. Je sais juste qu'il y a un problème et que c'est dangereux, d'accord ?

Loch vint se placer à côté de Sloane.

— Nous ne devrions pas croire ce qu'il dit, déclara-t-il. C'est peut-être un piège.

Sloane fronça les sourcils sans cacher son inquiétude.

— Mais s'il dit vrai ? Rappelle-toi ce que Milo nous a dit, un autre dieu s'est réveillé, il a laissé des traces de son passage. Et maintenant cette histoire avec les Muets ? Il doit y avoir un lien.

— Pas forcément.

— Quand même ! Je doute que plusieurs dieux aient tous en même temps l'intention d'anéantir notre monde !

— C'est effectivement peu probable, intervint Asta. Les dieux ont le sommeil lourd, tu sais.

Loch lui lança un regard haineux.

— Bon, qu'est-ce qu'on fait maintenant ? demanda-t-il à Sloane.

Sloane regarda Jay.

— Le cas de mon client est résolu, nous savons ce qui est arrivé à son colocataire. Attends un peu, Asta, où as-tu envoyé Ted via ce portail ?

— À Xenon, bien sûr, persifla Asta. Peuh !

Sloane grogna de frustration.

— Ramène-le ! Mon dieu ! Le pauvre gars doit être mort de peur ! En plus, Jay est très inquiet pour lui. Il a déjà contacté la police !

Asta soupira et tira sa longue langue.

— D'accord, grommela-t-il. Vous autres, les mortels, n'êtes vraiment pas drôles ! Je reviens dans une minute. Surveillez Jay !

— Bien sûr. Merci.

Un portail lumineux s'ouvrit dans le sol, et Asta plongea dedans. Le portail se referma avec un «*pop*» distinct.

Sloane fit claquer sa langue

— Eh bien, la matinée a été intéressante !

Loch se pencha et laissa ses tentacules caresser les épaules de Sloane.

— Intéressante, hein ?

Sloane n'avait pas réalisé à quel point il était tendu avant le massage de Loch. Il soupira en savourant le toucher divin.

— Mmm… c'est plus qu'intéressant. C'est fou. Je n'arrive pas à croire qu'un dieu kidnappe les Muets et cherche à en faire une arme pour provoquer la fin au monde !

— Ne t'inquiète pas, mon cher Briscoe. Nous découvrirons l'immortel à l'origine de ces méfaits et nous récupérerons les humains disparus, promit Loch.

— Mmm, comment en es-tu si sûr ?

— Parce que je sais qu'ensemble, nous pouvons tout faire, répondit Loch.

Avec un sourire chaleureux, il effleura la joue de Sloane d'un de ses tentacules. Sloane sourit et caressa le souple appendice.

— Je t'aime.

— Je t'aime aussi, affirma Loch avec adoration. Tout ira bien.

— M. Tintenfisch est toujours dans les vapes, constata Sloane. Devrions-nous essayer de le réveiller ?

Pensif, Loch pencha la tête.

— Non, attendons le retour de l'Asra. Si Jay récupère son compagnon, il sera sans doute moins tenté de poser des questions délicates sur ce qui s'est passé.

— Ted est son colocataire, pas son compagnon.

Loch plissa le nez.

— Quelle est la différence ?

— Les colocataires partagent un appartement, c'est tout, expliqua Sloane. Ils n'ont pas forcément une relation amoureuse.

— Pourquoi vivre ensemble dans ce cas ?

— Pour des raisons financières, peut-être, ou parce qu'ils s'entendent bien.

— Il est important d'explorer activement le corps de l'autre en quête de plaisir charnel, non ? S'ils s'entendent bien, pourquoi ne pas copuler ?

Sloane était à court d'arguments.

— Parce que c'est comme ça !

Loch réfléchit un moment, les lèvres pincées.

— C'est ridicule !

Sloane eut un petit rire.

— Non, je ne trouve pas. En revanche, il me semble ridicule de découvrir seulement aujourd'hui que les Asra existent. C'est fou, non, vu que je suis fiancé à un dieu ?

Loch étendit ses tentacules et attira Sloane dans une étreinte possessive.

— Les Asras n'ont rien d'impressionnant, ricana-t-il. Ils sont juste capables de se transformer en chats et de se montrer crispants. Moi, je sais me transformer en dragon et je suis totalement merveilleux.

— Et si modeste ! persifla Sloane.

— Humph. Pourquoi t'intéresses-tu autant à ces maudits Asras ?

Sloane étreignit Loch.

— Je n'y avais pas pensé jusque-là, déclara-t-il, mais maintenant que j'ai la preuve évidente que les anciens dieux existent bel et bien, il est logique que ce soit aussi le cas de toutes les autres races de la religion Sagittaire, les Asra, les Vulgorians, les Eldress, non ?

— Oui, mais…

L'air troublé, Loch retira ses tentacules.

— Mais quoi ? s'inquiéta Sloane. Qu'est-ce qui ne va pas ?

Avant que Loch ne puisse répondre, on frappa frénétiquement à la porte. Jay gisait toujours sur le sol et Sloane, paniqué, s'éloigna de lui. Il ne tenait pas à justifier à un éventuel visiteur la présence d'un homme inconscient sur son tapis.

— Oh, merde !

Il revint s'agenouiller à côté de Jay et le secoua.

— Allez ! cria-t-il. Réveillez-vous !

Jay ne bougea pas. Il dormait profondément, les yeux fermés, la mine paisible.

Loch s'approcha de Sloane. À son air étonné, il était évident qu'il ne comprenait pas la raison d'une telle agitation.

— Qu'est-ce que tu as, mon amour ?

Sloane secoua Jay plus fort et toujours sans effet.

— Ce que j'ai ? hoqueta-t-il. Comment veux-tu que j'explique la présence de Jay à celui qui se trouve derrière ma porte ? Que suis-je censé dire ?

— Qu'un idiot d'Asra l'a endormi et… ah, je vois.

Loch hocha la tête en signe de compréhension avant d'ajouter :

— Tu crains de provoquer un mouvement de panique, parce que la population ne croit plus en l'existence des races immortelles et éternelles, c'est ça ?

— Oui. Aide-moi à le relever ! Vite !

Tout en parlant, Sloane saisit l'un des bras de Jay. Avec l'aide tentaculaire de Loch, il parvint à installer Jay sur le siège le plus proche.

Loch tenta de faire tenir à Jay sa tête droite, mais elle ne cessait de retomber en avant. Loch opta alors pour l'incliner en arrière. Bien que Jay ait la bouche grande ouverte, l'effet général était plus satisfaisant.

— Au moins, il respire, déclara Loch. Parfait ! Nous dirons qu'il fait une petite pause, voilà tout. Les mortels font souvent la sieste, non ?

Les coups sur la porte d'entrée devinrent plus pressants.

— J'arrive ! cria Sloane.

Baissant la voix, il demanda à Loch :

— Pourquoi ne se réveille-t-il pas ? Qu'est-ce qu'Asta lui a fait ?

— Comment veux-tu que je le sache ?

— Tu es un ancien dieu tout-puissant ! s'énerva Sloane. Tu pourrais tenter de le réveiller ?

— Jay Tintenfisch ! tonna Loch. Je suis Azaethoth le Petit, frère de Tollmathan, de Gronoch, de Xhorlas et de Galgareth, fils de Salgumel, lui-même engendré par Baub, l'enfant de Zunnerath et d'Halandrach, nés d'Etheril et de Xarapharos, descendants directs d'Azaethoth le Grand. Je t'ordonne de te réveiller !

Pour conclure son petit discours, Loch fit claquer un tentacule au-dessus de la tête de Jay.

Jay resta profondément endormi.

Perplexe, Loch se gratta la tête.

— Merde ! J'ai vraiment cru que ça aller marcher.

— Azaethoth ? cria une petite voix derrière la porte. C'est toi ? Coucou, c'est moi !

Loch se retourna et demanda avec méfiance :

— Qui ça, « moi » ?

— Galgareth, déclara la voix triomphale, sœur de Tollmathan, de Gronoch, de Xhorlas et d'Azaethoth le Petit, fille de Salgumel, lui-même engendré par Baub, l'enfant de Zunnerath et d'Halandrach, nés d'Etheril et de Xarapharos, descendants directs d'Azaethoth le Grand !

— Gal ! s'exclama Loch. Ma sœur !

Il se rua pour aller ouvrir la porte.

Dans le couloir, il y avait un adolescent aux cheveux violets avec plusieurs anneaux à la lèvre. Hurlant d'excitation, il sauta dans les bras de Loch et le serra très fort.

— Azzy, mon frère !

Sloane ne put retenir un sourire ému en voyant combien Loch était heureux d'enlacer sa sœur.

— Tous les dieux se présentent de cette même façon alors… ?

Quand Loch s'écarta enfin, il souriait d'une oreille à oreille, comme enivré. Ses tentacules s'agitaient avec frénésie.

— Gal ! Ça fait bien trop longtemps ! Tu m'as manqué !

— Tu m'as manqué aussi ! s'exclama Galgareth. Je suis venue aussi vite que j'ai pu ! Ce n'est plus aussi facile qu'avant de trouver un fidèle consentant pour emprunter son corps.

Loch ricana.

— Ton aspect actuel est assez surprenant, je le reconnais. De qui s'agit-il ?

Gal baissa les yeux et examina son jeune corps.

— C'est Toby. Je prends ce que je peux, tu sais ! De nos jours, la plupart de mes fidèles sont de jeunes ados rebelles, qui apprennent la magie ancienne en cachette de leurs parents Lucians !

Sloane attendait patiemment que le frère et la sœur en finissent avec leurs retrouvailles. Il n'osait pas les interrompre. Après tout, ce n'était pas une réunion ordinaire.

— Tu es très bien, déclara Loch. Personne ne pensera en te voyant que tu es une immortelle ! Combien de temps vas-tu garder ce corps ?

— Au moins jusqu'à la fin de l'été, répondit Galgareth avec un petit rire. Les parents de Toby le croient parti camper avec des amis.

— Quoi ? Mais le printemps n'est pas encore arrivé !

— Je sais. D'après Toby, ses parents ne lui prêtent aucune attention. Il prétend même qu'ils ne remarqueront pas son absence. Il va falloir que je me penche sur la question… plus tard.

Elle plissa les yeux, la mine pensive.

— Je serai heureux de t'aider, Gal ! s'empressa de dire Loch.

Galgareth lui sourit tendrement.

— Hmm, et par « aider », je présume que tu comptes leur créer des ennuis ?

Loch éclata de rire.

— Oh, ma sœur, tu me connais trop bien ! Comme tu m'as manqué ! Je suis tellement content que tu aies pu venir !

Il se tourna enfin vers Sloane avec un grand sourire et ajouta :

— Gal, je veux te présenter mon compagnon, Sloane Beaumont.

— Salut, dit Sloane, un peu gêné.

Il ignorait la façon polie de saluer une déesse de l'ancienne religion. Devait-il tendre la main ? Se prosterner ? Sacrifier une chèvre ?

Il découvrit la réponse à sa question quand Galgareth se dressa sur la pointe des pieds pour le serrer contre elle, les deux bras autour de son cou.

— Ah ! Sloane ! Quel plaisir pour moi de faire enfin ta connaissance !

Très ému, Sloane referma les bras sur la sœur de Loch.

— Waouh ! Oui, c'est pareil pour moi, répondit-il avec un petit rire. Je suis très honoré de saluer la déesse de la nuit et de la découverte fortuite. C'est génial !

Galgareth recula et lui adressa un sourire rayonnant. Soudain, ses yeux bleus devinrent tout noirs, pleins d'étoiles, comme le vide intersidéral. Sloane avait vu déjà vu ce même phénomène chez Loch, malgré tout, il en eut le souffle coupé. Apercevoir l'immortelle cachée dans ce petit corps humain était très impressionnant.

— L'honneur est pour moi, Sloane, dit Gal. Je te remercie de rendre mon frère si heureux.

Sloane prit la main de Loch dans la sienne.

— Il est merveilleux, souffla-t-il. J'ai beaucoup de chance. Et je suis très impatient, vraiment, d'entrer dans votre famille... même si...

La gorge serrée, il décida d'affronter le problème.

— Galgareth... Au sujet de votre frère... euh, l'autre...

Elle leva la main dans un geste rassurant :

— Tu t'inquiètes concernant Tollmathan, Sloane ? C'est totalement inutile, je t'assure. Ce qui est fait est fait, n'en parlons plus.

— Vraiment ? bredouilla Sloane, interloqué. Vous ne m'en voulez pas ? Je l'ai tué quand même.

— Il avait essayé de te tuer, gronda Loch.

— Je sais, mais il n'en restait pas moins votre frère à tous les deux !

— Tollmathan était un imbécile arrogant, déclara Galgareth. Tu as fait ce qu'il fallait faire et ton geste a reçu la bénédiction d'Azaethoth le Grand. J'ai pleuré Toll, bien sûr, mais il n'avait pas compris que jamais plus le monde ne redeviendrait comme avant.

Elle sourit tristement et enchaîna :

— Les humains ont décidé qu'ils n'avaient pas besoin de nous, ils ont choisi de créer de nouveaux dieux. De ce fait, les rares fidèles qui nous restent deviennent encore plus précieux. Si Toll avait réussi à réveiller Salgumel, le monde aurait été détruit et nos derniers fidèles se seraient retournés contre nous. Nous devons respecter les caprices de l'humanité et prendre soin des Sages du mieux que nous pouvons.

— C'est pourquoi vous revenez sur la terre à chaque solstice d'hiver ? demanda Sloane avec un sourire doux-amer. Pour rappeler aux gens votre existence ?

— Oui, admit Galgareth à mi-voix. C'est peu, mais je quitte chaque année mon rêve pour bénir toutes les bougies allumées pour moi. Je connais une famille qui brûle encore un arbre entier pour le feu sacré, c'est elle que je visite toujours en premier.

— C'est magnifique !

Sloane se souvenait d'avoir allumé les bougies du solstice avec ses parents, et l'idée que Galgareth leur ait rendu fidèlement visite lui réchauffait le cœur.

Loch s'agita, il n'aimait pas être oublié.

— Et moi ? grogna-t-il. Je me suis réveillé aussi !

— Oui, rétorqua Sloane, mais c'était pour aider Lochlain à voler.

— Et c'était un objectif tout aussi digne ! protesta Loch.

26

Sloane lui tapota le bras.

— Oh, je n'en doute pas, déclara-t-il avec sarcasme. Ton aide criminelle est certainement adorable.

— Merci !

Apaisé, Loch posa un tentacule sur la main de Sloane. Puis il serra son amant contre sa poitrine, se tourna vers sa sœur et susurra :

— C'est mon compagnon ! Il est incroyable, non ?

Galgareth gloussa et fit un clin d'œil à Sloane.

— Le plus incroyable, c'est qu'il te supporte. J'en suis très heureuse pour toi. Il plaira certainement à Maman.

Loch se redressa, un éclat dans les yeux.

— Elle vient bientôt ?

Sloane n'en croyait pas ses oreilles.

— Vous parlez d'Urilith, la déesse de la fertilité et de la progéniture ?

Galgareth éclata de rire.

— Oui ! Je l'ai réveillée avant de quitter Zebulon. Je lui ai parlé de votre mariage, et elle est tout excitée ! Elle s'est rendormie plusieurs fois, mais elle ne va pas tarder, c'est certain.

Sloane leva les yeux vers Loch avec un sourire.

— Waouh ! Nous devons vraiment commencer à planifier notre mariage, alors ?

— Oui, répondit Loch, et après le mariage mortel auquel j'ai récemment assisté, je te garantis que le nôtre sera bien mieux. Pour commencer, il nous faut un bûcher.

— D'accord.

— Et des cadeaux de valeur.

— Nous ferons une liste de mariage.

— Hmm, je verrais bien une orgie aussi, mais, si tu y tiens, la participation des invités ne sera pas obligatoire...

— Non, trancha Sloane, catégorique. Pas d'orgie !

— Tu n'es pas drôle ! se plaignit Loch, déçu.

Galgareth les interrompit :

— Cette conversation est très intéressante, mais je voudrais savoir : qui est l'humain endormi ?

Elle désigna Jay, dont la tête était retombée en avant et qui se bavait dessus.

Loch fit une grimace.

27

— C'est un Muet, déclara-t-il. Le protégé d'un Asra. Je t'expliquerai tout en rentrant à la maison. Tu vas adorer l'appartement de Sloane ! C'est tout petit et le mobilier a été acheté... euh, comment on dit déjà ? Ah oui, *d'occasion !*

— Attends, on ne peut pas rentrer à la maison, protesta Sloane. Que va-t-on faire de Jay ? Asta n'est pas revenu, et il n'est pas question de le laisser tout seul ici, dans mon bureau !

— Nous allons l'emmener, évidemment, répondit Loch, sans hésitation. Il faut le protéger, n'est-ce pas ? Qui serait mieux à même de s'en charger que deux anciens dieux et un sorcier doté de la lumière des étoiles ?

Sloane le fixa, interloqué.

— Tu veux trimbaler Jay dans la rue ? Alors qu'il est inconscient ? En plus, Galgareth a l'air d'avoir douze ans ! Je pressens les ennuis !

III

IL FUT décidé que Loch porterait Jay jusqu'à la voiture pendant que Sloane et Galgareth feraient le guet. Sloane ne tenait pas à alerter les voisins ou à voir arriver la police, prévenue d'un éventuel enlèvement.

Loch avait raconté à sa sœur leurs récentes découvertes. Elle était songeuse depuis.

— Ainsi, Tollmathan aurait eu un complice, un autre dieu, et vous le pensez impliqué dans la disparition des Muets ?

— Oui, confirma Loch. Aurais-tu une idée de qui il s'agit ?

— Eh bien, la plupart de nos cousins dorment toujours, ainsi que de nos oncles et tantes... J'en suis certaine pour oncle Babbeth, même si je n'ai pas vérifié Merikath ou Bestrath.

Une fois dans la rue, Sloane se précipita pour déverrouiller les portières de sa voiture, Galgareth traînant en arrière, prise dans ses réflexions.

Soudain, Sloane ressentit un étrange frisson parcourir sa colonne vertébrale, comme si quelqu'un lui effleurait la nuque. Il secoua la tête et regarda autour de lui.

Un garçon venait d'apparaître au milieu de la chaussée, les yeux braqués sur lui. Il semblait aussi jeune que le Toby de Galgareth, pourtant, il avait les cheveux d'un blanc immaculé et des prunelles rouge foncé, brûlant d'un feu intense.

Il s'exprima d'une voix étonnamment profonde :

— Donnez-moi cet humain ! Immédiatement !

— Non, répondit Sloane. Je suis désolé, mais il n'est pas disponible pour le moment,

Il jeta un coup d'œil à Loch et insista :

— Aide-moi, s'il te plaît !

Loch toisa le garçon et fronça les sourcils.

— Qui est-ce ?

— Je ne sais pas, répondit Sloane, mais il veut Jay.

Loch serra Jay contre sa poitrine, comme s'il s'agissait de sa peluche préférée.

— Humph. Non ! Il ne l'aura pas. Je n'ai pas porté ce poids mort jusque-là pour donner à un gamin.

Le garçon croisa les bras sur sa poitrine.

— Donnez-moi l'humain, répéta-t-il.

Sloane plia les doigts pour invoquer un sortilège de perception. Quand il vit une aura vide et blanche autour du garçon, son cœur rata un battement.

— Loch, dit-il, la voix tendue, c'est un Muet !

Avec l'aide de Galgareth, Loch installa Jay sur le siège arrière et referma la portière.

— Oh, pfut. Et alors ? Où est le problème ?

— Rappelle-toi ce que l'Asra nous a dit, marmonna Sloane.

Il était très tenté de mettre en place un bouclier. Le garçon ne paraissait pas armé et il n'avait aucune magie à utiliser contre eux.

Pourtant, Sloane avait l'estomac serré. Quelque chose clochait, il le pressentait.

Le garçon paraissait agacé. Il eut un rictus.

— Pour la dernière fois, donnez-moi l'humain, sinon…

Loch avança vers lui d'un pas arrogant.

— Sinon quoi ? persifla-t-il. Je n'aime pas les menaces.

— Ce n'est pas une menace, déclara le garçon. C'est une promesse.

Loch gloussa.

— Ohhh, mon précieux petit mortel, tu n'as aucune idée de l'agonie que je suis sur le point de te faire subir…

— Non ! intervint Sloane. Ne lui fais pas de mal !

Loch s'ébroua comme un enfant capricieux sur le point de se mettre en colère.

— Bien, grogna-t-il, tu ne recevras donc qu'une petite correction. Je ne veux pas contrarier mon compagnon. Sinon, Sloane va me priver de plaisir physique, et j'ai vraiment envie…

Il s'interrompit en recevant un choc en pleine poitrine, un coup invisible, mais puissant. Sous la force de l'impact, Loch s'envola et alla s'écraser dans les buissons devant la porte du bureau.

— Loch ! s'affola Sloane.

— Azaethoth ! s'écria Galgareth.

D'instinct, Sloane se cacha derrière la portière avant de sa voiture et, à toute allure, il créa un bouclier de lumière des étoiles autour de lui et de Galgareth. Ses pensées tourbillonnaient, il ne comprenait plus rien.

Il n'avait pas vu le garçon bouger, il n'avait rien entendu, ni chant ni sortilège.

En principe, il fallait un objet pour conjurer de la magie silencieuse, une baguette ou un totem, selon les compétences du sorcier.

D'expérience, Sloane savait que Loch n'en avait pas besoin, il pouvait faire de la magie par la pensée, mais lui... était un dieu.

— Loch! cria Sloane. Ça va?

Loch se redressa, il arracha les feuilles de ses cheveux en jurant comme un charretier.

— Oh, oui! gronda-t-il. Je m'apprête juste à provoquer une panique de masse!

— Attends une minute, je t'en prie, plaida Sloane. Je dois réfléchir...

Avant qu'il ne puisse en dire plus, la portière derrière laquelle il se cachait fut brutalement arrachée. Elle s'envola et atterrit dans la rue avec fracas. Sloane tomba à la renverse, les yeux écarquillés.

Le garçon n'avait toujours pas bougé et, pourtant, il venait d'esquinter la nouvelle voiture de Sloane.

— Putain! Encore? cria Sloane, aveuglé de colère.

Le garçon avança, aussi calme que s'il se promenait dans un parc.

Galgareth intervint.

— N'approche pas! Si tu m'y forces, je jure de quitter ce corps et de te déchirer en petits morceaux!

— Gal, reste avec Sloane, gronda Loch. Je m'en occupe.

La tête haute, il avança pour intercepter le garçon et l'empêcher d'atteindre la voiture. Ses tentacules jaillirent et le trottoir craqua sous ses pieds.

— Vilain enfant! lança-t-il. N'approche pas de mon compagnon!

Le garçon ricana et regarda Loch sans la moindre peur. Soudain, quelque chose émana de lui. À travers son sortilège de perception, Sloane vit une vague d'énergie, mais il ne parvint pas à en identifier la nature. L'aura n'était pas définie, la magie n'était pas de feu ou d'eau, aucun indice ne semblait significatif.

Quand Sloane constata que Loch avait du mal à repousser cette énergie, une peur terrible le paralysa.

Quel mortel était assez puissant pour lutter contre un dieu? S'agissait-il de l'arme dont l'Asra leur avait parlé?

Dans l'espoir d'aider Loch à riposter, Sloane jeta un sort destiné à anéantir toute magie. Il étouffa un cri en sentant la main de Galgareth sur son épaule et la puissance de la déesse circuler à travers lui pour renforcer sa magie. Sloane ferma les yeux et utilisa son pouvoir pour sceller le sort. Ensuite, il attendit anxieusement.

Une autre vague jaillit de la poitrine du garçon et frappa Loch si fort qu'il dégringola dans la rue.

— Loch! s'écria Sloane. Je ne peux rien contre lui!

À son tour, Galgareth fixa ses mains avec une incrédulité horrifiée.

— Le sort ne fonctionne pas! hurla-t-elle. Azaethoth, j'ai essayé…

— Restez à l'écart, tous les deux! rétorqua Loch.

Dès qu'il se releva, il fut de nouveau touché et recula de quelques mètres. Un liquide noir coulait de sa bouche et dégouttait sur son menton. Il lança au garçon un regard venimeux.

— Ohhh, sale petite vermine. Tu m'as vraiment mis en colère.

Sloane ne pouvait accepter de rester en arrière, alors que Loch affrontait une entité inconnue et toute-puissante.

— Protégez Jay, Galgareth! cria-t-il.

Quittant la protection relative de sa voiture, il se précipita en avant avec un bouclier destiné à bloquer la prochaine attaque. Essayer de viser à travers son sort de perception était difficile, mais il mit tout ce qu'il avait dans son bouclier et se plaça devant Loch.

— Je t'interdis de le toucher!

Sous l'impact de l'énergie du garçon, le bouclier se fissura, sans se casser. Sloane continua à déverser sa magie dans le sort, forçant leur agresseur à reculer de plusieurs pas.

Son soulagement ne dura pas. Le garçon leva lentement la main, l'énergie coula entre ses doigts, canalisée par la torsion de son poignet. Une par une, les fissures du bouclier de Sloane s'agrandirent.

En désespoir de cause, Sloane jeta son bouclier en avant aussi fort qu'il le put.

Quand la puissante et instable lumière des étoiles heurta sa tête, le garçon trébucha et gémit de douleur.

Loch rejoignit Sloane, prêt à lancer une seconde vague. Un jeu de lumière brillante jaillit de ses mains. Le garçon releva les bras pour se protéger et bloquer la magie, mais l'intense énergie rongeait déjà les manches de sa veste. Le tissu brûla, puis la peau commença à grésiller.

Sloane vit alors des signes tatoués sur les bras, des symboles, mais il ne s'y attarda pas, trop occupé à admirer Loch.

Bien qu'il soit dans un corps mortel, Loch était un dieu et sa magie était sans fin. Aucun humain ne pouvait lui résister, à moins de finir en tas de cendres. C'était rare que l'ancien dieu libère ainsi son pouvoir, Sloane était donc certain que leur jeune adversaire allait se rendre.

Et pourtant…

Le garçon poussa un cri furieux. Soudain, il parvint à repousser l'énergie divine avec une explosion si puissante qu'elle frappa Sloane et Loch comme un tsunami. Ce fut le chaos dans la rue, l'asphalte se fissura et les réverbères éclatèrent, déversant alentour une pluie de verre brisé.

Après un vol plané, Sloane atterrit près de sa voiture. Sous l'impact, il expulsa tout l'air de ses poumons. Affolé, il constata qu'il ne voyait plus Loch. Il tenta de bouger et constata qu'il ne le pouvait pas.

Dès qu'il essaya d'inspirer, sa poitrine lui fit mal, sa tête était en feu et du sang chaud coulait dans son cou.

— Oh, dieux… Loch ? Loch !

Galgareth se précipita à ses côtés et l'aida à se relever.

— Sloane ! cria-t-elle. Tu saignes !

Sloane constata que la déesse semblait elle aussi très inquiète.

— Où est-il… passé… ce sale petit con ? Qui est-il au juste ? Comment un Muet peut-il avoir accès à un tel pouvoir ?

— Je ne sais pas, murmura Galgareth d'un ton urgent, mais nous devons filer d'ici.

Sloane se redressa, les jambes chancelantes.

— Attendez ! Loch ? Où est Loch ? Protégez Jay ! Je vous en prie ! Je dois aider Loch ! Je… Oh !

Il se tut, parce que Loch l'étreignait soudain de tous ses tentacules.

— Sloane, tu es blessé !

— Loch ! Attention !

Sloane sentit de nouveau ce frisson. Il sursauta et s'empressa d'assembler un autre bouclier.

Le garçon revenait vers eux, débarrassé de sa veste brûlée, il levait les bras pour invoquer une énorme vague d'énergie. Sloane vit alors plus nettement les symboles qui marquaient ses avant-bras, il y en avait au moins une douzaine, des petits cercles traversés de flèches.

Ils brillaient d'une teinte bleue que Sloane jugea familière, même si, pour le moment, il ne parvenait pas à retrouver où il l'avait déjà vue. De toutes les façons, il n'avait pas le temps de l'identifier ou de réfléchir à sa signification. Il émit un gémissement de douleur quand Loch le poussa dans les bras de Galgareth.

— Prends soin de lui, ma sœur, ordonna Loch. Je reviens.

— Loch, non… haleta Sloane. Attends-moi !

Impuissant, il regarda Loch retourner au combat.

— J'en ai assez ! rugit Loch.

Ses yeux étaient redevenus noirs piquetés d'étoiles. Sloane devina que le dragon divin s'apprêtait à sortir et à se jeter sur le garçon.

Loch était encore humain lorsqu'il percuta son jeune adversaire. La collision fut assourdissante, le flash de lumière aveuglant et la puissance de l'impact secoua la voiture à côté d'eux. Sloane et Galgareth s'accrochèrent l'un à l'autre pour ne pas tomber.

Une voix inconnue tonna alors :

— *Alexander !*

Sloane regarda autour de lui. La voix n'était ni celle de Loch ni celle du garçon. En vérité, elle semblait venir de très loin, même si Sloane l'avait clairement perçue. Il n'y avait personne d'autre dans la rue.

Sloane ne comprenait pas à qui appartenait cette voix.

La lumière intense s'estompa d'un seul coup.

Loch était seul.

Le garçon avait disparu.

Le cœur dans la gorge, Sloane hoqueta :

— Que s'est-il passé ? Loch ? Ça va ?

— Oui, je n'ai rien, Sloane. Je suis là. Je suis tout à toi.

Loch revint, il l'empoigna, le serra contre lui et l'embrassa avec passion.

Sloane s'accrocha à lui et laissa ses mains errer partout pour s'assurer que son amant était vraiment indemne.

— Que s'est-il passé ? répéta-t-il. Où est-il parti ? À qui appartient la voix que j'ai entendue ?

Loch posa la main sur la poitrine de Sloane.

— Je n'en ai aucune idée. Et pour le moment, je m'en fiche. Tu es blessé, mon aimé. Je dois te soigner.

Galgareth secoua la tête et désigna la voiture.

— Ça devra attendre, insista-t-elle. Nous devons filer de toute urgence.

34

En jetant un regard alentour, Sloane comprit qu'elle avait raison. Les gens sortaient des immeubles de bureaux, les yeux ronds. La circulation s'était complètement arrêtée. Pas étonnant, la route était détruite.

— Merde, marmonna Sloane.

— La police a certainement été prévenue, insista Galgareth. Mieux vaut ne pas attendre ici.

— Rentrons à la maison, décida Sloane.

Faisant contre mauvaise fortune bon cœur, il céda le volant à Galgareth. Elle affirmait savoir conduire, et Sloane était encore trop secoué pour avoir envie de discuter. Mettre un «ado» au volant était un risque, mais mieux valait Galgareth que Loch, qui n'avait conduit que dans des jeux vidéo.

Avant de démarrer, Galgareth alla récupérer la portière arrachée et la replaça d'un simple claquement de doigts. Bien que tordue, cela attirerait moins l'attention qu'un trou béant.

Sloane s'installa sur le siège arrière avec Jay, toujours endormi. Loch, depuis le siège passager, déploya plusieurs tentacules pour le soigner. Sloane soupira et ferma les yeux, laissant le toucher divin atténuer la brûlure de ses côtes cassées et cicatriser la profonde coupure qu'il avait sur le côté de sa tête. Peu à peu, la douleur s'estompa.

Pourtant, Sloane gardait l'estomac noué.

— Je n'ai jamais rien vu de tel, déclara-t-il, encore troublé. C'était un Muet... et il a pourtant utilisé de la magie contre nous !

— Non, déclara Galgareth, un Muet n'a pas accès à la magie. Et s'il s'agissait d'une magie mortelle, nos sorts de silence l'auraient arrêtée ! Je ne vois qu'une explication possible...

Elle fronça les sourcils et tapota des doigts sur le volant.

— Laquelle ?

Loch prit la main de Sloane dans un de ses tentacules.

— La magie qu'il a utilisée n'était pas de nature mortelle !

Sloane se pencha en avant et regarda les deux dieux.

— Oh. Ce serait de la magie asrane, alors ?

Galgareth secoua rapidement tête.

— Non, c'est de la magie divine, j'en suis certaine. Cet enfant devait avoir sur lui un totem ou un autre artefact imprégné de l'essence d'un dieu.

Sloane réfléchit à voix haute :

— Bien sûr! Même un Muet garde la capacité d'utiliser un objet magique. Si nous retrouvons son artefact et que nous le détruisons, il perdra son pouvoir, c'est ça?

— En théorie.

Sloane tira sur le tentacule de Loch.

— Que s'est-il passé au juste? A-t-il vraiment disparu?

Loch fronça les sourcils, il semblait troublé, ce qui ne lui ressemblait guère.

— Je ne sais pas, admit-il. Je le tenais et, pouf, il a disparu. Comme s'il avait pris un portail.

— Et alors? C'est possible, non?

— J'en doute, déclara Galgareth, la téléportation nécessite une magie extrêmement puissante, en principe réservée aux dieux et aux éternels. Je ne connais aucun objet magique susceptible de donner un tel pouvoir à un mortel, surtout à un Muet.

— Peut-être n'était-ce qu'une illusion, alors? suggéra Sloane. Il a pu utiliser un sort d'invisibilité ou quelque chose du genre.

Galgareth garda les yeux fixés sur la route.

— Peut-être, répondit-elle, sans conviction.

Sloane s'agita dans son siège.

— Et si c'était un Faedra. Ne sont-ils pas censés avoir le pouvoir de manipuler le temps et l'espace? Il n'est probablement pas Asra, même s'il a pu se téléporter, il n'avait pas les dents pointues…

Galgareth jeta un coup d'œil à Loch avant de déclarer :

— Il ne sait rien?

Loch s'affaissa sur son siège.

— Eh bien, non, nous n'avons pas encore eu le temps d'aborder la question.

— Quelle question? insista Sloane. Qu'est-ce que je ne sais pas?

Loch poussa un soupir triste.

— Les êtres éternels, comme les Faedras, les Asras, la Vulgorians, vivaient autrefois sur terre, comme nous, et ils nous vénéraient comme le faisaient les humains. Quand le rêve est venu, tous ne nous ont pas suivis à Zebulon.

Sloane eut un très mauvais pressentiment.

— Oh. Que leur est-il arrivé?

Manifestement mal à l'aise, Loch rétracta ses tentacules.

— Ils ont été tués, massacrés, déclara-t-il. En tout cas, tous ceux qui sont restés en arrière. Les humains les ont traqués et abattus pour ce qu'ils avaient de plus précieux, les cornes des Eldress, les écailles des Vulgorians. Pour empirer la situation, les prêtres Lucians ont déclaré que les éternels étaient des abominations à exterminer.

— C'est horrible !

Sloane comprenait mal ce chagrin qu'il éprouvait pour des créatures dont il ignorait l'existence le matin même, pourtant, il avait le cœur serré.

Loch eut un soupir amer.

— Les dieux n'ont pas pu sauver leurs créatures. C'est à mes yeux notre plus grand échec, admit-il.

Désireux de le réconforter, Sloane lui serra l'épaule.

— Les éternels ne sont pas tous morts, déclara-t-il. Ce matin même, nous avons rencontré un Asra. Il n'est pas tout seul, pas vrai ?

Galgareth se gara dans le parking de l'appartement de Sloane.

— Il venait de Xenon, expliqua-t-elle, un royaume qu'Azaethoth le Grand leur a donné en apanage après leur rébellion contre les dieux. Les Asras ont fondé un monde nouveau, un royaume qui leur est propre. Si d'autres éternels ont survécu au génocide, ils ont aussi dû se réfugier là-bas.

Les sourcils froncés, Sloane examina Jay, toujours endormi.

— Peut-être les habitants de Xenon sont-ils au courant du problème des Muets ? déclara-t-il. Asta est venu nous avertir, mais le roi ou le prince qu'il a cités en savent sans doute plus que lui. Et si on allait leur rendre visite ?

Galgareth secoua la tête.

— Impossible. Suite au traité signé entre les Asras et Azaethoth le Grand, les dieux n'ont pas accès à Xenon. Arriver sans invitation risquerait de déclencher une nouvelle guerre.

Loch fit la moue.

— En plus, on ne peut se fier à un Asra. Ce petit démon d'Asta ne nous a certainement pas révélé tout ce qu'il savait. Jamais les Asras ne se seraient impliqués dans cette histoire s'ils n'espéraient pas en tirer un bénéfice quelconque.

Sloane détacha sa ceinture de sécurité et soupira de lassitude.

— Asta n'est toujours pas revenu, marmonna-t-il. Nous allons encore devoir déplacer Jay sans nous faire repérer.

— Et c'est encore à moi de m'y coller, grogna Loch.

Peu après, Jay était étendu sur le canapé de Sloane.

— Gal, demanda Loch, essaye de le réveiller ! J'en ai ras la frange de le trimbaler.

— Tu es un dieu doté d'une force et d'une endurance illimitée, le réprimanda Sloane.

— Mais je ne suis pas son domestique ! protesta Loch. C'est humiliant, quoi !

Galgareth s'agenouilla à côté du lit.

— Je vais essayer, mais je doute de réussir. Les Asras ont une magie très puissante.

Sloane se dirigea vers la cuisine, réfléchissant toujours aux heures qui venaient de s'écouler. Il vibrait encore de l'adrénaline du combat et de la peur qu'il avait éprouvée pour Loch. Son cœur pesait comme une pierre au centre de sa poitrine.

Loch, qui l'avait suivi, le prit par la taille et le serra contre lui.

— Oh, mon cher Briscoe. J'étais si inquiet !

Sloane lui enroula les bras autour du cou et l'embrassa avec abandon.

— Moi aussi, avoua-t-il. Je n'ai jamais rien vu d'aussi effrayant !

— Ce gamin n'était pas si puissant, protesta Loch. Si je m'étais débarrassé de mon corps mortel, je l'aurais mangé, ce qui aurait définitivement réglé le problème.

— Tu crois ?

Loch afficha une mine offensée.

— Oui. Humph. Tu doutes de moi ?

Sloane l'embrassa encore pour apaiser son orgueil blessé.

— Il a presque cassé mon bouclier, quand même ! Je n'avais jamais ressenti un tel pouvoir, sauf… quand j'ai brandi l'épée de lumière des étoiles d'Azaethoth le Grand pour tuer Tollmathan.

Il frissonna à ce rappel terrible.

— Oh, déclara Loch. Dans ce cas, Gal a raison, et la source du pouvoir de ce garçon est divine.

— Oui, c'est aussi mon avis. Et le nom, as-tu entendu le nom que la voix a crié ?

— Quel nom ?

— Alexander. C'est arrivé au moment où tu t'es jeté sur lui, j'ai entendu une voix crier.

Loch fronça les sourcils.

— Quoi ? Je n'ai rien entendu.

Il se retourna et demanda à sa sœur :

38

— Gal? As-tu entendu une voix quand j'ai vaillamment combattu et vaincu notre adversaire? Un nom, peut-être?

Abandonnant Jay, toujours endormi, Galgareth se releva et les rejoignit dans la cuisine.

— Non. Je n'ai rien entendu.

Sloane se gratta le cou.

— Bizarre. Peut-être ai-je eu une hallucination auditive. Vous n'avez pas réussi à réveiller Jay, à ce que je vois?

— Non, répondit Galgareth, si un Asra l'a endormi, seul un Asra peut le réveiller. Le sortilège est bien monté, le mortel ne mourra pas de faim ni de déshydratation, mais il risque de rester dans cet état éternellement.

— Super! gémit Sloane. En plus, c'est mon client!

— L'est-il encore? s'étonna Loch. Après tout, j'ai résolu l'affaire.

Sloane s'en étrangla d'indignation.

— Quoi?

— Le coupable de la disparition du colocataire, c'est l'Asra. Affaire classée.

Peu désireux de voler la vedette à Loch, Sloane n'insista pas.

Il récupéra un stylo et un bloc-notes magnétique collé à la porte du frigo et griffonna de mémoire le symbole qu'il avait vu sur les bras du garçon.

Loch lui tapota l'épaule de son tentacule.

— C'est quoi?

Sloane ajouta la dernière flèche à son croquis.

— Ce que le garçon avait de tatoué sur les bras. C'est un symbole Sagittaire, je crois. Tu vois, Loch, nous avons un nouveau cas à élucider.

— Ah bon?

— Oui, nous devons savoir ce qui est arrivé aux Muets qui ont disparu, découvrir qui est après Jay et pourquoi. Tu as raison, l'Asra ne nous a probablement pas tout révélé, mais il est évident qu'il se passe quelque chose de bizarre. Ce garçon qui nous a attaqués est la preuve!

— Et ton gribouillage?

— Je viens de te le dire, répondit Sloane avec patience. J'ai vu ce symbole sur le bras de notre agresseur. Il en avait même plusieurs, de couleur bleue… Oh!

S'arrêtant net, il regarda les mains de Loch.

— Quoi encore?

— Tu disais avoir empoigné ce garçon, hein?

Loch tendit les mains en avant.

— Oui, et alors ? Il a très vite disparu.

Sloane tendit les doigts pour un sort de perception. Un cri surpris lui échappa quand il vit des paillettes bleues sur les mains de Loch.

— Loch, c'est lui ! Le résidu bleu qui vient d'un dieu !

Loch inclina la tête et agita les doigts.

— Ce garçon n'était pas un dieu. Peut-être est-ce un de mes frères qui l'a marqué de ces étranges symboles ?

Du bout du doigt, Galgareth suivit le tracé du dessin de Sloane sur le papier.

— Oh ! s'écria-t-elle. Je sais ce que c'est ! C'est un lien magique, de ceux qu'on utilise pour associer les esprits en nécromancie.

— Vous parlez des goules ? demanda Sloane. Ou plutôt de l'acte magique qui lie l'âme d'une personne à un corps ne lui appartenant pas pour créer une goule ?

— Oui. Une âme errante n'est pas forcément liée à un corps, elle peut être rattachée à n'importe quel objet inanimé. Tu es certain que ce garçon portait ce symbole sur lui ?

— Oui, confirma Sloane. Il en avait les bras couverts. Mais j'ai aussi vu son aura. Il n'est pas une goule.

— C'est troublant, murmura Galgareth. S'il est vivant, cela signifie que quelque chose d'autre lui a été relié.

— Non ! protesta Sloane. C'est techniquement impossible !

Qu'en savait-il au fond ? La nécromancie était une forme de magie hautement illégale, il n'en avait qu'une connaissance des plus basiques.

Il reprit d'un ton hésitant :

— Vous croyez réellement qu'on peut relier deux âmes vivantes ?

— En principe, c'est impossible, confirma Galgareth. Oh, comme je voudrais réveiller Babbeth !

— Le dieu de la mort et des enfants perdus ?

Les yeux dans le vague, Galgareth joua avec les anneaux de sa lèvre.

— Oui, c'est un expert en ce qui concerne les âmes, il saurait nous dire ce qui est lié à ce garçon et comment rompre le lien. En vérité, il nous faudrait un nécromancien ! Mais il y a des siècles que les derniers ont disparu.

Un sourire aux lèvres, Sloane jeta un coup d'œil à Loch.

— Oh, non. Je ne crois pas.

Sensible au changement d'ambiance, Galgareth leur jeta un regard interrogateur.

— Quoi? Connaîtrais-tu un nécromancien?

— Absolument.

IV

— Elle s'appelle Lynette Fields, expliqua Sloane. C'est la sœur de Lochlain.

Il s'installa au volant de sa voiture et tenta de refermer la portière. En vain. Les sourcils froncés de contrariété, Sloane espéra qu'il n'allait pas pleuvoir.

Galgareth était sur la banquette arrière, Jay endormi à côté d'elle.

— Lochlain Fields ? demanda-t-elle. N'est-ce pas celui dont Azaethoth a emprunté le corps ?

— Pas vraiment. Loch a une copie du corps de Lochlain, et cette goule, justement, a été faite par Miss Fields.

Loch se glissa sur le siège passager et frappa dans ses mains. Comme par magie, la portière se referma, bien qu'à un angle des plus étranges.

— Lynette est une sorcière très talentueuse, déclara-t-il, et d'une certaine façon, elle est aussi ma sœur.

Galgareth poussa un cri de joie.

— Génial ! Tu as enfin une autre sœur !

— Lynette connaît la nécromancie, insista Sloane. Elle s'occupe d'une autre goule que je connais, Fred, un ami à nous. J'espère que nous la trouverons chez elle.

Au même moment, il reçut un texto de Milo confirmant la présence de Lynette pendant sa pause-déjeuner.

Peu après, Sloane se garait dans la rue, devant la maison. Il fit la grimace en voyant des voisins de Milo et Lynette jardiner devant chez eux. Tous tournèrent la tête en le voyant arriver, tous ouvrirent de grands yeux en constatant l'état de sa voiture.

— Restez ici avec Jay, déclara Sloane.

Il sortit rapidement, galopa jusqu'à la porte d'entrée et y frappa. En attendant qu'on lui ouvre, il se retourna vers sa voiture. La portière était retombée, Loch et Galgareth avaient disparu.

Sloane n'eut pas le temps de paniquer, car les deux anciens dieux l'encadraient. Il poussa néanmoins un juron.

— Merde ! Je vous avais dit de rester dans la voiture !

Surprise, Galgareth cligna des yeux.

— Pourquoi ? Je tiens à rencontrer la nécromancienne !

— Je m'ennuie quand j'attends dans la voiture, grogna Loch.

Sous le coup de la frustration, Sloane haussa le ton :

— On ne peut pas laisser Jay tout seul !

— Euh, bonjour ?

Lynette avait ouvert sa porte, elle portait son uniforme – elle était serveuse dans un restaurant – et semblait étonnée de trouver le trio devant chez elle. Rousse et très jolie, elle avait attaché ses longs cheveux bouclés en chignon serré sur le haut de sa tête.

— Sloane ! Loch ! Que se passe-t-il ? Oh, par les dieux ! Ta voiture ! Que lui est-il arrivé ?

— Nous avons besoin de ton aide, déclara Sloane.

— Bonjour, enfant mortelle. Je suis Galgareth, sœur de Tollmathan, de Gronoch, de Xhorlas et d'Azaethoth le Petit, fille de Salgumel, lui-même…

La déesse interrompit sa présentation parce que Lynette poussait un cri perçant.

— Galgareth ? s'écria la jeune femme, les yeux écarquillés d'admiration. Oh, par les étoiles ! Galgareth ! Je suis tellement honorée, Votre Grandeur !

Lynette était une Sage et une dévote, elle savait exactement à qui elle parlait.

— Nous avons besoin de ton aide pour identifier un étrange symbole, chère enfant, déclara Galgareth. Sloane affirme que tu es une nécromancienne douée. Quel étrange costume ! Les traditions ont tellement changé !

Elle regardait l'uniforme. Lynette passa la main dans ses cheveux, elle arracha son chouchou et tenta d'apprivoiser ses boucles.

— Oui, certainement ! Je pratique la nécromancie en amateur, vous savez. Euh… vous avez oublié quelqu'un dans la voiture.

Elle avait repéré Jay.

Inquiet, Sloane surveilla les voisins curieux.

— C'est mon client, Jay Tintenfisch, répondit-il. Il a été endormi par un sortilège asran et…

— Quoi ? cria Lynette. Vous avez rencontré un Asra ?

— Écoute, Lyn, coupa Sloane, Jay va bien, mais il court un grave danger. Nous ne pouvons pas le laisser sans surveillance. Nous allons devoir le faire entrer chez toi sans attirer trop l'attention.

— D'accord, une seconde.

43

Lynette disparut dans la maison. Elle revint une minute après avec des lunettes de soleil violet vif.

— Viens, Slo.

Sloane la suivit jusqu'à la voiture et la regarda se pencher pour ôter les sages lunettes de Jay et les remplacer par les siennes. Ensuite, elle recula et ordonna :

— Sors-le.

Il obtempéra et se débattit avec le corps inerte.

Lynette cria à haute et intelligible voix :

— Waouh ! Quelle cuite ! Il a bien enterré sa vie de garçon à ce que je vois !

Sloane fut très reconnaissant à Loch d'apparaître pour l'aider à transporter Jay.

— Ça va marcher, tu crois, Lyn ? marmonna-t-il.

Jay pendait mollement entre Loch et lui, les bras sur leurs épaules. Sa tête ballottait, ses yeux clos étaient cachés par les lunettes de soleil.

— Oui, souffla Lynette, bien sûr !

Sloane jeta autour de lui un coup d'œil furtif. Les voisins surveillaient la scène avec intérêt, mais aucun d'eux ne semblait pressé d'appeler les autorités.

Une fois dans la maison, ils déposèrent Jay sur le canapé.

Milo surgit de la cuisine.

— Que se passe-t-il, bébé ? Je t'ai entendue crier et... Oh ! Salut tout le monde. Bonjour, votre Déité !

— Bonjour, cher enfant mortel, répondit affablement Loch. Je suis enchanté de te retrouver.

Lynette posa ses mains sur ses hanches.

— Je veux savoir ! Que se passe-t-il exactement ?

Elle paraissait en colère.

— Je n'y suis pour rien, bébé ! s'écria Milo.

Il fit la grimace, avant de fusiller Sloane du regard.

— C'est de ta faute, ajouta-t-il. À la lecture de ton texto, je ne m'attendais pas à voir débarquer tout un bataillon ! Merde, quoi !

Lynette le frappa sur le bras.

— Milo ! Un peu de tenue ! Nous sommes devant des dieux !

— Hein ? Qui ? Loch est un dieu, je sais mais... attends, le gamin ? C'est... c'est un dieu ?

Il regarda Galgareth en ouvrant de grands yeux incrédules.

44

— C'est la déesse de la nuit, voyons !

Voyant que Milo perdait la parole et le souffle, Sloane se crut tenu d'intervenir :

— Voici Galgareth, la sœur d'Azaethoth. Elle est venue nous aider à organiser notre mariage et...

— Quoi ? hurla Lynette. Quel mariage ?

Loch répondit fièrement :

— Je compte faire de Sloane un honnête homme, après des mois de passion sexuelle débridée, nous allons bientôt nous engager formellement devant les dieux et les hommes.

Sloane tenta d'en revenir au problème en cours :

— Oui, mais...

Lynette se précipita et le serra dans ses bras.

— C'est merveilleux ! Quand est-ce arrivé ? C'est incroyable ! Je suis tellement heureuse pour vous, les gars ! Mes félicitations !

Sloane lui rendit poliment son étreinte.

— Lynette, Milo t'a-t-il parlé de ce résidu bleu et des tests qu'il a pratiqués ce matin ?

Lynette se figea et regarda Milo avec méfiance.

— Quels tests ? Et où les a-t-il faits au juste ?

Sloane s'efforça de garder la conversation sur la bonne voie.

— Là n'est pas la question. Milo a découvert que ce résidu provient d'un autre dieu, un complice probable de Tollmathan. Et maintenant, je pense avoir compris les projets de ce nouveau dieu.

— Vraiment ? Est-ce en rapport avec le gars qui dort sur mon canapé ?

Milo fronça les sourcils et se retourna.

— Quel gars ? Oh ! C'est Jay ! Sloane, je savais qu'il avait pris rendez-vous avec toi pour évoquer la disparition de son colocataire, mais que se passe-t-il, merde ?

— Le chat de Jay a fait disparaître le colocataire, répondit rapidement Sloane, mais je vous expliquerai tout ça plus tard, parce que...

— Quoi !

— Écoutez, insista Sloane, Jay a été endormi par un Asra chargé de veiller sur lui, parce qu'un dieu inconnu enlève les Muets pour en faire des armes. Asta affirme qu'il doit protéger Jay afin de sauver le monde.

Lynette fit claquer sa langue, la mine pensive.

— Comment un dieu fait-il des armes avec des Muets ?

— Je n'en sais rien, c'est pourquoi nous sommes ici.

Sloane fouilla dans sa poche et en sortit le morceau de papier avec son dessin.

— Nous avons été attaqués, ajouta-t-il, par un Muet avec du résidu bleu plein les bras. J'ai noté ce tatouage. Pourrais-tu m'en dire plus ?

Il tendit son croquis à Lynette. Elle l'examina un long moment avant de regarder Sloane.

— Tu es sûr que ton agresseur était un Muet ?

— Oui, mais il émanait de lui une magie très puissante. J'ai essayé de l'annihiler, je n'ai pas réussi, même avec l'aide de Galgareth. Je n'ai jamais rencontré ce genre d'énergie, c'était... difficile à décrire.

— C'était d'origine divine, affirma Galgareth avec gravité. Les mortels n'ont pas cette puissance, les éternels non plus, seuls les immortels en sont dotés.

— Au début, poursuivit Sloane, nous avons pensé que le garçon utilisait un artefact magique ou un totem, mais ce symbole est bien de la nécromancie, non ? Il sert à relier une âme ?

— Oui, admit Lynette.

Elle fit encore claquer sa langue et se mit à réfléchir intensément, la lèvre retroussée. Le silence retomba, tous les yeux étaient fixés sur elle.

Puis Milo demanda dans un murmure étouffé :

— C'est quoi un Asra ?

Un gémissement collectif émanant des autres, Sloane esquissa un sourire et tapota Milo – nouveau converti à la foi Sagittaire – sur l'épaule.

— Les Asras sont des êtres éternels, la première race créée par Azaethoth le Grand. Ils vivent dans un domaine bien à eux, Xenon, un pont qui relie Eon, la terre, à Zebulon, la demeure des dieux.

Loch émit un ricanement méprisant.

— Ces gros chats sont des métamorphes sans intérêt. Je ne comprends pas l'excitation qu'ils suscitent !

Milo haleta.

— Attendez, dans ce cas... les licornes existent aussi ?

Sloane sourit.

— En quelque sorte, oui, c'est la quatrième race créée par Azaethoth le Grand. Nous les appelons des Eldress et toutes n'ont pas une seule corne, parfois, elles en ont des dizaines. Les Eldress n'ont ni peau ni fourrure, elles ressemblent à des zombies dotées de dents aussi pointues que des aiguilles et...

Il s'interrompit en remarquant que Lynette s'en allait.

— Lyn, où vas-tu ?

Elle cria par-dessus son épaule :

— Je reviens tout de suite !

Galgareth s'assit sur le canapé aux pieds de Jay et déclara :

— J'ai mis en place quelques pièges qui nous préviendront si le Muet revient. D'après ce que j'ai vu, Azaethoth avait déjà protégé la maison.

Loch se pencha pour mordiller le cou de Sloane.

— Oui, j'ai déjà séjourné ici avec Sloane. Nous avons passé un très bon moment à copuler ensemble.

Sloane ne put retenir un gémissement. Il plaqua la main sur sa bouche pour en étouffer un autre et jeta à Milo un regard gêné.

— Désolé, Milo.

Milo sourit.

— De quoi ? Je suis plutôt flatté qu'un dieu ait accepté mon humble hospitalité, tu sais.

Loch lui adressa un clin d'œil

— Bien dit, déclara-t-il.

— Dieux et mortels, venez, cria Lynette, je vous attends !

Sloane se précipita le premier. En arrivant dans la cuisine, il constata que Lynette avait sorti toute une collection de vieux livres en lambeaux. Ils étaient alignés sur le comptoir, et il émanait d'eux une forte odeur de moisi. La magie s'écoulait du papier.

— De quoi s'agit-il ?

— Ces grimoires sont dans la famille Fields depuis des générations, déclara Lynette avec un sourire fier, et la magie illégale se transmet chez nous de bouche à oreille. Si la police chargée de l'application des lois magiques était au courant, elle condamnerait ces livres au bûcher, mais tout ce que j'ai appris en nécromancie est là-dedans.

Milo se pencha sur les vieux grimoires.

— Ils n'ont jamais été numérisés, je présume ?

Lynette se contenta de rouler des yeux.

— Voici le symbole que tu as dessiné, Sloane, ajouta-t-elle. Il sert à lier l'âme à un corps pour créer une goule. Quand quelqu'un meurt pour la première fois, il faut vite lier son âme à quelque chose pour la garder sur place. Quand Fred est mort, par exemple, j'ai lié son âme à une cuillère en argent.

— Et après ?

— Quand tout est prêt pour la cérémonie, j'utilise le même symbole sur le corps de goule afin d'y transférer l'âme et voilà, c'est fini ! Ce n'est pas une vraie résurrection, bien entendu, pas du tout ce que super Azaethoth a fait pour nous rendre Lochlain.

Loch se pavana aussitôt.

Lynette enchaîna :

— Créer une goule est un processus assez simple. En revanche, aller chercher une âme à Zebulon, la replacer dans son corps d'origine et restaurer sa vitalité naturelle, c'est un pouvoir divin qu'aucun humain ne détient plus depuis des siècles. Alors, nous faisons de la nécromancie, nous créons des goules. Ça ne marche pas toujours, d'ailleurs. Parfois, le lien n'est pas assez fort.

— Il y a des sorts de résurrection dans ces grimoires ?

— Oui, mais ils sont écrits en langage des dieux, je ne peux pas les lire.

Sloane répondit à la question que Milo s'apprêtait à poser :

— C'est un code secret des dieux Sagittaires. Parfois, chaque dieu a son propre dialecte. La plupart des sorts magiques sont lancés en utilisant ce langage. Les Lucians prétendent que le Dieu de Lumière l'a inventé, mais c'est faux, il existait bien avant.

Galgareth toucha avec révérence les vieux parchemins.

— Il existe même des versions que seul le dieu auquel la langue était destinée est capable de lire. Ces papiers portent l'essence de Babbeth. Ou peut-être de son épouse, Rordanus.

— Je crois qu'ils proviennent effectivement de Rordanus, déclara Lynette, une pointe d'excitation dans la voix. Je les ai comparés avec des documents qui sont conservés au musée. De toute façon, lier une âme n'est pas de la véritable nécromancie. Ce que vous avez décrit est encore plus incroyable, j'ignorais qu'on pouvait lier une âme à un être vivant ! C'est un problème.

— Parce que deux âmes ne peuvent partager le même corps ? demanda Milo.

Il semblait assez fier d'avoir enfin contribué à la discussion.

— Exactement, confirma Lynette. Un dieu peut occuper un temps le corps d'un mortel s'il y a consentement – comme pour Galgareth – ou s'il s'agit d'un défunt, comme Loch l'a fait avec Lochlain, mais ce mystérieux Muet porte des symboles très contraignants. En fait, je pense savoir pourquoi il leur faut des Muets.

Elle se pencha pour feuilleter l'un des livres

— Que veux-tu dire? insista Sloane sans la quitter des yeux.

Lynette s'arrêta sur une page qui montrait un pont constitué d'étoiles brillantes.

— Les Muets sont totalement coupés de la magie, expliqua-t-elle, même morts, ils doivent arpenter des années durant le pont de Xenon pour gagner leur passage sur Zebulon. Pas de magie, pas de passage gratuit.

— Si, *en principe*, on ne peut pas lier une âme à un être vivant, c'est aussi parce qu'une overdose de magie risquerait de détruire le corps partagé en annihilant les deux âmes. Mais avec un Muet...

— Le problème ne se pose pas, conclut Sloane, un poids dans les tripes.

— Avec plusieurs de ces symboles, ajouta Lynette d'un ton hésitant, cela semble possible. Votre Muet pourrait avoir une autre âme liée à lui.

— Et s'il est lié à un immortel, il a accès à une magie qui le dépasse, c'est bien ça?

Prononcée à haute voix, cette hypothèse paraissait absurde.

— Oui, confirma Lynette. Cela expliquerait pourquoi les sorts de silence que vous avez essayés n'ont pas fonctionné sur lui. Un Muet n'a pas de magie, le vôtre en a une, très puissante. C'est forcément celle de l'âme qui lui est attachée. J'ignore si votre magie est encore susceptible de l'affecter. Les âmes, après tout, commencent leur voyage vers Xenon, une fois séparées de leur corps d'origine. De ce fait, elles n'existent plus tout à fait sur le même plan.

Sloane soupira.

— De mieux en mieux! Que pouvons-nous faire?

Lynette tourna une autre page.

— Je ne vois qu'une option, répondit-elle, il faut s'en prendre à l'objet lié, dans votre cas, c'est le garçon. Si tu parviens à effacer ses symboles, cela libérera l'âme qui lui est attachée.

— Les effacer? se récria Sloane. Comment veux-tu que je le fasse? Ils sont tatoués sur sa peau!

— Tu vas devoir les arracher, déclara Lynette, d'un ton sinistre. Peut-être pas tous, juste quelques-uns pour tenter de briser le cercle extérieur. En fait, dès que tu y toucheras, cela donnera sans doute une marge de manœuvre à l'âme divine, elle trouvera bien un moyen de se libérer.

Milo fronça les sourcils.

— Pauvre fantôme! Il cherche probablement à retrouver sa liberté. C'est le hasard, après tout, qui l'a lié à ce garçon!

Lynette tapota ses ongles contre le comptoir.

— J'en doute. À mon avis, trouver le Muet parfaitement adapté à une âme divine n'est pas si facile, il doit y avoir des tas d'incompatibilités potentielles. Maintenant, ils ont besoin de Jay, je présume, c'est pourquoi ils tiennent tellement à le récupérer.

— Sur quels critères basent-ils leur sélection ? demanda Sloane. Le signe astrologique des Muets ? Leur âge ? Leur poids ?

Lynette leva les mains.

— Aucune idée ! C'est peut-être aléatoire.

— Non, sûrement pas. Je voudrais bien savoir ce qui rend Jay si spécial ! Le découvrir nous mènerait sans doute au dieu responsable de ce carnage.

Loch intervint :

— Moi, je voudrais surtout remettre la main sur ce sale petit Asra et lui tordre le cou jusqu'à lui faire avouer tout ce qu'il sait. Et si j'allais le chercher ?

— Non ! le sermonna Galgareth. Il nous est strictement interdit d'entrer à Xenon. Au moindre prétexte, le roi Asran déclencherait une guerre, tu le sais, mon frère !

— Bien ! Dans ce cas, nous allons chercher cet albinos agressif et lui tordre le cou jusqu'à lui faire avouer tout ce qu'il sait.

— Tu parles ! Il nous a explosés tout à l'heure, lui rappela Sloane, maussade.

Loch lui jeta un regard horrifié.

— C'est faux ! Il a fui au moment où j'allais revendiquer ma victoire !

Sloane prit la main de son fiancé dans la sienne.

— Écoute, Loch, tu ne dois en aucun cas te transformer un dragon plein de tentacules à Archersville, au milieu des humains. Donc mieux vaut éviter un autre combat public avec ce mystérieux Muet-goule ! Nous devons nous montrer très prudents.

Les yeux fixés sur les documents de Lynette, Galgareth déclara :

— Je pense pouvoir traduire certains de ces parchemins. Si je ne parle pas couramment le Rordanus, j'en comprends quelques mots. Avec l'aide de Lynette, nous pourrions trouver des indices.

— Moi, déclara Sloane, je vais me renseigner sur les disparitions de Muets. La police a pu rater des pistes. J'aimerais savoir comment ils sont sélectionnés et tenter de protéger d'autres victimes potentielles.

Loch fit la moue.

— Pourquoi refuses-tu que nous traquions l'albinos ?

— Parce qu'il bénéficie d'une magie qui nous dépasse, répondit patiemment Sloane. À l'heure actuelle, nous n'avons pas suffisamment d'informations à son sujet pour prendre une décision intelligente. Il nous faut un plan. Allez, Loch, tu aimes planifier.

Loch ne se dérida pas.

— Pour voler, oui, pas pour me battre.

— Si vous voulez, laissez-nous Jay, suggéra Lynette. Il est en sécurité avec nous. La maison est protégée par des sorts super puissants, et nous vous contacterons en cas de problème.

Sloane hésita, avant d'acquiescer à contrecœur.

— D'accord...

Galgareth laissa un tentacule de lavande émerger de sa manche pour caresser le menton de Sloane.

— Je promets de veiller sur lui, enfant mortel. N'aie pas peur.

Loch brandit également ses tentacules pour prendre Sloane par la taille.

— Ma sœur n'a qu'une parole. Tout ira bien, mon cher Briscoe.

Tout frissonnant de ce double contact divin, Sloane se détendit. Il inspira un grand coup et finit par sourire.

— Bien sûr, tu as raison. Nous allons enquêter et trouver une solution.

— Que puis-je faire ? demanda Milo. Je ne parle pas le langage des dieux, mais je tiens à me rendre utile.

Sloane claqua des doigts.

— Hé, j'ai une idée ! Pourquoi ne pas aller voir Oleander Fredrik Logue, le linguiste qui travaille à l'occasion pour la police d'Archersville ?

Milo secoua la tête.

— Impossible, il est absent en ce moment.

— Ça vaut la peine d'essayer d'entrer en contact avec lui !

— Peut-être. Logue parle même le *klingon*, mec ! Le langage des dieux Sagittaires, en revanche, je ne sais pas.

— En attendant, fais d'autres tests sur le résidu bleu et demande à Galgareth de t'aider à l'identifier.

— Entendu, répondit Galgareth. Urilith, notre mère, ne devrait pas tarder, elle vous aidera aussi bien volontiers.

Lynette ouvrit de grands yeux.

— Urilith... ?

Milo frappa son poing dans sa paume.

— C'est la déesse de la fertilité ! s'exclama-t-il. Elle, je la connais !

Loch se frotta à la joue de Sloane.

— Nous avons un mariage à organiser, déclara-t-il. Je suis impatient de te présenter à ma mère. Elle va t'adorer.

Sloane rougit en sentant un des tentacules de Loch caresser son cul. Il s'écarta, gêné, et se racla bruyamment la gorge.

— Je suis tout aussi impatient de faire sa connaissance. En attendant, nous avons du travail, nous devons découvrir l'identité du dieu qui se cache derrière cette histoire et...

— Oui, oui, grogna Loch. Il y a *toujours* des recherches ennuyeuses, des affaires à résoudre, le monde à sauver, notre mariage est tout en bas de ta liste. Je comprends, mon amour.

Sloane gloussa, incapable de résister aux bouderies puériles de Loch.

— Si tu veux, tu regarderas *Hell's Kitchen* pendant que je lirai d'ennuyeux rapports, d'accord ?

Loch se rasséréna.

— Ah, je savais que j'avais d'excellentes raisons de t'épouser ! Tu me connais si bien !

Ils firent de brefs adieux à Galgareth, Lynette et Milo, chacun promettant aux autres de rester en contact en cas de découverte importante.

Peu après, Sloane se laissait tomber sur le siège de sa voiture. Il ferma les yeux et concentra sa magie, puis, d'un claquement de mains, il remit la portière en place.

Loch se glissa à côté de lui. Sloane eut un hoquet de rire en voyant que son fiancé portait les lunettes violettes dont Lynette avait affublé Jay pour détourner l'attention des curieux.

Très fier de son effet, Loch baissa ses lunettes ridicules et battit des cils d'un air enamouré.

— Elles sont fantastiques, hein ?

Sloane démarra, riant toujours.

— Absolument, acquiesça-t-il.

Il resta silencieux pendant le trajet jusqu'à chez lui, perdu dans ses pensées. Les tentacules de Loch, posés sur ses genoux, étaient d'un grand réconfort, pourtant, Sloane continuait à s'inquiéter. Cette enquête avançait de façon étrange, par tâtonnement, ils travaillaient à l'aveuglette, et le Muet pouvait les attaquer à tout moment.

En pénétrant dans l'appartement de Sloane, Loch perdit patience.

— À quoi penses-tu, mon aimé ? J'entends tourner les rouages de ton cerveau !

— Techniquement, je crois que c'est impossible, répondit Sloane. Et il m'arrive souvent de réfléchir, tu sais.

— Oui, je sais, mais là, c'est différent. Ton visage est agité de petits spasmes. C'est adorable, mais j'aimerais savoir ce qui te trouble tant.

Sloane chercha ses mots.

— Je suis… inquiet, Loch.

Loch l'étreignit.

— De quoi ?

Sloane posa la tête contre la divine poitrine.

— De tout, avoua-t-il. Il existe des centaines de dieux, et notre coupable peut être n'importe lequel d'entre eux ! Et ce gamin qui nous a attaqués ? Il est quelque part, lui aussi.

Loch embrassa ses cheveux.

— Tu as peur d'être en danger ? Je te protégerai, mon amour.

— Je ne m'inquiète pas pour moi, murmura Sloane, mais pour le monde entier. C'est la deuxième fois qu'un ancien dieu projette d'anéantir l'humanité ! D'abord, ton fou de frère essaye de réveiller ton père, encore plus fou ! Et maintenant, nous ne savons même pas ce que ce dieu essaie de faire, et… et… et…

— Il kidnappe des Muets sans défense pour fabriquer des armes défiant la magie, compléta sombrement Loch.

Sloane fronça les sourcils.

— Oui ! Et je n'arrive pas à comprendre que tu restes aussi calme ! Comment fais-tu ?

— Je suis certain de notre victoire, mon amour. Nous n'échouerons pas.

Sloane le fixa, impuissant.

— Je voudrais… y croire aussi.

— Aie confiance, l'exhorta Loch. Crois en moi, crois en nous, crois en notre amour. Il restera éternel, même après que toutes les étoiles seront tombées du ciel. Notre légende perdurera, les gens chuchoteront au coin du feu que nous avons sauvé le monde. Pas une fois, mais deux !

Il pressa les lèvres contre le cou de Sloane et lui mordilla la mâchoire.

— Mmm… Loch…

Sloane s'abandonna et ferma les yeux. Loch le déshabilla, et une bouffée de chaleur monta en lui.

53

— Mais l'énergie du garçon, marmonna-t-il encore. D'après Galgareth, elle est d'origine divine…

Loch embrassa son épaule nue.

— Dieu, que tu es tendu ! Oublie tes soucis, ne pense plus qu'à moi.

— Si l'énergie était divine et que la source du pouvoir de ce garçon vient de l'âme qui lui est liée, ça veut dire… oh, merde !

Sloane gémit en sentant un tentacule glisser dans son pantalon et entre ses fesses. La pénétration commença très lentement.

— Laisse-moi prendre soin de toi, mon cher Briscoe.

— Nous avons des recherches… tant de travail encore ! Merde ! Loch ! Concentre-toi sur…

Ses protestations manquaient de conviction, même à ses propres oreilles. Il gémit plus fort encore quand Loch lui lécha l'oreille et le pénétra plus profondément.

— Je suis très concentré ! affirma Loch. Et question recherche, j'ai trouvé un sujet qui me passionne.

Sloane haleta.

— Mmm, lequel ?

— Je suis tellement content que tu aies posé la question ! s'exclama Loch. Eh bien, c'est l'anatomie humaine, et tu vas me servir de cobaye.

V

LOCH PORTA Sloane tout droit au lit et l'allongea sur les draps, son tentacule toujours planté en lui. Il n'aurait eu aucune difficulté à faire disparaître leurs vêtements par magie, mais, parfois, il aimait prendre son temps et dévêtir Sloane comme un humain. D'un seul mouvement preste, il débarrassa son fiancé de son pantalon et de son boxer, avant de laisser courir ses mains le long des jambes, depuis les chevilles jusqu'aux cuisses.

— Mmm, Loch… haleta Sloane.

Il gémit et se tordit dans les draps en sentant le tentacule s'enfoncer en lui plus profondément. Bien qu'incroyable, la plénitude était pourtant indolore. Sloane ne ressentait qu'un plaisir intense.

Ayant épuisé sa réserve de patience, Loch fit s'évaporer ses vêtements en un clin d'œil, révélant un corps mortel magnifique et musclé. D'épaisses cicatrices semblaient marquer les épaules et les bras : il s'agissait en vérité des tentacules divins, exposés tout en étant cachés. Ils jaillirent de la peau de Loch avec leur teinte originelle, gris bleuté.

Loch pesa sur Sloane et l'embrassa avec avidité, ses tentacules l'enserrant dans une étreinte possessive. À même les lèvres de son amant, il marmonna :

— Mmm, mon amour… je suis si bien en toi, tu es si brûlant, si parfait !

— Loch !

Sloane s'efforça d'écarter davantage les jambes pour mieux s'offrir et soulager la pression qui nouait ses entrailles. En même temps, il s'accrocha au cou de Loch et se perdit dans leur baiser. Il suçait la langue de Loch lorsque le tentacule planté en lui se mit à le marteler à un rythme plus soutenu.

Faire l'amour avec un dieu était une expérience unique, jugea Sloane. Il s'abandonna complètement, laissant les tentacules de Loch le tenir, le soulever, le positionner, l'écarteler. C'était exquis.

En plus, Sloane savait que Loch ne s'arrêterait pas là.

Effectivement, il sentit peu après le second tentacule fendu s'approcher de son anus.

Loch chuchota :

— En veux-tu davantage, mon amour ? Me laisseras-tu te combler ?

Sloane répondit immédiatement :

— Oh, oui !

Loch lui souleva les jambes, forçant ses genoux à toucher sa poitrine. Les joues écarlates, Sloane grogna d'être ainsi exposé.

Loch lui caressa les cuisses, le regard fixé sur son cul. Il introduisit son deuxième tentacule très lentement, le front plissé de concentration.

— Voilà… voilà, mon amour.

Sloane laissa sa tête retomber en arrière, le souffle coupé, tandis que son corps cherchait à s'adapter à cette nouvelle intrusion. Une brève douleur le fit se crisper, Loch l'apaisa aussitôt par magie d'une simple pensée. Apaisé, Sloane gémit de plaisir. Sa vision devint floue.

Les deux tentacules, collés l'un à l'autre, le baisaient comme un gigantesque phallus, s'enfonçant en lui plus profondément, pressant sa prostate avec une précision démoniaque.

Sloane leva les reins pour mieux s'accorder aux coups de boutoir de Loch. Il sentit son orgasme monter et agrippa ses genoux à pleines mains pour s'ouvrir davantage et profiter de cet angle parfait.

— Loch… Mmm, allez, bébé…

La sueur perlait sur sa peau, sa voix était éraillée, son souffle erratique. La pression menaçait de le faire exploser.

— Tu y es presque ? haleta Loch. Jouis pour moi, mon cher Briscoe !

— Oui, oui, ouiii ! gémit Sloane.

Loch accéléra la cadence.

— Mmm… Que c'est bon d'être en toi, déclara-t-il. Oh, mon amour, je vais jouir aussi !

Sloane sentit les deux tentacules s'épaissir encore. Il étouffa un cri d'affolement. C'était presque trop, et la frontière entre la douleur et l'extase s'amincissait. Il colla sa poitrine à celle de Loch, passa les doigts dans les cheveux roux et cria :

— Je n'en peux plus ! S'il te plaît ! Fais-moi jouir !

— Avec plaisir !

Loch l'embrassa, tandis que ses deux tentacules se contractaient et vidaient leur essence divine au fond des entrailles de Sloane.

Sloane jouit dans un long cri cassé, il se tordit dans l'étreinte de Loch, le ventre secoué de spasmes. Son sperme jaillit et se répandit entre eux.

Avec les bruits humides de leur union physique dans les oreilles, Sloane ferma les yeux et profita de ce moment extatique…

Quand il retomba sur Terre, Loch le baisait toujours, berçant les derniers vagues de son fantastique orgasme.

Sloane s'accrocha aux épaules de Loch et se mit à sangloter.

— Oh, dieux… c'était… Loch… bébé !

Pour le calmer, Loch déposa une pluie de baisers sur sa peau humide.

— Tu as été merveilleux, mon amour… Tu me combles à chacun de nos accouplements.

Éperdu de jouissance et de gratitude, Sloane émit un son à la fois grave et joyeux. Tout son corps palpitait encore de satisfaction béate.

Loch prit son visage en coupe et le regarda tendrement.

— Mmm, tu te sens mieux maintenant ? demanda-t-il.

Affaissé sur les draps trempés, Sloane s'étira, les bras au-dessus de sa tête, avec un gémissement heureux.

— Oui. J'en avais vraiment besoin !

— Je sais, dit Loch d'un air suffisant.

Il retira enfin ses tentacules. Puis il se souleva un peu, écarta les jambes de Sloane et plongea ses deux pouces dans l'anus béant.

— Mmm, regarde dans quel état je t'ai mis !

— Loch ! s'étrangla Sloane.

Une vague de chaleur lui monta au visage. Les pouces de Loch s'enfonçaient dans son trou pour le maintenir ouvert. Il sentait l'essence divine dont Loch l'avait empli s'écouler de son orifice dilaté et glisser entre ses fesses.

Loch sourit.

— J'aime te voir porter ma semence, mon amour. J'adore la voir jaillir de ton cul somptueux, surtout après une copulation débridée…

Sloane renonça à se débattre.

— Putain, Loch, éructa-t-il. Comment peux-tu parler ainsi ? C'est… presque obscène !

Il aurait dû être choqué, mais il était excité. Il venait à peine de jouir, pourtant, il bandait déjà.

Loch cessa son examen intime et se pencha pour embrasser Sloane.

— Tu adores ça, ricana-t-il.

— Mmm, je sais… C'est juste… mmm.

Sloane oublia ce qu'il voulait dire, pris par le baiser de Loch et la façon dont la langue divine jouait avec la sienne.

Profitant de cette inattention, Loch positionna les jambes de son amant autour de sa taille. Sloane sut alors que le round deux n'allait pas tarder, mais Loch n'était pas pressé. Le baiser s'attarda.

Sloane savoura le contact de la peau dorée de Loch contre la sienne. Chaque fois que l'ancien dieu mettait ses mains sur lui, Sloane ne sentait adoré, adulé. Jamais il n'avait aimé comme il aimait son dieu et constater, encore et encore, que cet amour inconditionnel lui était rendu au centuple lui paraissait un vrai cadeau du ciel. Il le chérirait pour le restant de ses jours.

Ce fut Loch qui perdit patience le premier. Il frotta son bas-ventre contre Sloane avec un grondement avide. Son tentaqueue aux veines en relief apparut, le gland énorme chercha l'ouverture du corps de Sloane.

L'esprit encore embrumé d'endorphines, Sloane marmonna :

— Mmm, tu as encore envie de moi à ce que je constate, tu es insatiable !

— J'aurai toujours envie de toi ! promit Loch avec passion. Même dans mille ans. Après ça ? On verra !

Sloane lui frappa légèrement le bras.

— *On verra* ? Mon cul !

Loch se pencha davantage, les yeux pleins d'adoration.

— J'adore ton cul, mon amour. Je plaisantais. Je ne t'ai pas offensé, j'espère ?

— Juste un tout petit peu…

— Je vais me rattraper.

Sloane passa la langue sur ses lèvres quand le gland força son anus dilaté. Le tentaqueue était encore plus gros que les deux appendices fendus qu'il venait de recevoir.

Loch le pénétra avec précaution, par de courtes poussées. Sloane ne put retenir un gémissement d'affolement en sentant ses muscles intimes résister à l'invasion. Malgré la lenteur de Loch, malgré ses dons magiques, la brûlure fut presque insoutenable. Sloane transpirait abondamment. Il se tordit dans les draps, les ongles plantés dans le dos de Loch

L'un des tentacules fendus, encore humide de leurs récents, ébats effleura ses lèvres.

— Bois, dit Loch.

Sloane ouvrit la bouche avec empressement et aspira goulûment. Dès que l'essence divine coula dans sa gorge, la douleur disparut.

Sloane put enfin se détendre, et le tentaqueue se fraya un chemin.

Le tentacule dans sa bouche poussa dans sa gorge, alors que le tentaqueue envahissait son cul. Sloane en frémit, il adorait la sensation d'être pris de tous les côtés. Il suça l'appendice, la respiration presque coupée, les yeux humides de larmes. La pression montait déjà dans ses couilles.

Loch lui embrassait la gorge, mordillant la grosse veine où le sang pulsait. Au même moment, son autre tentacule fendu se glissa entre leurs deux corps afin de sucer le sexe de Sloane.

Loch déclara d'une voix que la passion enrouait :

— Mmm, ton sperme est un véritable nectar, mon amour... Je pourrais te boire à jamais...

Sloane ouvrit les yeux pour regarder Loch à travers ses larmes. Les prunelles divines étaient sombres et piquetées d'étoiles. Sloane se perdit dans des galaxies sans fin où brillait un amour si intense qu'il en brûlait de l'intérieur.

Sloane avait du mal à croire à ce qu'il vivait : possédé par un immortel de la façon la plus intime qui soit, il découvrait une euphorie en principe inconnue des mortels et, pourtant, Loch le regardait comme si lui, un simple humain, était unique et merveilleux.

Sloane explosa dans un orgasme cataclysmique, et le tentacule de Loch avala la moindre goutte de son sperme, l'autre emplissant sa bouche d'essence divine. Sloane déglutit et souleva ses reins du lit. L'énorme tentaqueue claquait encore en lui.

Loch glissa les bras sous ses épaules et l'embrassa.

— Mon beau compagnon, ce n'est pas fini... je vais te faire jouir, encore et encore...

Un mortel n'aurait pas pu tenir une aussi folle promesse, mais Loch était un dieu.

Sloane fut traversé par une bouffée de chaleur, sa peau le picotait de partout, même sous les paupières, même au bout de la queue. Empalé sur le magnifique tentaqueue, il sentit un autre orgasme l'envelopper comme un cocon de soie chaude. Quand la pression devint insupportable, il poussa un grand cri :

— Azaethoth !

Il se cambra dans le lit et jouit encore, puis il sentit le gland divin gonfler en lui et éjaculer. L'essence de Loch gicla avec force sur ses parois internes.

Loch l'embrassa.

— Mmm, Sloane ! Je t'adore !

— Je t'aime aussi, réussit à croasser Sloane.

Il haleta et retomba lourdement sur le lit. Le corps engourdi, les yeux vitreux.

— Tu es si beau, mon cher Briscoe !

— Mmm, Azaethoth… C'était… Aaah !

Le souffle coupé, Sloane écarquilla des yeux horrifiés en voyant une vieille femme noire aux cheveux gris debout au pied du lit, les yeux fixés sur eux, un sourire rayonnant aux lèvres.

Sloane s'éloigna de Loch – en gémissant quand le tentaqueue se retira, laissant un grand vide derrière lui. Cette fois, Sloane n'appréciait pas du tout de sentir du sperme couler entre ses jambes.

Il tenta d'invoquer un bouclier de lumière des étoiles et hoqueta :

— Bordel ! Qui êtes-vous ? Que faites-vous ici ?

Loch se retourna, tout en faisant rentrer ses tentacules sous sa peau.

— Mère ?

— Oh, mon tout petit !

L'inconnue se précipita pour serrer Loch dans ses bras, sans paraître se soucier qu'il soit entièrement nu et tout poisseux d'un coït récent.

Loch lui rendit son étreinte et sourit de toutes ses dents.

— Mère ! Tu as pu venir ! J'en suis si heureux !

Sloane s'enveloppa dans le drap pour tenter de préserver ce qui lui restait de pudeur et lissa en arrière ses cheveux humides pour se rendre plus présentable. Il était terriblement mortifié.

Comment faire bonne impression sur sa future belle-mère, alors qu'il était nu et couvert de sperme ?

Urilith caressait les cheveux de Loch et embrassait ses joues.

— Tu m'as tellement manqué ! Tu es magnifique !

— Tu m'as manqué aussi !

Loch sourit à Sloane.

— Voici mon fiancé, Mère, ajouta-t-il, Sloane Beaumont. N'est-il pas la plus belle créature de tous les univers ?

Les joues écarlates et le cul trempé, Sloane s'accrocha au drap enroulé autour de sa taille et quitta le lit pour saluer la déesse.

— Je vous salue, Urilith, je suis très honoré de vous rencontrer.

Elle prit la main de Sloane dans les siennes et lui embrassa la joue.

— Je t'en prie, enfant, appelle-moi mère ! Je suis tellement heureuse que mon petit dernier se soit enfin trouvé un compagnon !

Sloane émit un petit rire anxieux.

60

— Je suis très heureux que ce soit moi! Euh… vous êtes arrivée quand au juste? Vous nous regardiez depuis longtemps?

Urilith joignit les mains.

— Non, non! Je n'ai pas voulu interrompre vos ébats! C'était si beau! Depuis que je dors, ce sont les célébrations de fertilité jadis tenues en mon honneur qui me manquent le plus!

Sloane ajusta le drap.

— Oh. Je vois. Évidemment, pour vous, ce n'est pas bizarre, mais pour moi, c'est… différent.

Loch gloussa en regardant sa mère.

— Sloane est un peu timide, mais il est exceptionnellement brillant, gentil et passionné. Bien entendu, je lui ai offert mon cœur.

— Je suis sûre qu'il est merveilleux, déclara gentiment Urilith. À présent, parlons de votre mariage. Avez-vous fixé une date?

— Euh, non, balbutia Sloane. Nous n'avons pas eu le temps. Loch a fait sa demande hier soir et aujourd'hui a été… euh, compliqué.

Urilith prit un air attristé.

— À cause de Tollmathan?

Sloane tressaillit, saisi de culpabilité. Il se sentait d'autant plus exposé qu'il était toujours nu.

— Un peu, marmonna-t-il, éperdu. C'est… Je suis désolé…

Il avait trouvé gênant d'avoir cette conversation avec Galgareth, mais là, c'était encore pire. Après tout, Urilith était la mère de Tollmathan.

La déesse prit le visage de Sloane en coupe et ses yeux devinrent de sombres océans pleins d'étoiles.

— J'ai perdu mon fils bien avant que tu lui ôtes la vie, mon petit. Le rêve avait versé trop de haine dans son cœur et, quand tu l'as réveillé, cette émotion destructrice n'a fait que grandir. Je pleure l'âme qui écrivait jadis de la poésie pendant les solstices, qui composait des sonnets sur le clair de lune, mais cet enfant est mort depuis longtemps. Je ne t'en veux pas, mon petit. Ne te fais pas de souci.

— Je… je… merci, réussit à dire Sloane.

Il frissonna au contact des mains d'Urilith, submergé par l'amour et le réconfort qui émanaient de la déesse.

Elle lui adressa un sourire éclatant,

— Maintenant, revenons-en à votre mariage. Que diriez-vous de l'équinoxe de printemps?

— Je vais être franc, contra Sloane, nous avons d'autres priorités pour le moment. Je vais tout vous raconter…

Il jeta un coup d'œil à Loch et se lança dans son discours, le cœur lourd, relatant à Urilith tout ce qui s'était passé. Loch intervint de temps en temps pour ajouter un détail.

Tout en parlant, Sloane s'habilla rapidement. Loch, lui, resta nu.

Urilith écouta attentivement, le front plissé d'inquiétude. Quand Sloane se tut enfin, elle demanda :

— Et vous ne savez pas le nom du dieu qui a de si sombres projets ?

— Non, répondit Sloane. Nous avons trouvé à maintes reprises ce résidu bleu, manifestement d'origine divine, mais nous ignorons qui l'a laissé. Nous savons juste que le coupable était un complice de Tollmathan et que tous les deux ont tatoué ces symboles de nécromancie sur le jeune Muet.

— Toll a toujours été très proche de ses frères, déclara Urilith, Gronoch et Xhorlas.

— Tu penses *vraiment* que celui que nous cherchons pourrait être l'un d'eux ? s'offusqua Loch, visiblement mal à l'aise.

Urilith tendit les mains.

— Qui d'autre voudrait détruire le monde ? Le royaume de ton père leur a été refusé quand nous sommes entrés dans le rêve. Même endormie, j'ai senti leur rage et je ne vois personne d'autre capable d'une telle monstruosité.

— Mais pourquoi se donner la peine de transformer des Muets en armes ? demanda Sloane. Pourquoi Gronoch et Xhorlas n'ont-ils pas essayé de réveiller Salgumel ?

— Oh, je suis sûre qu'ils s'y efforcent aussi, répondit Urilith, mais si Salgumel se réveille, il y aura certainement une guerre et il faudra à mes fils une armée pour combattre les autres dieux et tous ceux qui chercheront à s'opposer à eux.

— Ils veulent une armée pour combattre les dieux, hoqueta Sloane. C'est… c'est de la folie !

Urilith ajouta gravement :

— Quelle que soit cette magie qu'ils utilisent pour créer des armes avec les Muets, elle est puissante et dangereuse. J'ignore à quelle âme ils ont lié ce garçon dont vous avez parlé, mais…

Elle s'interrompit et réfléchit. Peu patient de nature, Loch fronça les sourcils.

— Mais quoi ? Qu'y a-t-il, Mère ? Pourquoi es-tu si troublée ? Viens, tu devrais t'asseoir.

Urilith ne protesta pas quand Loch lui fit quitter la chambre pour la conduire au salon et l'installer sur le canapé.

— J'ai un affreux soupçon, avoua-t-elle enfin. La puissance que vous décrivez, l'utilisation de tant de symboles contraignants, le résidu…

— Oui ?

Au même moment, Sloane entendit son téléphone sonner.

— Merde ! Excusez-moi !

Il courut chercher sa veste, jetée sur un fauteuil de la chambre, et en sortit son téléphone. Il prit aussi un pantalon pour Loch et retourna au salon.

Urilith le regarda avec une curiosité émerveillée.

— Quel petit appareil enchanteur ! s'exclama-t-elle.

Constatant que l'appel venait de Milo, Sloane répondit rapidement.

— Salut. Qu'est-ce qu'il y a ?

— Gal et Lynette ont trouvé une info intéressante, répondit Milo avec enthousiasme. Un sort susceptible de briser les liens de l'âme ! Il faudra le répéter plusieurs fois, parce qu'il ne casse qu'un lien à la fois, mais ça pourrait marcher !

— C'est une très bonne nouvelle !

Sloane mit le téléphone sur haut-parleur pour qu'Urilith et Loch puissent entendre. Puis il ajouta :

— Nous pourrions utiliser ce sort contre le gamin Muet, c'est ça ?

— Oui ! cria Milo, d'une voix exaltée. Une fois par lien, bien sûr, mais quand même, ça vous donnerait une arme contre ce petit monstre, s'il revient s'en prendre à vous ou à Jay.

— Merci, Milo. Et Jay, comment va-t-il ? L'Asra s'est-il manifesté ?

— Le Beau au bois dormant n'a pas bougé. Et non, nous n'avons pas vu de chat bizarre.

Sloane passa ses doigts dans ses cheveux et essaya d'avoir l'air d'un détective privé sophistiqué et efficace, pas d'un amant qui venait juste de connaître trois orgasmes explosifs.

— Parfait, dit-il.

— Ici, tout baigne, déclara Milo. Et de votre côté, du nouveau ?

Sloane sourit à Urilith.

— Eh bien, la mère de Loch est arrivée. Elle a trouvé un corps à emprunter et elle semble… euh, très impatiente de planifier le mariage.

Avec un rire strident, Urilith serra Loch contre elle.

— Oh, oui !

— Super, elle a l'air très sympa ! s'exclama Milo.

Il se racla bruyamment la gorge et prit une voix de conspirateur pour ajouter :

— Et concernant tu-sais-qui, a-t-elle des idées ?

— Nous lui avons tout raconté, répondit Sloane. D'après elle, le dieu impliqué est un des frères de Loch.

— Putain de merde, c'est la cata !

— Effectivement.

Sloane lança à Loch le pantalon qu'il tenait toujours avant de se figer, stupéfait : la porte d'entrée venait de s'ouvrir.

Il plaqua son téléphone contre sa poitrine et s'adressa à Urilith et Loch.

— La porte est restée ouverte ?

— Oh ! C'est de ma faute ! déclara Urilith. J'étais tellement pressée de voir mon fils que j'ai brisé les scellés en arrivant ! J'ai complètement oublié de les remettre en place…

— Où est le mortel ? demanda une voix glacée et familière. Je veux le savoir. Tout de suite !

Le Muet pâle aux cheveux blancs entra au salon.

Sloane reprit son téléphone.

— Milo ? Le sort dont tu me parlais, j'en ai besoin d'urgence ! Envoie-le-moi par texto !

Loch quitta d'un bond le canapé et avança vers le garçon.

— Encore *lui* ! grogna-t-il. J'ai une raclée en réserve pour toi, petite vermine, de quoi créer une monstrueuse panique dans la population !

À l'autre bout du fil, Milo s'inquiéta :

— Que se passe-t-il ? Qui Loch menace-t-il ?

— Le Muet est revenu, lança Sloane. Et… meeerde ! Loch !

Sloane haleta d'horreur en voyant Loch, toujours nu, son pantalon dans les bras, projeté à travers la pièce. Il heurta la fenêtre, la fit voler en éclat et bascula à la renverse, dans la rue.

Atterré, Sloane se retourna pour faire face au garçon tout en essayant de mettre en place un bouclier. Il fut trop lent. Heurté en plein torse par la même vague d'énergie qui avait éjecté Loch par la fenêtre, Sloane se plia en deux.

Il reçut un flot d'images et de sensations incompréhensibles : des éclairs de lumière vive, une salle blanche et stérile, des aiguilles et une douleur… oh, tant de douleur. C'était une véritable agonie.

L'écho d'une voix anxieuse résonna dans sa tête :

Alexander... Tout ira bien... Je suis là...

Tout s'effaça en un clin d'œil, et Sloane, la gorge serrée, constata que lui aussi était passé par la fenêtre. Il tombait en chute libre.

Dans la rue.

— Oh, putain !

VI

TOUT EN tombant, Sloane se tordit sur lui-même pour essayer d'amortir son atterrissage. Dans l'étroite ruelle qui séparait son immeuble du voisin, il n'y avait que du macadam et une vieille benne à ordures. Sloane allait vers une mort certaine, il finirait bientôt écrabouillé sur le trottoir.

De longs tentacules jaillirent pour le rattraper.

— Sloane ! cria Loch. Tu n'as rien ?

Quand Loch le serra contre lui, Sloane s'accrocha à son cou, son téléphone toujours à la main.

— Non... Oh, merde ! Loch ! Le garçon est là-haut avec...

— Puuuutain !

Au son de cette voix jeune et très aiguë, Sloane releva la tête : le garçon venait lui aussi de passer par la fenêtre que Loch et lui avaient déjà empruntée. Sa trajectoire fut étrangement horizontale, et le Muet s'écrasa contre le bâtiment voisin. Plus bizarre encore, il ne tomba pas. Il resta à flotter, suspendu dans les airs, manifestement furieux.

Une gigantesque masse de tentacules jaunes émergea de la fenêtre cassée, tous braqués vers le garçon.

— Mère ! protesta Loch. Nous sommes sur Eon ! Tu n'as pas le droit de te transformer ! Retourne tout de suite dans ton corps humain !

Urilith poussa un rugissement inhumain et terrifiant, ses tentacules se tordirent de plus belle.

— Non, non, non, répondit Loch, agacé. Si je ne peux pas devenir un dragon, tu dois aussi rester humaine. Pourquoi serait-ce à moi seul d'être raisonnable ? Tu es ma mère, je te rappelle, tu es censée me donner le bon exemple !

Sloane se souvint du nom qu'il avait entendu durant sa vision.

— Alexander ! cria-t-il. Arrête !

Le Muet tressaillit et baissa les yeux, son attention désormais concentrée sur Sloane et Loch.

Il se mit à descendre lentement vers eux.

— C'est ton nom, pas vrai ? insista Sloane. Alexander ?

Il aperçut alors l'étrange énergie qui pulsait autour du garçon, comme de gros... *filaments* enroulés autour de sa taille.

Ça ressemblait presque à...

Dès que ses pieds touchèrent le trottoir, Alexander cracha :

— Mon nom n'a aucune importance ! Ce que vous devez savoir, c'est que je ne reculerai devant rien pour obtenir le mortel. Où est-il ?

— Comment nous as-tu retrouvés ? répliqua Sloane. Est-ce via un sort de surveillance ? Aurais-tu marqué Loch quand il t'a attrapé ?

— Je veux le mortel ! cria Alexander. Tout de suite. Donnez-le-moi !

Le ton était franchement menaçant.

Sloane se libéra des bras de Loch.

— Non, aboya-t-il. Pour qui travailles-tu ? Xhorlas ? Gronoch ?

— Attention, c'est ta dernière chance.

Tout en parlant, Alexander avançait vers eux.

— Milo, siffla Sloane au téléphone, quel est le sort pour briser les liens ?

— Confractus... euh... vincoulo ! Confractus vincoulo !

Milo était si fébrile qu'il en bredouillait.

Les yeux fixés sur Alexander, Sloane leva la main et se concentra sur le symbole qui émergeait de sa manche. Il laça son sort mentalement :

Confractus vincoulo !

Il n'y eut aucun effet.

— Milo ! aboya Sloane. Ça n'a pas marché !

Un crissement de métal lui fit tourner la tête : la benne se soulevait et fonçait vers lui. Loch se précipita, il attrapa Sloane et l'éjecta de la trajectoire de la benne, mais lui, heurté de plein fouet, fut projeté plus loin dans la ruelle.

— Loch !

Déséquilibré, Sloane tomba contre le mur. Il projeta un sort de perception pour contrer la prochaine attaque du Muet. Il vit alors plus nettement les vagues d'énergie s'agiter autour d'Alexander.

Ces gros filaments !

C'étaient des tentacules !

— Putain de merde ! haleta Sloane, sidéré.

Il invoqua rapidement un énorme bouclier de lumière des étoiles et en fit un mur pour bloquer la ruelle, se protégeant, ainsi que Loch, arrivé derrière lui.

— Alexander ! cria Sloane. Arrête !

Les tentacules invisibles cherchaient à faire tomber son bouclier. Sloane avait beau y mettre toute sa magie, des fissures commençaient à apparaître, surtout lorsqu'Alexander leva les mains pour diriger l'attaque.

Sloane serra les dents et se concentra davantage. Loch ajouta son pouvoir pour maintenir le bouclier.

— C'est un dieu, Loch ! s'écria Sloane. L'âme liée à ce garçon, c'est celle d'un dieu !

Loch lui jeta un regard horrifié.

— Quoi ? Non ! Ce n'est pas possible ! Comment aurait-il fait ?

— Je ne sais pas ! reconnut Sloane.

D'un regard éperdu, il chercha son téléphone portable. Il l'avait lâché en heurtant le mur. Il finit par l'apercevoir à quelques mètres, sur le macadam.

— Loch, tu peux attraper mon téléphone ?

— Oui !

Loch tendit un tentacule, récupéra le téléphone et le rendit à Sloane.

Sans même le remercier, Sloane cria dans le combiné :

— Milo ? Tu es toujours là ?

— Oui, oui, répondit Milo, manifestement affolé. Qu'est-ce qui ne va pas ?

— Le sort n'a pas fonctionné !

— Oh ! Merde ! Attends…

Après quelques secondes, Milo grogna :

— Putain, Lyn, ce n'est pas ma faute si tes A ressemblent à des O ! D'accord, Sloane ! C'est confractus vincoula ! Vin - cooool-ah !

Alexander leva la main pour renverser son bouclier.

— Toc-toc… ricana-t-il. Tu me laisses entrer ?

Sloane grogna, puis il se concentra pour jeter le nouveau sort mentalement.

Confractus vincoula !

Cessant de ricaner, Alexander arracha son bras et recula. L'air un peu surpris, il regarda le sang qui coulait sur sa main.

— Ça a marché ! cria Sloane, soulagé.

Il lança le sort encore et encore, fermant les yeux pour délier les symboles. Il n'avait plus besoin de les regarder désormais, il sentait leur présence devant lui, il pouvait les anéantir un par un.

Alexander hurlait de douleur. Les tentacules fantômes s'agitaient frénétiquement autour de lui, frappant contre le bouclier.

La peau déchirée, le jeune Muet tomba à genou. L'agonie déformait ses traits.

— Tu ne… m'arrêteras pas ! grogna-t-il.

— Oh ? Tu en veux encore, alors ?

Sloane agita la main pour briser un autre symbole.

Alexander cracha une gorgée de sang et faillit tomber à plat ventre.

— Va te faire foutre ! Je ne veux pas… je ne peux pas abandonner…

Assez ! beugla une voix en colère. *Tu vas le tuer !*

— Hein ? Qui est-ce ?

Sloane regarda tout autour de lui, mais il ne vit rien.

— Sloane ! grogna Loch. Qu'est-ce qui ne va pas ? Pourquoi t'es-tu arrêté ?

— Tu n'as rien entendu ?

— Hein ? Non. Qu'y a-t-il à entendre ?

Il tendit l'oreille, la mine perplexe.

Alexander, insista la voix, *s'il te plaît… il faut que nous partions.*

Le garçon toussa, s'éclaboussant une fois encore de sang.

— Non ! Nous ne pouvons pas… il doit nous dire…

— Loch ! Regarde ! souffla Sloane.

Une vive lumière brillait autour d'Alexander.

Je t'aime trop pour accepter de te voir mourir, gronda la voix. *Nous devons partir !*

— Hé, attendez ! cria Sloane. Alexander !

En une seconde, la lumière devint si aveuglante que Sloane dut détourner le regard. Une violente bourrasque faillit le renverser.

Pour l'aider à garder son équilibre, Loch le serra fort contre lui.

Quand Sloane reprit ses sens, son bouclier était en morceaux, et Alexander et son dieu fantôme avaient disparu.

— Eh, merde ! grogna Sloane.

Loch le tâtonna des pieds à la tête.

— Tu es sûr que ça va ? demanda-t-il. Tu n'es pas blessé ?

Sloane l'embrassa sur la joue.

— Tout va bien. Et toi ? Tu es passé par la fenêtre et tu as reçu la benne en pleine poitrine !

— Humph ! Je n'ai rien ! Je suis un dieu, ma puissance magique empêche ce corps humain d'être abîmé.

— Vraiment ? Je trouve que ton bras a un aspect bizarre.

69

Loch baissa les yeux. Il saisit son bras déboîté et le tordit, remettant l'articulation en place avec un craquement sonore.

— Voilà, dit-il fièrement. C'est réparé !

— Où est ton pantalon ? insista Sloane.

— Aucune idée, je… je l'ai perdu.

Sloane passa ses mains dans ses cheveux.

— Tu n'as vraiment pas entendu cette voix ? Je ne parle pas de celle d'Alexander, mais de l'autre ? Celle qui disait qu'il l'aimait trop ?

Loch pencha la tête.

— Non. J'ai bien compris que le Muet parlait à quelqu'un, mais je n'ai rien entendu d'autre.

— Bizarre.

Sloane se raidit en entendant des pas précipités. Il se retourna, prêt à riposter. C'était Urilith, de nouveau sous sa forme humaine, la déesse accourait vers eux.

— Mon enfant ! cria-t-elle. Je suis désolée ! J'ai essayé de t'aider, mais je n'ai pas pu sortir de l'appartement !

Loch la prit dans ses bras et lui tapota le dos.

— Tout va bien, Mère. Dans ce monde, nous devons être prudents. Rares sont les mortels qui apprécieraient notre beauté…

Urilith secoua la tête.

— Peu importe ! J'ai réfléchi ! Le garçon… l'âme liée à lui… je pense qu'il s'agit d'un dieu !

— C'est aussi mon avis ! intervint Sloane. J'ai vu des tentacules. Ces vagues d'énergie avec lesquelles il n'arrêtait pas de nous frapper ? Eh bien, ce sont ses tentacules fantômes !

— Où est-il maintenant ? demanda Urilith avec inquiétude. Que s'est-il passé ? J'essayais de descendre l'escalier pour venir vous aider et je n'ai même pas pu passer à travers cette satanée fenêtre !

— Galgareth et Lynette ont trouvé un sort qui brise les liens de l'âme, répondit Sloane, mais quelque chose ne va pas avec le dieu attaché à Alexander. Je ne sais comment l'expliquer, mais… je ne pense pas qu'il soit son esclave.

— Que veux-tu dire ? s'étonna Urilith. Jamais un dieu ne souhaiterait rester éternellement lié à un mortel !

Sloane leva les mains.

— J'ai entendu sa voix, la même que la première fois, il a demandé à Alexander d'arrêter. Il a dit qu'il l'aimait trop pour le regarder mourir. Et c'est alors qu'ils ont tous les deux disparu!

Loch fronça les sourcils.

— Tu penses donc que le dieu a accepté ce rituel... volontairement?

— Je l'ignore, mais il est évident maintenant qu'il tient à Alexander. Peut-être sont-ils tous les deux les esclaves du dieu qui a déclenché toute cette histoire?

Urilith jeta un coup d'œil à la fenêtre brisée – et la répara comme par magie.

— Nous devrions nous retirer dans un endroit sûr, suggéra-t-elle. Quelque part où ce garçon ne pourra pas nous trouver.

— Avant ça, dit Sloane, j'ai un truc à vérifier...

Il leva les mains pour un sort de perception et inspecta Loch.

— Que fais-tu?

— Je pensais qu'Alexander t'avait peut-être marqué d'un sort de surveillance, mais non, il n'y a rien.

— Comment nous a-t-il retrouvés, alors? grommela Loch.

— Je ne sais pas, admit Sloane, mais nous savons désormais que le sortilège pour briser les liens fonctionne. Ça nous donne une arme contre lui, s'il tente encore de nous surprendre.

— Voulez-vous reprendre votre accouplement? demanda poliment Urilith. Je sais que je vous ai interrompus, aussi peut-être...

— Non, non! Tout va bien! Nos ébats étaient si bons, mais ils sont terminés pour l'instant! radote Sloane. Nous en avons absolument fini.

Loch le fixa pensivement.

— Vraiment? Je m'y remettrai volontiers, tu sais...

— Non! trancha Sloane. Laisse-moi juste remonter chez moi prendre mon ordinateur portable, ensuite, nous irons chez Lynette faire le point. Et pense à mettre un pantalon!

Il se pencha et regarda le sang qu'Alexander avait laissé sur le sol. Il agita les mains. Une fine couche de lumière des étoiles se déposa sur les taches, des échantillons de sang furent prélevés et des bulles solidifiées flottèrent jusqu'à la paume ouverte de Sloane.

— Tu comptes les garder en souvenir? persifla Loch.

Sloane rangea les échantillons dans sa poche.

— Non, ce sont des preuves, elles peuvent nous être utiles.

Une fois remonté dans son appartement, Sloane récupéra son ordinateur, pendant que Loch s'habillait. Ensuite, ils rejoignirent Urilith et s'entassèrent tous les trois dans la voiture de Sloane pour retourner chez Lynette.

Elle accueillit avec joie la déesse de la fertilité et les fit tous entrer au salon, où Jay dormait encore.

En voyant Galgareth, Urilith tapa dans ses mains et la serra contre elle.

— Ah ! Ma fille ! Quelle joie ! J'ai deux de mes enfants auprès de moi ce soir ! J'ai du mal à y croire !

Galgareth eut un sourire rayonnant.

— Mère ! Tu m'as tellement manqué ! Azzy aussi ! Il y a une éternité que nous n'avons pas été réunis tous les trois ! La dernière fois, c'était…

— À la fête du solstice d'hiver, déclara Loch. Hmm, il y a environ mille ans !

Urilith haleta.

— Si longtemps ?

Laissant les dieux à leurs souvenirs, Sloane passa dans la cuisine avec son ordinateur portable. Lynette y était déjà, elle préparait un festin.

— D'après ce que je vois, tu ne retournes pas au travail aujourd'hui, Lyn ?

— Non ! répliqua-t-elle. Sûrement pas, alors que j'ai trois anciens dieux chez moi ! Ça n'arrive qu'une seule fois dans une vie, et encore ! Oh, je parie que Lochlain et Robert seront verts de jalousie en l'apprenant !

Sloane s'assit à table et démarra son portable.

— Eux aussi verront bientôt Urilith et Galgareth, déclara-t-il, elles assisteront à notre mariage. Il reste à organiser, mais nous ne fixerons certainement pas une date avant d'avoir résolu l'affaire qui nous préoccupe.

Lynette versa des fines herbes dans une marmite bouillonnante et touilla.

— D'après ce que Milo m'a raconté, railla-t-elle, vous vous êtes encore fait damner le pion par le jeune Muet albinos ?

— Oui, reconnut Sloane. Il s'appelle Alexander et il est très déterminé à mettre la main sur Jay, mais je commence à me dire qu'il n'agit pas de son plein gré.

— Comment connais-tu son nom ?

— Eh bien, ça a l'air dingue, j'en suis conscient, mais figure-toi que j'entends une voix quand je suis près de lui. Mieux encore, aujourd'hui, j'ai eu… des visions, des images, des émotions. Je crois que c'étaient des souvenirs à lui.

Lynette lâcha sa cuillère en bois et se tourna vers lui avec curiosité.

— Quel genre de souvenirs ?

Sloane essaya de se rappeler le flot d'images reçues.

— De mauvais souvenirs, déclara-t-il d'un ton contraint. Alexander a été enfermé dans une pièce aux murs blancs, un hôpital peut-être ? C'était peut-être pour le marquer de ces tatouages, ces symboles magiques qui l'ont relié à une âme... En tout cas, il a horriblement souffert, et j'ai vu des seringues plantées en lui.

— Quelle horreur !

— Oui. Je veux tenter de le raisonner, mais j'ignore par où commencer. Ton sort pour briser les liens magiques a marché, peut-être même trop bien... Alexander a encore disparu.

Du menton, Lynette désigna l'ordinateur portable.

— Que comptes-tu faire maintenant, Slo ?

— Essayer de trouver un point commun à tous les Muets disparus. Si j'arrive à comprendre comment ils ont été choisis, nous pourrons peut-être attraper Alexander.

— Tu crois qu'il va continuer à s'en prendre à Jay ?

— Peut-être. Il peut aussi abandonner et chercher une cible d'accès plus facile, un Muet qui n'est pas protégé par d'anciens dieux.

Lynette lécha sa cuillère

— Sauf si Jay est super spécial et qu'ils le veulent absolument.

— Oui, admit Sloane. C'est ce que j'aimerais découvrir.

Milo entra dans la cuisine, les bras chargés de sacs d'épicerie.

— Salut, tout le monde ! Notre maison devient une congrégation d'immortels !

— Salut, bébé ! répondit Lynette. Pose-moi tout ça sur la table.

Milo obtempéra docilement et posa les sacs à côté du portable de Sloane.

— J'ai trouvé tout ce que tu m'as demandé, Lyn. Même le caillé de chèvre !

Il fit une pause et ajouta d'un ton inquiet :

— Mais c'est un produit générique...

Il y eut un bruit sourd : Lynette venait de frapper le comptoir avec sa cuillère, le dos raidi, les dents serrées.

Milo grimaça, les yeux écarquillés.

Puis Lynette poussa un profond soupir et se détendit lentement.

— Je ferai avec, déclara-t-elle.

73

Sans plus s'inquiéter de recevoir un coup de cuillère, Milo s'approcha d'elle et proposa :

— Je peux y retourner, si tu y tiens.

— Merci, bébé, c'est inutile.

Elle sourit et embrassa Milo sur la joue avant de se remettre à ses préparatifs culinaires.

Sloane ouvrit la page Web de la police d'Archersville.

— Alors ? demanda Milo.

— Alors quoi ? répondit Sloane.

— Tu as trouvé quelque chose ?

— Pas encore, je n'ai pas encore commencé à chercher. Je te tiendrai au courant !

Milo lui tapota l'épaule.

— Bonne chance, mec ! Si tu as besoin de moi, crie très fort !

Sloane trouva la rubrique des personnes disparues et se mit à faire la liste des Muets. Il ajouta ceux qui avaient disparu dans les villes voisines, puis dans les états voisins. La liste s'allongea rapidement, mais Sloane n'y voyait encore aucun signe révélateur. Il continua à travailler, occultant l'exubérance culinaire de Lynette et la façon dont Milo gérait nerveusement ses hôtes divins.

Au moment du repas, Sloane refusa de se joindre au petit groupe. Il était trop concentré sur ses recherches. Il devait y avoir un point commun entre tous les disparus, et Sloane était déterminé à le trouver.

Il vit à peine Lynette ranger la salle à manger et nettoyer la cuisine.

Il avait totalement perdu la notion du temps quand Loch s'agenouilla à côté de lui avec un sourire affectueux.

— Toujours au travail ?

— Oui.

Prenant enfin une pause, Sloane remarqua que la nuit était tombée. Tout raide d'être resté assis si longtemps, il étira ses bras.

— Merde, quelle heure est-il ? demanda-t-il.

Loch lui prit les mains et l'aida à se relever.

— L'heure que tu t'intéresses enfin à moi. Tu m'as ignoré tout l'après-midi, je ne le supporte plus.

Sloane étreignit Loch et posa un baiser sur ses lèvres boudeuses.

— Je travaillais, expliqua-t-il. Désolé de t'avoir offensé, ô puissant dieu des voleurs. Je suis ton humble adorateur !

— C'est la moindre des choses ! s'exclama Loch.

Sloane lui vola un autre baiser.

— Comment puis-je faire amende honorable ?

Loch sourit, le regard brillant.

— Mmm, j'ai plein d'idées ! affirma-t-il. Et tu n'auras pas besoin de tes vêtements.

— Oh, vraiment ? Dis-m'en plus.

L'air salace, Loch agita un sourcil.

— Eh bien, je pensais à nous deux avec un pot de crème glacée devant *Hell's Kitchen*.

— Ça a l'air génial !

— Les candidats sont censés goûter à différentes viandes dans cet épisode.

Sloane sourit, heureux de voir Loch aussi animé.

— Mmm, j'imagine qu'on va leur faire goûter de l'alligator ou de l'autruche... Devant un morceau bien saignant, il est difficile... Merde ! Le sang !

Il se figea, tandis qu'une nouvelle hypothèse jaillissait dans son cerveau.

Étonné, Loch pencha la tête.

— Quel sang ?

— C'est ça ! s'exclama Sloane. Loch, tu es génial !

Il s'arracha aux bras de Loch et se précipita vers son ordinateur portable. Il se mit à taper à toute vitesse sur son clavier.

— Bien évidemment ! répondit d'instinct Loch.

Après réflexion, il ajouta :

— Dans ce cas précis, pourrais-tu cependant me préciser en quoi je suis génial, mon amour ?

Sloane répondit sans lever les yeux de son écran :

— Le sang, bien sûr ! En particulier les différents groupes sanguins ! Voilà ! C'est bien ce que je pensais ! Tous les Muets portés disparus ont le même groupe sanguin !

Milo passa la tête dans la cuisine et cria :

— Ça va ?

— Oui, déclara Loch avec entrain. Je suis génial !

Sloane parla en même temps :

— Milo ! Tous les disparus ont le même groupe sanguin ! AB négatif !

Il tendit la liste des noms qu'il avait compilés et pointés.

Milo approcha pour voir. Il se gratta la tête.

— Ben, merde alors ! Jay aussi ? Alexander aussi ?

Loch brandit une carte qu'il venait de sortir d'un mince portefeuille.

— Jay a une carte de donneur du centre de recherches médicales Hazel, déclara-t-il, oui, il est AB négatif. Hmm, ça pourrait être un plus. Quelle épouvantable écriture !

Sloane lui arracha le portefeuille des mains.

— Tu as dépouillé mon client ?

— Oui, mais ce n'était pas très amusant.

— Je m'en doute ! protesta Sloane. Voler un homme endormi par un chat dégénéré, ce n'est pas très sport !

Il regarda la carte de donneur et ajouta :

— Je crois bien que c'est AB *négatif.*

— Eh bien, cela confirme ta théorie, non ? insista Milo.

— Je préférerais faire d'autres tests pour être sûr.

Sloane fouilla dans sa poche et en sortit les échantillons qu'il avait prélevés plus tôt dans la ruelle.

— À qui appartient ce sang ? demanda Milo.

— À Alexander, et je vais faire aussi un prélèvement sur Jay pour confirmation.

Il ajouta avec un sourire innocent :

— Maintenant, il me faut juste avoir accès à un labo d'analyses…

Milo tressaillit.

— Sloane !

— C'est juste un petit test, déclara Sloane.

— Oh, non !

Milo s'éloignait déjà. Sloane bondit sur ses pieds et le suivit.

— Oh, oui !

Au salon, Urilith et Galgareth étaient installées sur le canapé, Jay étendu entre d'elles. Perchée sur un fauteuil voisin, Lynette sirotait un verre de vin.

La conversation entre les trois femmes s'arrêta net quand Milo arriva en courant, l'air éperdu, poursuivi par Sloane et Loch.

Surprise, Urilith cligna des yeux.

— Oh, mes étoiles ! Que se passe-t-il ?

Sloane essaya de coincer Milo entre le canapé et le mur.

— Milo ! hurla-t-il. Pense à toutes les fois où je t'ai aidé à te tirer d'un mauvais pas au boulot !

Milo s'esquiva de l'autre côté.

— Je refuse d'utiliser les locaux de la police pour des recherches d'ordre privé ! Tu as été viré pour cette même raison, Slo ! Je ne peux pas croire que tu me fasses une proposition pareille !

Ils tournèrent autour du canapé, comme des animaux en cage, Sloane bloquait Milo chaque fois qu'il essayait de s'échapper.

— Milo, insista-t-il, c'est très important. Ce n'est qu'un tout petit test ! Disons deux pour vérifier le groupe sanguin de Jay. Loch a raison, ça pourrait être un plus sur sa carte de donneur, ce qui fausserait mon analyse.

— Non, cria Milo. Primo, je pourrais perdre mon travail, ensuite, ce fou furieux d'Alexander est toujours à la recherche de Jay. L'aurais-tu oublié ?

— Je ne vois pas le rapport.

— À ton avis, comment le cherche-t-il ? Il n'y a pas de sort de surveillance sur Jay, c'est donc son sang qui est marqué. Si nous l'emportons au poste de police, nous risquons de déclencher une catastrophe !

— N'importe quoi, rétorqua Sloane. Marquer un sang n'est pas si simple. Et nous n'emporterons qu'un tout petit échantillon. Je croyais que Jay était ton ami !

— Je le connais à peine, protesta Milo. Je ne tiens pas du tout à me faire virer – ou tuer – à cause de lui ! Je t'ai déjà dit que je ne voulais pas utiliser le labo pour des recherches d'ordre privé !

Loch intervint :

— Serait-ce illégal ? demanda-t-il avec enthousiasme.

— Oui ! cria Milo.

— Oui, confirma Sloane avec un sourire. Absolument.

Loch tapa dans ses mains.

— Parfait ! C'est décidé, nous le faisons. Je suis le dieu des voleurs et des escrocs et je tiens à participer à des activités illégales.

— Oh ! gémit Milo. Ne me dis pas que tu es de son côté, Azaethoth !

— Illégal ? Que comptez-vous faire au juste ? demanda Lynette.

Elle regarda son verre vide, puis tendit la main vers la bouteille de vin. Mais Urilith bloqua son geste d'un tentacule jaune.

La déesse secoua la tête.

Sloane expliqua à Lynette :

— J'ai demandé à Milo de passer au labo faire un test sanguin pour confirmer ma théorie concernant Alexander et Jay. Milo s'inquiète qu'Alexander nous suive. Il y a un petit risque, c'est vrai, mais nous irons si vite que personne n'aura le temps de nous intercepter !

— Ça a l'air amusant ! s'exclama Urilith. Puis-je vous accompagner ?

Elle tapota le bras de Lynette et tourna son attention vers Sloane.

Un peu rasséréné, Milo redressa la tête.

— En guise de protection ? s'enquit-il, plein d'espoir.

Loch répondit à sa mère :

— Bien sûr, Mère. Ce sera très instructif ! Les mortels emmènent souvent leurs enfants dans des lieux d'éducation pour stimuler leurs jeunes esprits.

Milo semblait nettement inquiet.

— Euh, l'idée d'avoir deux anciens dieux pour me protéger est assez tentante, mais je crains… comment dire ? Que vous vous fassiez un peu trop remarquer.

Galgareth lui fit signe d'approcher.

— Viens ici, enfant velu, tu es bien trop tendu…

Docilement, Milo s'agenouilla et offrit son visage. Un des tentacules de Galgareth jaillit de son bras et frappa Milo au milieu du front.

Milo grimaça.

— Aïe ! C'était quoi ?

— Ma bénédiction ! s'exclama joyeusement Galgareth. Je suis la déesse de la nuit et de la découverte fortuite ! Et aussi des heureux accidents, fais-moi confiance, tout ira bien !

Milo ne semblait pas convaincu.

— Je vois mal comment votre bénédiction va me permettre de faire entrer dans une des zones les plus sécurisées du poste deux dieux et un ex-inspecteur licencié pendant qu'ils essaient d'empêcher un Muet tout-puissant de me tuer sous prétexte que je teste le sang d'un autre Muet que le premier tient absolument à kidnapper. Franchement, l'affaire me semble mal barrée !

Lynette intervint d'une voix tendue et impatiente.

— Chouchou ?

Milo se tourna vers elle en clignant des yeux.

— Oui ?

— Fais confiance aux dieux.

VII

ESSAYER DE coordonner dans une très petite maison le couchage de trois anciens dieux, de trois sorciers et d'un mortel endormi s'avéra une tâche… difficile.

Lynette et Milo offrirent leur chambre à Urilith, mais elle déclina la généreuse proposition, préférant s'installer dans la chambre d'amis et partager un futon avec Galgareth. Après tout, dit-elle, ni elle ni sa fille n'avaient besoin de dormir, aussi allaient-elles passer la nuit à papoter.

Restaient Sloane, Loch et Jay.

Le canapé était un convertible, mais Sloane fit la grimace quand Loch proposa d'y dormir à trois. La perspective de dormir à côté de Jay inconscient lui paraissait sacrément bizarre.

Loch désigna le tapis.

— Et si on lui faisait un petit nid de couverture ? suggéra-t-il.

Sloane fronça les sourcils.

— Par terre ? Non, ce serait mesquin. Je préférerais dormir chez nous, dans notre propre lit, mais je doute qu'il soit prudent de rentrer à la maison en ce moment.

Abandonnant Jay sur le canapé, Loch prit la main de Sloane.

— Et si nous faisions un petit voyage ? Ailleurs… dans un endroit spécial ?

— Où ? demanda Sloane avec méfiance.

— Me fais-tu confiance ?

— Euh, oui. En général.

— Ferme les yeux.

Sloane obtempéra avec un gémissement bruyant… et un sourire.

Il eut soudain la sensation de tomber dans un tourbillon et s'accrocha aux doigts de Loch. Quand le monde se stabilisa autour de lui, son vertige disparut et Sloane retrouva ses esprits. Une légère brise lui caressa le visage.

Il ouvrit les yeux et découvrit que Loch et lui étaient dans un jardin luxuriant en pleine floraison. Des plantes aussi colorées que parfumées embaumaient l'air. Malgré l'heure tardive, une lueur bleuâtre illuminait le ciel et projetait alentour une teinte onirique.

Sloane regarda tout autour de lui avec admiration.

— Où sommes-nous ? Est-ce un autre de tes coins secrets de dieu ?

Loch l'entraîna à travers le jardin.

— Oui. Il existait jadis des centaines d'endroits comme celui-ci, des petits paradis cachés entre les mondes pour que les dieux et les mortels viennent s'y distraire.

— Comme cette cascade de vin ?

Sloane gloussa, se remémorant avec émotion leurs aventures là-bas. Depuis la conclusion de leur première affaire, Loch l'emmenait souvent découvrir de nouveaux endroits. La plupart du temps – ou plutôt, *toujours* – c'était pour baiser.

— Oh, enchaîna Sloane, j'aime aussi beaucoup cet ancien temple aux murs couverts de peintures érotiques !

— Oui, nous y avons passé un excellent moment !

Avec un rire suggestif, Loch écarta un rideau de liane et recula pour laisser Sloane passer le premier.

Après quelques pas, Sloane s'arrêta net en voyant un grand lit au centre d'une clairière magique, sur un tapis de fleurs luminescentes. Un cercle de hauts arbres constituait les murs et leurs feuillages formaient un auvent au-dessus du lit ; des guirlandes d'orbes bleutés étaient tressées le long des branches.

Les fleurs semblèrent s'illuminer davantage à leur arrivée, comme pour les accueillir. Même le lit avait l'air heureux de les voir !

— Loch, haleta Sloane. Que c'est… beau !

Loch lui prit la main et posa un tendre baiser sur son poignet.

— C'est vrai, tu aimes vraiment ? demanda-t-il. Ça tombe bien, je comptais te le donner…

— Hein ? Me le *donner* ? Comment ça ?

Loch lui offrit un sourire enamouré.

— En cadeau de mariage ! Cet endroit est désormais ton petit monde personnel. Je t'apprendrai un sort qui t'amènera ici quand tu le voudras.

Sloane lui sauta au cou et l'embrassa fiévreusement.

— Oh, Loch ! Je l'aime ! Merci ! Merci beaucoup. C'est merveilleux ! C'est… Oh ! Je n'ai pas les mots pour t'exprimer ce que je ressens !

Loch le serra dans ses bras. Ses yeux devinrent très noirs, tout scintillants d'étoiles.

— Mon beau Briscoe ! s'exclama l'ancien dieu. Je te donnerais mille mondes pour te voir sourire.

— Un seul suffit amplement ! lança Sloane.

Les fleurs dansèrent au souffle d'une brise invisible quand Loch le porta jusqu'au lit. Les draps étaient doux comme de la soie, l'oreiller moelleux et gonflé, le lit assez grand pour accueillir une dizaine de dormeurs.

Sloane s'y étira avec un gémissement de bonheur.

— Oh, c'est le lit le plus confortable que j'ai jamais connu ! Mmm… Oh ! Attends un peu !

Il releva la tête, plissa les yeux et marmonna d'un ton accusateur :

— Loch ? Pourquoi ce lit est-il aussi grand ? Y as-tu eu des orgies débridées ?

Loch s'allongea à côté de lui et, d'un claquement de doigts, fit disparaître leurs vêtements.

— Probablement, répondit-il avec candeur. Je ne peux te jurer de n'avoir jamais baisé ici, mais pour toi, mon amour, j'ai fait changer les draps.

Il fit un clin d'œil et agita les sourcils.

Sloane se mit à rire.

— Tu es si attentionné ! Merci. Vraiment ! C'est merveilleux !

Sloane se blottit contre son fiancé, pressant son corps nu contre celui de Loch. Du bout des doigts, il traça la ligne des tentacules sous la peau dorée. Très vite, les appendices divins se déployèrent pour l'enserrer tendrement.

— Je t'aime, déclara Loch. Mmm, maintenant, il va falloir que je te trouve un autre cadeau de mariage.

— Non, c'est inutile ! protesta Sloane. Je suis déjà comblé !

Loch sourit, il avait toujours ses yeux divins, sombres comme l'infini des mondes intersidéraux. Ses tentacules glissèrent le long du corps de Sloane, l'un passa entre ses fesses.

Sloane eut un hoquet quand le gland força son entrée. Il bandait déjà comme un malade. Il avait aussi les joues brûlantes et des frissons chauds le parcouraient de la tête aux pieds.

— Moi, gémit-il, je n'ai pas encore trouvé mon cadeau pour toi. Jamais je ne parviendrai à faire aussi bien qu'un petit monde privé !

— Tu m'as déjà donné tout ce dont je rêvais, déclara Loch avec ferveur.

Il enroula d'autres tentacules autour des cuisses de Sloane et le positionna sur le dos, les jambes grandes ouvertes.

— Quand même! haleta Sloane. Je… je dois marquer le coup.

Parler lui était difficile, alors que Loch commençait à le baiser. Le tentacule planté en lui allait et venait comme un gigantesque piston.

Loch s'inclina vers lui pour un doux baiser.

— Je ne veux que toi.

Ses lèvres burent le gémissement de Sloane à même sa bouche. Le sexe de Sloane, si dur que c'en était presque douloureux, collé à son ventre agité de spasmes, pleurait déjà des larmes de sperme.

— Oh, putain… oh, Loch!

Tout en maintenant Sloane en position, Loch déposa une pluie de baisers le long de son cou et sur sa poitrine.

— Mon bel amour, souffla-t-il. Dis-moi, que veux-tu que je te fasse?

Sloane s'accrochait aux cheveux roux de son amant.

— Je ne sais pas… haleta-t-il. Encore, continue… c'est tellement bon! S'il te plaît, je… je… Par tous les dieux! Je n'arrive plus à réfléchir!

Loch sourit, puis il insinua son second tentacule fendu dans le cul déjà largement ouvert. Sloane hurla de plaisir, toutes ses terminaisons nerveuses soumises à une quasi-overdose de sensations. Sur son ventre, il sentait d'autres tentacules enroulés autour de son sexe, le malaxant, le comblant. C'était tellement… excessif!

Gémissant plus fort encore, Sloane tenta de rouler des hanches pour accentuer la friction. Une autre explosion de bonheur lui fit serrer les dents. C'était au-delà de l'extase, c'était trop… et pourtant pas tout à fait assez. Chaque coup de boutoir de Loch le propulsait plus haut dans les étoiles.

Loch mordit alors sa bouche dans un baiser passionné.

— Je vais jouir, Sloane, annonça-t-il, la voix rauque. Je ne peux pas te résister plus longtemps. Tu es trop parfait, mon aimé.

— Oui, oui, ouiiii, cria Sloane. Loch!

— Jouis avec moi, mon cher Briscoe!

Les tentacules accélèrent encore le rythme, frappant en lui encore et encore. Sloane jouit dans un long cri inarticulé. Il sentit trembler les épaules de son amant qui lui aussi trouva l'orgasme.

Le flot de semence divine fusa au plus profond de son être et lui arracha un autre hurlement d'extase. Chacun de ses muscles se crispa et accentua sa jouissance. Les yeux fermés, les dents serrées, Sloane se concentra sur la pulsation qui résonnait en lui.

— Oh, Azaethoth !

Repu jusqu'à l'épuisement, Sloane s'affaissa sur le lit. Les tentacules de Loch continuaient à le baiser, mais plus lentement, pour le calmer et accompagner sa retombée. Sloane était agité de longs frissons, chaque poussée faisant réagir son anus ultra-sensibilisé. Quand une autre vague de plaisir monta en lui, il se laissa emporter avec un bruyant sanglot. Les tentacules étaient encore profondément enfoncés en lui.

Sloane s'étonna vaguement de la si fine frontière entre le plaisir et la douleur. Le souffle erratique, il s'agita un peu nerveusement.

Loch lui sourit.

— Je t'aime, murmura-t-il. Je t'aime tellement.

Sloane remua du cul, comme pour s'empaler davantage. L'essence divine dégoulinait de lui avec abondance.

— Je t'aime aussi, gémit-il. Humph... Loch ! Je suis... je suis...

Il était complètement vanné.

Loch le serra contre lui, la mine suffisante.

— Oui, je sais. Je t'offre une jouissance physique que ton esprit mortel peine à comprendre.

— Absolument !

Sloane gloussa et embrassa les cheveux de Loch.

Il haleta quand les tentacules se rétractèrent, puis il étira son corps endolori avec un faible gémissement.

Loch releva la tête pour le regarder.

— Veux-tu une autre dose de ma semence, mon amour ?

— Non, merci. Ça va aller. Mon esprit mortel est totalement comblé pour le moment.

Sloane savait très bien que le tentaqueue n'attendait qu'un mot de lui pour se mettre à la tâche, mais là, vraiment, il n'en pouvait plus.

Loch ne paraissait pas fâché.

— Je peux te garder dans mes bras ?

— Absolument.

Sloane se blottit contre Loch avec un sourire. Il apprécia aussi que tous les tentacules divins s'enroulent autour de lui. C'était comme un cocon, jamais Sloane ne se sentait aussi aimé et protégé que serré contre Loch.

— Allons-nous dormir ici ? demanda-t-il d'une voix ensommeillée.

— Oui, sauf si tu préfères partager le canapé avec Jay.

Sloane plissa le nez.

— Euh, non. Tu sais, il faut vraiment retrouver ce maudit Asra et lui demander de réveiller mon client ! Est-ce vrai qu'il y a un risque de guerre si tu vas chercher Asta à Xenon ?

— Oh, oui ! Les Asras ne nous aiment guère.

— Oui, ça, j'avais compris, puisqu'ils se sont rebellés contre vous. Merde. Nous sommes donc obligés d'attendre le retour d'Asta. Jay est en sécurité chez Lynette. La maison est protégée par des sorts puissants et… Attends un peu ! J'ai une autre idée !

Il regarda autour de lui et ajouta :

— Pourquoi ne pas cacher Jay ici ?

— Je ne te comprends pas très bien, mon amour ! protesta Loch. Je croyais que tu ne voulais pas dormir avec lui !

Sloane secoua la tête.

— C'est le cas, je ne parlais pas de cette nuit, mais demain, nous pouvons le laisser là pendant que nous menons notre enquête, non ? Si j'ai bien compris, seuls les dieux peuvent accéder aux endroits de ce genre, tu me le confirmes ? Les mortels n'y ont pas accès ?

— Si, puisque tu es là. Pour qu'un mortel arrive ici, il faut qu'un dieu amoureux fou lui apprenne le sortilège adéquat.

— Merde ! grogna Sloane. Alexander pourrait venir, alors ? Avec l'aide du dieu auquel il est lié ?

Loch leva la main.

— Non, non, Alexander et son amoureux divin ont certainement la possibilité de voyager entre les mondes, mais pour arriver à cet endroit précis, il leur faudrait ses coordonnées exactes.

— Et en principe, elles ne sont pas dans le bottin ?

— Non, les possibilités sont infinies, ce serait comme chercher une aiguille dans une pile de sandwichs.

Sloane gloussa.

— Tu veux dire une meule de foin ?

Loch lui jeta un regard interloqué.

— Pourquoi empiler du foin ? C'est complètement idiot !

— Pourquoi empiler des sandwichs ? riposta Sloane avec un sourire.

— Pour un plaisir visuel suivi d'une consommation délicieuse, bien évidemment.

Sloane étouffa son envie de rire.

— D'accord, si tu le dis. Nous déposerons Jay ici demain avant de nous rendre au poste de police. Au fait, Loch ?

— Oui, mon amour ?

— Peux-tu me promettre de bien te tenir demain ?

— Comme si je t'avais déjà donné une raison de douter de moi ! s'offusqua Loch.

— Eh bien, grogna Sloane, c'est quand même toi qui menaçais d'écorcher vif le facteur !

— Je t'ai déjà expliqué ce qu'il faisait à mes catalogues !

— Tu as aussi essayé de voler un panneau de signalisation et, un jour, tu as bien failli agresser un inconnu au centre commercial.

Loch s'empressa de protester :

— D'abord, je n'ai pas *essayé* de voler ce panneau, je l'avais bel et bien en ma possession, et tu m'as obligé à le remettre en place. Et cet homme au centre commercial, il m'avait aspergé de poison !

— C'était du parfum ! Il essayait de te vendre un parfum !

— L'odeur était immonde !

Sloane s'accrocha la main de Loch.

— Je t'en prie, fais un effort demain, d'accord ? Fais-le pour moi ?

Loch hocha la tête et scella sa promesse d'un baiser.

— Bien sûr. Pour toi, mon amour, je serai un citoyen modèle. Mais…

Inquiet, Sloane fronça les sourcils.

— Mais quoi ?

— Concernant ma mère, je ne peux rien promettre.

LE LENDEMAIN, une fois Jay à l'abri dans le jardin secret, Sloane préleva un petit échantillon de son sang. Ensuite, il retourna avec Loch chez Lynette chercher Urilith et Milo.

Le trajet jusqu'au commissariat lui parut étrangement familier. À une époque pas si lointaine, il le parcourait tous les jours. Il avait été licencié, parce qu'il s'obstinait à enquêter sur le meurtre irrésolu de ses parents en abusant des ressources du poste. A posteriori, il ne regrettait rien. S'il n'avait pas été viré, il n'aurait pas ouvert une agence de détective privé et n'aurait sans doute jamais rencontré Loch.

Cette pensée le fit sourire alors qu'il suivait Milo dans le parking du poste de police et se garait dans la zone réservée aux visiteurs.

Peu après, le petit groupe avançait vers l'entrée derrière le bâtiment, celle qu'utilisait le personnel.

Milo déclara :

— D'accord, maintenant, écoutez-moi très attentivement, nous devons rester tous ensemble, quasiment collés les uns aux autres. Et si quelqu'un demande la raison de votre présence, je dirais... euh... Urilith, vous serez mon nouveau thérapeute !

— Et moi ? demanda Loch, amusé.

— Ma... euh... manucure ? Non !

Milo secoua la tête et gémit.

— Merde ! Ça ne marchera jamais ! Nous allons nous faire prendre, c'est évident, nous serons ensuite assassinés !

Sloane lui tapota l'épaule et tenta de le rassurer :

— Mais non, Milo, ça va aller. Nous n'en avons pas pour longtemps. Nous aurons quitté les lieux avant même qu'on nous remarque. Dès que nous aurons les résultats de nos tests, nous détruirons les échantillons de sang.

Urilith saisit le bras de Loch.

— Que c'est excitant ! Est-ce là que les mortels enferment leurs criminels ?

Sloane gloussa.

— Pas exactement. C'est là que les policiers travaillent et font des recherches pour trouver les criminels.

— Avec l'aide de talentueux experts médico-légaux, ajouta Milo, dont je fais partie.

Il présenta son badge d'identification à la porte. Une fois dans le bâtiment, il baissa la voix pour dire :

— Pour aller au labo...

Sloane intervint :

— C'est au fond du couloir à droite, après de la salle de repos.

— Oui, essayons d'y arriver le plus discrètement possible, d'accord ? Urilith tapa dans ses mains.

— Ça va être amusant !

Milo ne semblait pas convaincu. Il avança avec vélocité, tout raide, le front plissé d'inquiétude. Le trio le suivait de près.

Milo se figea, la mine coupable, quand un agent apparut dans le couloir devant eux. L'agent ouvrit la bouche, mais son téléphone sonna, aussi détourna-t-il son attention du groupe pour y répondre.

Milo s'empressa de filer. La salle de repos semblait comble et des chants de « Joyeux anniversaire ! » en émanaient. En passant devant, Sloane y jeta un coup d'œil et vit un gros gâteau.

Ils tournèrent à droite, la porte du labo était devant eux.

Milo faillit télescoper un grand roux pâle accompagné d'un bel homme noir.

Il poussa un couinement de terreur :

— C'est mon manucure ! Ne tirez pas !

— Qu'est-ce que tu fous, Milo ? ricana le rouquin.

Il posa un regard suspicieux sur le trio derrière Milo et fronça les sourcils en reconnaissant Sloane.

— Sloane Beaumont ? C'est toi ? Slo !

Sloane sourit et tendit la main.

— Euh… oui ! Salut, Chas ! Comment va ?

Sloane n'avait pas oublié l'inspecteur Elwood Q. Chase, un gars peu plouc, d'accord, mais rusé et honnête. En revanche, il ne reconnaissait pas l'Afro-Américain qui l'accompagnait.

L'inconnu le toisait, la bouche pincée, comme s'il était une tache de boue sur sa chaussure bien cirée.

— Tous les visiteurs doivent s'inscrire à la réception et porter un laissez-passer, déclara-t-il d'un ton sévère. Vous connaissez le règlement, je présume, M. Evans ?

— Euh… oui, oui, monsieur, bégaya Milo. Bien sûr.

L'inspecteur Chase fit les présentations avec un sourire narquois :

— Ce délicieux personnage avec un balai dans le cul est mon nouveau partenaire, l'inspecteur Merrick, Slo. Il est arrivé au poste il y a quelques mois. Tu ne l'as pas connu, je crois ?

Sloane sentait le regard bleu acier de Merrick creuser un trou dans son âme.

— Oh, non ! Sinon, je m'en souviendrais. Bonjour, Inspecteur, enchanté de faire votre connaissance.

Ignorant Sloane, Merrick fixait toujours Milo d'un regard dur.

— Un employé ne peut faire entrer plus de deux visiteurs en même temps, ajouta-t-il. Trois, c'est plus que deux, M. Evans.

— Je ne suis pas un visiteur, mais un thérapeute ! annonça Urilith avec une moue. Auriez-vous besoin d'un guérisseur, jeune Merrick ? Pour régler votre… problème ?

Merrick la toisa, interloqué.

— Pardon ? Quel problème ?

— Eh bien, ce balai dans le fondement, répondit Urilith, l'air innocent. Ce doit être très douloureux ! Cela explique certainement la grande crispation de votre visage !

Merrick ouvrit la bouche, visiblement en ébullition.

Loch gloussa.

— Oh, bravo, Mère! C'est une excellente déduction!

Chase intervint en frappant le bras de Merrick.

— Laisse-les tranquilles, gronda-t-il.

Puis, se tournant vers Milo, il ajouta :

— Écoute, je ne sais pas ce que tu fabriques, mais arrange-toi pour avoir fini quand nous aurons boulotté notre part de gâteau, d'accord?

— Bien sûr!

Milo dépassa les deux inspecteurs et présenta son badge pour ouvrir la porte du labo.

— Venez, les gars! s'écria-t-il par-dessus son épaule.

Loch s'attardait dans le couloir, les yeux fixés sur la salle de repos d'où jaillissaient des cris.

— Mais ils ont du gâteau! J'aime le gâteau.

Sloane le poussa en avant.

— Nous mangerons du gâteau plus tard! siffla-t-il. Bye, Chas! Au revoir, inspecteur Merrick!

Alors que Chase entraînait son partenaire vers la salle de repos, Sloane entendit Merrick protester :

— Je n'aime pas que le règlement soit aussi outrageusement violé!

— Moi, je n'aime pas que tu abuses constamment de ma patience, répliqua Chase. J'ai envie d'une part de gâteau, alors ferme-la, compris? Sinon…

Sloane referma la porte du laboratoire avec un soupir de soulagement.

— Ça s'est mieux passé que je ne le pensais, déclara Milo. Nous ne sommes pas en prison, et je vis toujours.

Urilith lui offrit un gentil sourire.

— Tu portes la bénédiction de Galgareth, enfant poilu, ma fille est la déesse des heureux hasards.

— Oh. Oui, bien sûr.

Sloane avança et remit à Milo les flacons des échantillons de sang d'Alexander et de Jay.

— Inutile de trop tirer sur la corde, jeta-t-il. Dépêchons-nous et partons d'ici le plus vite possible.

— Oui.

Milo enfila des gants et ouvrit les flacons. Avec une pipette, il préleva un peu de sang et le déposa dans un tube à essai. Il ajouta un autre mélange et agita le tube.

— Que fait-il? s'étonna Loch. Pourquoi le tube a-t-il changé de couleur?

— C'est à cause du réactif, répondit Sloane. Dans un moment, l'ordinateur nous indiquera de quel type de sang il s'agit.

— Ah.

— Ça ne prendra qu'une minute, déclara Milo.

Il s'installa devant un terminal d'ordinateur et lança le processus.

Loch fixait un autre rack de tubes à essai. Quand Sloane lui lança un regard noir, Loch afficha un air innocent.

— Je regarde, c'est tout.

— Dans ce cas, rétracte tes tentacules! grogna Sloane.

Loch fit la moue.

— Je voulais juste vérifier!

Milo les interrompit en tapotant son écran d'ordinateur.

— Voilà! C'est fait! Tu avais vu juste, Slo. Jay et Alexander sont bien des AB négatifs!

Sloane ne souriait pas.

— Oui. J'avais raison.

— Qu'est-ce qui ne va pas? s'inquiéta Loch. Tu sembles contrarié.

— La confirmation que tous les Muets qui ont été enlevés ont le même groupe sanguin est un élément important, certes, mais nous ne connaissons toujours pas l'identité du dieu impliqué dans cette sale histoire. Et maintenant, nous n'avons pas d'autre piste à explorer!

— Si, déclara Milo. Il y a une autre porte à ouvrir!

Loch regarda autour de lui avec méfiance, ses tentacules fouettant l'air.

— Il n'y a qu'une porte! cracha-t-il. Quelle est cette sorcellerie?

Sloane saisit l'un des tentacules et apaisa l'ancien dieu.

— Du calme, Loch, c'est juste une expression. Milo, qu'as-tu découvert d'autre?

— Le sang que je viens de tester a été envoyé à notre banque de données, je viens d'avoir une confirmation ADN. Apparemment, un membre de la famille d'Alexander n'était pas un citoyen modèle.

— Quoi?

Milo tapota activement sur ses touches.

— Attends, encore un ! Dis à Loch de ne pas m'arracher la tête, hein ? Je cherche aussi vite que je peux.

Sloane jeta à Loch un regard impérieux. L'ancien dieu rétracta ses tentacules et alla bouder dans un coin du labo, les bras croisés.

Sloane s'approcha de Milo.

— Alors, qui sont ces deux personnes que tu as trouvées ?

— Milton Ward, répondit Milo, les yeux sur l'écran. Il a été arrêté pour agression, mais l'accusation a été abandonnée et… Oh non ! Lui et sa femme Diane ont été assassinés il y a sept ans. Merde !

Penché sur l'épaule de Milo, Sloane continua à lire :

— La police les a retrouvés chez eux après qu'un voisin avait prévenu d'un éventuel problème. D'après l'autopsie, ils ont tous les deux été tués d'un seul coup de couteau au cœur, aucune arme n'a été retrouvée près des corps, il n'y a pas eu de témoin, aucun indice, sauf… un résidu bleu d'origine inconnue !

Sloane se redressa, les yeux écarquillés.

— Encore ce résidu, marmonna Milo. C'est dingue !

Sloane récupéra la souris de Milo pour afficher à l'écran la suite du dossier.

— Les Ward avaient un fils… Oh, putain ! Landon Ward, dix-sept ans, il a disparu. À votre avis, ça pourrait être…

Il scruta la photo des trois Ward qui posaient devant un grand chêne dans un parc. Le jeune garçon avait alors des cheveux bruns, mais ses traits étaient distinctifs.

— Oui ! cria Sloane. C'est bien Alexander !

Milo fit la moue.

— Ce gringalet ? C'est lui qui a accès à la puissance d'un dieu ?

— Oui, confirma Sloane, pas vrai, Loch ?

Il regarda autour de lui et constata un fait inquiétant : il manquait un membre à leur petit groupe.

— Où est passée Urilith ? s'affola-t-il.

Loch répondit avec désinvolture.

— Elle est allée chercher du gâteau, et je lui ai demandé de m'en rapporter un morceau.

— *Quoi* ?

VIII

— POURQUOI AVOIR laissé ta mère aller se chercher du gâteau, alors que nous sommes entourés de flics ? hurla Sloane.

Loch ouvrit de grands yeux, très étonné d'avoir déclenché une telle fureur.

— Parce qu'elle le voulait ! On ne peut refuser du gâteau à une déesse quand même !

— Ne t'en fais pas, Slo, intervint Milo, agacé, Urilith sait se défendre. Oublions ce foutu gâteau et revenons-en à ce mystérieux dieu, celui du résidu bleu, il a probablement assassiné les parents d'Alexander pour l'enlever, c'est ça ?

— Et si Alexander était le véritable instigateur ? suggéra Loch dans un murmure conspirateur. Peut-être a-t-il tué ses parents et invoqué le dieu une fois son crime accompli ?

Sloane lui jeta un regard sceptique.

— Non !

— Pourquoi pas ? protesta Loch. C'est une hypothèse, voilà tout, j'ai beaucoup regardé les séries policières, et le coupable n'est pas toujours celui qui paraît le plus évident ! J'aime beaucoup celle où un mafieux du nom de Roderick a un très gros…

— Ça suffit ! coupa Sloane, excédé. Il faut récupérer ta mère avant qu'elle ne déclenche une catastrophe !

Il se tourna vers Milo et insista désespérément.

— Tu n'as rien d'autre susceptible de nous aider ?

Milo secoua la tête.

— Euh, non. L'enquête n'a rien apporté de concret. Les Ward n'avaient pas d'ennemi connu, tous les deux étaient Lucians, Milton était enregistré en tant que « vacant ». D'ailleurs, concernant l'agression dans laquelle il a été impliqué, c'était juste une querelle estudiantine, une erreur de jeunesse.

— Il doit y avoir quelque chose, insista Sloane. Que faisaient les Ward pour gagner leur vie ?

91

— Attends, je regarde… Tous deux étaient médecins hématologues et ils travaillaient… Hein? Quelle coïncidence! Ils travaillaient au centre de recherches médicales Hazel! Étrange, non?

Milo se tourna vers Sloane, les sourcils froncés.

Sloane claqua des doigts avec un sourire triomphant.

— Tiens, tiens, tiens! C'est aussi de là que vient la carte de donneur de Jay! Je te parie que tous les autres disparus sont également passés au centre Hazel pour donner du sang ou du plasma!

Milo hocha la tête.

— C'est facile à prouver, déclara-t-il. Envoie-moi la liste de tes noms, je vais vérifier. Maintenant, détruis ce sang et va récupérer Urilith, parce que si je suis viré et/ou assassiné, je ne te servirai plus à rien, d'accord?

Sloane hocha la tête et désintégra les échantillons de sang. Puis il tapota l'épaule de Milo.

— Voilà, tu ne risques plus rien! Merci, Milo! Tu es le meilleur!

— Je sais. File, maintenant!

— Adieu, cher mortel, s'écria Loch. Je te remercie de l'aide que tu nous as apportée dans notre enquête.

Milo baissa respectueusement la tête.

— C'est toujours un plaisir, votre grandeur.

Sloane prit Loch par le bras et quitta précipitamment le labo. Une fois dans le couloir, il courut vers la salle de repos. Son cœur rata un battement quand il vit la foule qui s'y pressait. Il frissonna de terreur.

— Mmm, tout le monde voulait du gâteau, on dirait, déclara Loch. J'espère qu'il en reste!

— Allons voir.

Sloane entra d'un pas prudent et se faufila parmi la masse agglutinée. L'inspecteur Chase le vit, il agita la main tout en croquant à belles dents dans une part du gâteau d'anniversaire que Loch convoitait.

L'inspecteur Merrick était installé devant une petite table, le regard braqué sur Urilith, assise en face de lui, qui lui caressait la main.

— Tu vois, déclara-t-elle gentiment, voilà pourquoi tu es si malheureux. Tu cherches la perfection et tu as mis la barre si haut que personne ne parviendra à te satisfaire.

— J'attends trop, vous croyez? demanda Merrick.

— Oui, répondit-elle. Il faut accepter que l'imparfait peut s'avérer parfait pour toi. Cesse de t'attacher aux détails, profite de la présence de ton compagnon, celui qui te rend heureux. Sinon, tu seras seul pour le reste de l'éternité.

Merrick fit la moue, comme s'il avait envie de pleurer.

— Ben, dis donc ! s'exclama Chase, avec entrain. Votre thérapeute est une sacrée bonne femme ! Grâce à elle, Rico et Bonnie se sont réconciliés, Ed a invité Robin au restaurant et Merrick comprend enfin pourquoi il est encore célibataire. Elle est super efficace !

Urilith haussa les épaules et esquissa un sourire modeste.

— Merci, enfant. Plus jeune, j'étais une déesse de l'amour, tu sais.

Le groupe de policiers autour d'elle éclata de rire.

Chase lança d'un ton égrillard :

— Moi aussi !

Merrick paraissait sceptique.

— Oh, vraiment ? Une déesse de l'amour ?

Sloane jugea bon d'intervenir :

— Elle était thérapeute relationnelle.

— Tu m'as gardé du gâteau, Mère ? demanda Loch, le regard brillant.

Urilith lui tendit une assiette avec une petite tranche.

— Bien sûr ! Je te rappelle que je suis une bonne mère !

Sloane afficha un grand sourire.

— Il est temps pour nous de filer, déclara-t-il. Venez, chère madame.

Quand Urilith se leva, son geste déclara une vague de protestations.

Chase s'interposa :

— Non ! C'est à moi, maintenant ! Je veux connaître ce que l'amour me réserve !

Avec un doux sourire, Urilith tapota la joue mal rasée de Chase.

— Oh, cher garçon ! Serais-tu aveugle ? L'amour de ta vie est juste devant toi, aie le courage de tendre la main.

Chase se figea, la mâchoire béante. Puis il s'empourpra violemment, ce qui jura un peu avec ses cheveux roux.

— Euh… Oui. Bien sûr, merci.

Urilith s'éloigna d'un pas royal, elle irradiait positivement.

Loch proposa généreusement à Sloane la moitié de son gâteau. Sloane refusa d'un sourire, impatient de foutre le camp.

Il craignait un peu qu'Alexander revienne les attaquer.

Une fois à la porte du bâtiment, Urilith tapa dans ses mains.

— Quel bon moment j'ai passé! Les rassemblements de mortels me manquaient tellement! Je suis déterminée à faire un effort pour être une déesse plus active! Je resterai un moment après le mariage!

— Super, Mère! s'enthousiasma Loch. Je serai ravi de te garder plus longtemps et de te faire visiter mes endroits préférés en ville!

— Nous avons de bons restaurants et des musées intéressants, offrit Sloane.

— Et des magasins entiers spécialisés dans les jouets sexuels customisés et les vidéos pornographiques, ajouta Loch avec entrain. Les mortels jouent les prudes en public, mais, en privé, ils se livrent à la débauche. C'est très surprenant!

Sloane ne put retenir un petit sourire

— C'est juste que nous préférons ne pas exposer notre vie amoureuse!

Il monta dans sa voiture, sortit son téléphone, accéda à la liste des noms des disparus et l'envoya par mail à Milo.

Loch attacha sa ceinture.

— Sloane! gronda-t-il. Mets ta ceinture de sécurité! Et cesse de jouer avec ton téléphone, c'est interdit au volant!

— Quand on conduit, oui, répondit Sloane, les yeux au ciel. Là, je suis garé dans un parking et j'ai promis ces noms à Milo.

— *Pas de téléphone au volant*, récita Loch, de mémoire. *Un simple SMS peut vous tuer!*

— Sur un parking, j'en doute, ricana Sloane.

Loch pencha la tête.

— Hmm, je n'ai pas vu cette info sur l'affiche de la salle de repos.

Sloane rangea son téléphone dans son support, le brancha à recharger et sourit.

— Voilà, tu es content?

— Non, j'ai encore faim, je veux du gâteau. Tu m'en avais promis!

— Moi?

— Oui. Tu as dit : *nous mangerons du gâteau plus tard*.

— En parlant de gâteau, lança Urilith depuis le siège arrière, je pensais faire celui de votre mariage. J'ai une très bonne recette.

Loch se retourna vers elle, l'œil allumé de convoitise.

— Oh, oui! Celui que tu as fait pour les premiers Dhankes? Il était somptueux! Quelle merveilleuse idée!

Sloane quitta le parking et prit la direction de la maison de Lynette.

94

— Il faut commencer à tout organiser, c'est exact, remarqua-t-il. Pour commencer, nous devons décider d'une date, faire la liste des invités et… euh…

— Les registres de mariage acceptent-ils les sacrifices ? demanda Loch.

— Non, désolé.

— Savez-vous seulement où vous voulez vous marier ? demanda Urilith. Comment font les mortels de nos jours ?

— Les Sages s'en tiennent aux anciennes traditions, répondit Sloane. Nos amis Lochlain et Robert ont eu une belle cérémonie sagittaire avec handfasting[1] et…

— C'était nul ! déclara Loch.

Sans lui prêter attention, Sloane continua :

— Ils se sont mariés dans une clairière près de chez eux, ensuite, il y a eu une grande réception à l'intérieur de la maison. J'aimerais me marier dans un parc avec un petit nombre d'invités, parce que…

Il se tut, le cœur serré, en se souvenant qu'il n'avait plus de famille. Outre ses rares amis, Milo et Lynette, ou Fred, qui allait-il inviter ?

Les tentacules jaunes d'Urilith passèrent par-dessus le siège pour lui caresser la joue.

— Ce qui compte, ce n'est pas le nombre d'invités ou le lieu de la cérémonie, mon cher petit, mais le fait qu'Azaethoth et toi vous aimez. Choisissez ce qui vous plaît le plus.

Loch sourit et posa la main sur la cuisse de Sloane.

— Eh bien, mon seul souhait est que Sloane soit heureux, déclara-t-il. Je l'épouserai là où il veut et à la date qu'il choisira.

Sloane fut très touché d'une telle dévotion.

— Merci, Loch. Tu es adorable…

— Mais je veux un bûcher ! ajouta Loch.

Oubliant son accès de mélancolie, Sloane éclata de rire.

— D'accord, céda-t-il à contrecœur, nous aurons un bûcher.

Loch afficha un sourire triomphant.

— Oh ! cria Sloane. J'ai une idée ! Pourquoi ne pas nous marier dans le jardin que tu m'as donné ?

— C'est ce que tu veux, mon amour ?

---

1 Cérémonie d'engagement néo-païenne liée à un folklore rural et qui consiste à se tenir les mains.

— Oui, je n'ai que trois personnes à inviter, cinq, si j'ajoute Robert et Lochlain, donc le transport des mortels sera assez rapide. De ton côté, il n'y a que des dieux, alors ils sauront comment nous rejoindre par leurs propres moyens.

Loch serra le genou de Sloane dans un de ses tentacules.

— Mon amour, déclara-t-il, ne te soucie pas de la logistique. Si tu tenais à inviter mille personnes, je ferais volontiers leur déplacement. Cet endroit t'appartient, est-ce vraiment là que tu veux que nous nous unissions ?

Sloane évoqua les fleurs lumineuses, le ciel bleu, les plantes luxuriantes. Il eut un sourire.

— Oui, chuchota-t-il. C'est si beau, si… parfait. Oui, j'adorerais me marier là-bas.

Loch lui tapota le genou.

— Dans ce cas, c'est décidé, déclara-t-il. Je construirai moi-même l'arche de mariage, juste pour toi. Oh, il nous faut aussi une table pour le festin et un canapé où consommer notre union devant nos invités…

Sloane poussa un couinement outré. Par chance, il s'arrêta à un feu rouge. Il respira plusieurs fois pour retrouver son souffle.

— Non, non, non, pas de canapé ! Je suis sûr que tout le monde devinera que notre union a déjà été amplement consommée.

Urilith gloussa affectueusement.

— En effet. Au fait, Azaethoth, qui veux-tu avoir de notre famille ?

Loch prit le temps de réfléchir.

— Tante Shartorath, oncle Yeris, mmm… grand-père Baub. Peut-être oncle Babbeth aussi, si tu parviens à le réveiller. Et oncle Gordoth !

Né et élevé dans la voie des Sages, Sloane reconnaissait les noms, bien entendu : Shartorath, déesse du mariage et du foyer ; Yeris, dieu de l'océan et des trésors cachés ; Baub, dieu de la guerre et de la colère divine ; Babbeth, dieu de la mort et des enfants perdus ; Gordoth le Chaste, dieu de la justice et du châtiment divin…

Pour Sloane, élevé par deux parents très pratiquants, les anciens dieux étaient quasiment légendaires, aussi entendre Loch énumérer leurs noms de manière si désinvolte pour les inviter au mariage était-il… surréaliste.

Loch s'agita.

— Je dois être prudent, admit-il, je ne sais pas trop ceux qui sont devenus complètement zinzins. J'aimerais aussi inviter mes abrutis de frères, sauf s'ils sont occupés à conspirer pour réveiller père et détruire le monde.

— Je me charge de Gordoth ! s'écria gaiement Urilith. C'est un lève-tôt. Shartorath sera peut-être un peu grincheuse, mais elle n'est pas folle, du moins, pas encore. Pour les autres, je vérifierai quand je passerai chercher ton cadeau de mariage.

— Merci, Mère.

— Quelle date allez-vous choisir pour vous marier ?

Loch demanda à Sloane :

— Réponds, mon amour. Quand veux-tu officialiser notre couple ?

Sloane gloussa nerveusement.

— Euh, je ne sais pas. C'est encore si… récent. Je voudrais attendre que Lochlain et Robert rentrent de lune de miel…

— La semaine prochaine, alors ?

Sloane s'empourpra, flatté de cet empressement si révélateur de l'amour évident que Loch lui portait.

— Waouh ! C'est un peu rapide, tu ne trouves pas ?

— Pourquoi attendre ?

— Et si nous choisissions Urilitha ? proposa Sloane timidement. C'est dans quelques semaines !

— Mon sabbat ! s'écria Urilith, ravie. L'équinoxe de printemps ! Oh, ce serait tellement parfait !

Sloane sourit, certain d'avoir fait le bon choix.

— Oui, nous commencerons notre nouvelle vie au début d'une nouvelle saison. Et Urilith elle-même bénira notre union !

Loch acquiesça.

— D'accord, mon cher Briscoe, tout ce que tu voudras. Nous nous marierons donc le jour d'Urilith.

En se garant dans l'allée devant chez Lynette, Sloane vibrait de joie, de nervosité et d'excitation. Son mariage avait désormais une date, il en devenait plus… tangible.

Sloane avait toujours du mal à admettre la réalité de sa situation, mais tant que Loch était à son côté, il se sentait capable de tout.

Ensemble, ils étaient invincibles.

En pénétrant dans la maison, Sloane entendit son téléphone émettre un « bip » dans sa poche. Il le sortit. C'était un message de Milo.

Lynette cria depuis la cuisine :

— Salut, tout le monde ! Alors, ça a été ?

— Bien entendu, répondit Loch, l'air suffisant. Nous avons eu du gâteau.

Une épaisse odeur d'encens flottait dans l'air et quelque chose bouillonnait sur la cuisinière.

Galgareth sourit et vérifia la marmite.

— Et les tests ? demanda-t-elle.

— Tout s'est bien passé grâce à ta bénédiction, répondit Sloane. Au fait, Milo vient de m'envoyer un message.

Il le lut à haute voix :

— *Confirmé. Chaque Muet de ta liste est passé par Hazel.*

— Qui est Hazel ?

Lynette plissa le nez.

— C'est le centre médical qui offre une tasse publicitaire pour chaque don de sang, non ?

— Exactement, répondit Sloane. Nous avons appris au poste que les parents d'Alexander y avaient travaillé comme hématologues avant d'être assassinés, il y a sept ans. Leur fils a disparu à la même époque. C'est Alexander, son vrai nom est Landon Ward.

Galgareth posa une main sur sa poitrine.

— Oh, mes étoiles ! *Assassinés* ?

— Oui. Et le mystérieux résidu bleu a été trouvé sur la scène du crime. Donc le coupable est probablement le dieu que nous recherchons.

— Comment avez-vous découvert tout ça ?

— Grâce à Milo, expliqua Sloane, quand il a testé les sangs, il a trouvé une correspondance ADN dans la banque de données de la police. Il s'agissait du père de Landon Ward… ce qui nous a menés à lui, Alexander.

Sloane envoya un texto à Milo pour le remercier, puis il rangea son téléphone sa poche.

— La même famille, le même sang… marmonna Galgareth.

Elle resta pensive un long moment à regarder bouillonner la marmite.

Urilith finit par avancer pour jeter un coup d'œil au mélange.

— Qu'y a-t-il, ma fille ?

— J'ai une idée, répondit Galgareth.

Elle brandit un tentacule lavande, prit un couteau et racla la peau de son bras. Lynette, qui avait compris son intention, apporta un petit bol de résidu bleu. Galgareth trempa la lame du couteau dedans, puis elle brandit le couteau au-dessus de la marmite. Un résidu scintillant apparut.

— Voilà ! lança la déesse.

— Voilà quoi ? demanda Sloane avec curiosité.

Galgareth désigna la marmite.

— Un test à ma façon, répondit-elle. Je comptais préparer une potion de purification, mais je peux aussi l'utiliser pour vérifier si le dieu ayant laissé ce résidu bleu est de ma famille.

— Oh, glorieuse idée ! s'exclama Loch. Si c'est le cas, la potion ne réagira pas…

Galgareth ajouta avec un sourire fier :

— … mais si elle fume, cela signifie qu'il n'y a aucune comptabilité, ce qui exclura d'office nos frères, nos oncles et tantes. Évidemment, la liste des suspects potentiels sera encore longue…

— Ça vaut la peine d'essayer, affirma Sloane. Combien de temps ça prendra-t-il ?

— Mmm, quelques heures, répondit Galgareth. En principe, il faut attendre la pleine lune pour générer la magie de purification, mais je peux accélérer le processus.

— Alors, que fait-on maintenant ? demanda Loch. Jay est en sécurité, la potion mijote… pensez-vous l'affaire presque réglée ?

— J'espère, répondit Sloane, mais je vous propose de faire un petit tour au centre de recherches médicales Hazel.

Lynette intervint :

— C'est une énorme multinationale avec des annexes un peu partout dans le monde ! Ils posent en bienfaiteurs de l'humanité en distribuant du sang après les tremblements de terre et autres catastrophes d'envergure. Les crois-tu vraiment impliqués dans cette sombre histoire, Slo ?

— Je n'en sais rien, reconnut-il. Il est possible que notre dieu au résidu bleu ait juste trouvé le moyen de détourner les vastes ressources d'Hazel pour sélectionner ses cibles. En l'état actuel des choses, cette banque de sang est notre meilleure piste.

— Une fois que nous serons là-bas, pourrai-je déclencher ma colère divine ? s'enquit Loch, plein d'espoir.

— Pas tout de suite, répondit Sloane. Un individu dévoyé ne remet pas en cause la validité de toute une entreprise, il peut très bien s'agir d'un simple employé déviant – comme Vil Robert au musée d'Archersville.

— D'accord, concéda Loch, nous allons fouiller, chercher et trouver, ensuite, je déclencherai ma colère divine, c'est ça ?

— Oui, je crois bien.

LES LOCAUX d'Hazel occupaient tout un gratte-ciel au centre-ville, un gigantesque monolithe de verre et d'acier avec des centaines d'étages. Le hall était propre et blanc, les panneaux indiquaient le centre des dons, les laboratoires et les bureaux.

Seule la première zone était ouverte au public, aussi Sloane décida-t-il de commencer par là. Il comptait se faire passer pour un donneur potentiel et fouiner un peu.

Loch feuilleta une brochure trouvée dans le hall.

— Ils donnent vraiment une tasse en échange de fluides corporels ?

Sloane suivit les panneaux et se dirigea vers les ascenseurs.

— Oui, répondit-il patiemment.

Loch émit un petit rire incrédule

— Pour l'équivalence d'un sacrifice de sang, les mortels acceptent un gadget sans valeur ? Et ils ont abandonné le culte des dieux Sagittaires pour un ridicule petit dieu Lucian, parce qu'ils trouvaient nos tentacules répugnants et nos traditions barbares ?

— Eh bien, c'est un raccourci un peu rapide, la tasse n'est qu'un bonus, les gens donnent leur sang par altruisme, pour aider leurs prochains.

— Humph, ricana Loch. Peut-être aurions-nous gardé plus de fidèles si nous leur avions proposé des grille-pain !

— Loch…

— Ou des serviettes de plage ! Regarde ! C'est écrit là ! Une serviette de plage à la dixième visite ! Oh, les orgies et les bonnes récoltes, ça leur a semblé insuffisant, mais ils se saignent à quatre veines – au sens littéral – pour un tissu synthétique aux teintes fluo ?

Sloane caressa le dos de Loch en espérant que personne n'allait surprendre leur conversation.

— Azaethoth ! souffla-t-il. Même si c'est difficile à comprendre, je t'assure que les laboratoires sont censés aider les gens.

Loch pressa le bouton d'appel de l'ascenseur.

— C'est ridicule ! grinça-t-il.

Sloane s'accrocha à sa main.

— Loch, je ne t'ai pas fait un sacrifice de sang…

— Et alors ?

L'ascenseur arriva, Sloane entra dans la cabine et appuya sur le bouton du troisième étage.

— Sus-je pour autant un piètre adorateur ? Comptes-tu m'offrir une serviette de plage pour exciter mon zèle ?

Loch lui lança un regard enflammé et lui caressa avidement le cul.

—Non, Briscoe, mon amour, à défaut de ton précieux sang, tu m'offres beaucoup d'autres fluides : ton foutre, ta sueur, tes larmes de plaisir…

Sloane se sentit piquer un fard. Il s'efforça cependant de le cacher.

100

— Que vais-je gagner, une serviette ou un grille-pain?

— Le plus beau des lots!

Loch lui mordilla le cou. Sloane ne put en profiter longtemps, car, déjà, l'ascenseur ralentissait. Les portes allaient s'ouvrir.

Sloane s'éclaircit la gorge et essaya de rester professionnel.

— Du calme, Loch, il nous faut maintenant…

Il ne put en dire plus, car Alexander était devant eux, le regard haineux.

— Quelle joie de retomber si vite sur vous deux!

Sloane n'y comprenait plus rien. Il jeta un coup d'œil au panneau de l'ascenseur. Il était bien marqué « troisième », pourtant, il n'y avait qu'une salle vide derrière Alexander.

— Encore toi! gronda Loch.

— Attends, Loch!

Devinant que Loch allait attaquer le garçon, Sloane le tira en arrière en l'attrapant par le col de sa chemise.

Il reporta ensuite son attention sur Alexander :

— Landon? C'est ton vrai nom, non?

Alexander tressaillit et fronça les sourcils.

Sloane leva la main pour garder les portes de l'ascenseur ouvertes.

— Landon Ward, répéta-t-il. Nous voulons t'aider.

Ils savent…

— Oui, nous savons! insista Sloane avec impatience.

Alexander ne put cacher le choc qu'il ressentait.

Comment? Il… il m'entend?

La voix mystérieuse exprimait elle aussi une intense surprise.

— Oui, je t'entends! grogna Sloane. Nous savons que tu travailles pour un dieu qui…

Sloane s'interrompit quand il fut empoigné et tiré en avant. Déséquilibré, il tomba. Le bâtiment disparut, une lumière brilla, l'aveuglant totalement.

Puis Sloane poussa un cri d'effroi et de douleur quand il s'écrasa lourdement sur quelque chose dur. Il réussit à se mettre à genoux et regarda autour de lui. Il était dans un champ immense dont l'herbe sèche craquait sous lui.

Penché sur lui, Alexander pressa la main contre son front.

Sloane ressentit une légère brûlure. D'instinct, il repoussa Alexander et tenta de former un bouclier. En vain.

La magie crépita, sans se former.

— Qu'est-ce que… ?

— Tu es devenu Muet, ricana Alexander. À présent, explique-moi comment tu peux l'entendre.

C'est un sorcier doté de la lumière des étoiles, mais il y a autre chose…

Sloane haleta quand une sensation froide lui traversa sa poitrine, le laissant à peine respirer.

— Qu'est-ce que tu… me fais ?

— Ne bouge pas, cracha Alexander. Personne ne peut l'entendre. Personne ! Comment y parviens-tu ?

Sloane baissa les yeux et vit le tentacule fantôme qui le transperçait comme une épée. Sa vision se rétrécissait, il allait s'évanouir ou mourir.

— Je… je ne sais pas ! haleta-t-il, faiblement. S'il te plaît, arrête…

Alexander était en colère, ses yeux rouges brûlaient de rage et de méfiance.

— Dis-moi comment tu fais ! ordonna-t-il. Qui es-tu ?

— Je suis… détective… privé… croassa Sloane.

Il s'écroula avec un gémissement.

Soudain, il entendit un battement d'ailes et un rugissement terrifiant, puis la voix de Loch cria :

— Préparez-vous à subir ma colère divine !

IX

LOCH ÉTAIT un glorieux dragon, les ailes étendues, les dents découvertes, sa longue queue fouettant furieusement autour de lui.

Il avait laissé quelque part son corps humain pour arborer sa forme divine.

Quand Alexander s'éloigna de lui, Sloane poussa un cri de soulagement. Libéré du tentacule fantôme, il put enfin respirer. Il regarda Alexander traverser le champ et avancer vers Azaethoth, un petit mortel prêt à affronter un dieu.

C'était ridicule.

Sloane n'avait aucune envie de regarder un lion dévorer une souris. Alexander était puissant, certes, mais il ne réussirait jamais à…

Sloane renversa la tête.

Haut, très haut.

Il écarquilla les yeux en réalisant qu'il voyait enfin la monstrueuse divinité attachée à Alexander. C'était comme un mirage, une image scintillante et translucide, mais grande, vraiment très grande.

Plus grande encore que le magnifique dragon de Loch, la bête ressemblait un peu à un gorille au corps énorme et aux bras massifs. Une épaisse rangée de pointes géantes tombait en cascade de sa nuque tout au long de son dos. Le bas du corps traînait sur le sol avec une queue épaisse faite de tentacules en spirale. D'autres tentacules pendaient du long museau.

La bête rugit et balança vers Loch un de ses grands bras. Le dragon grogna et claqua des dents, tout en esquivant le coup avec grâce. Puis il plongea en avant.

— Attention, Loch ! cria Sloane.

Atterré, il vit la bête balancer sa queue et frapper. Loch reçut la masse de tentacules en pleine tête. Il perdit l'équilibre et battit fébrilement des ailes.

Alexander avança calmement, la bête fit pareil, avant de se jeter de nouveau sur Loch. Le dragon dérapa et rugit en découvrant ses dents dans un grondement frustré. Il tenta de se précipiter vers Alexander et reçut un coup vicieux dans la mâchoire.

Il ne voit pas la bête, réalisa Sloane, pris de panique.

Loch se battait complètement aveugle et il perdait pied.

— Loch! Viens! Moi, je le vois, viens ici!

Loch se retourna, il se précipita vers Sloane et baissa la tête.

— Monte!

— Oh, putain!

L'estomac noué de terreur, Sloane vacilla quand la tête géante du dragon passa entre ses jambes et le souleva du sol. Il s'accrocha de son mieux aux écailles du long cou de Loch.

Le sentant bien arrimé, Loch étendit ses grandes ailes et s'envola au-dessus du champ. Il fit un cercle en grognant autour d'Alexander et de la bête fantôme.

— S'il fait trop chaud dans la cuisine, il faut filer, merde!

— Tu as beaucoup trop regardé Gordon Ramsay! cria Sloane.

Loch répondit avec un rugissement de flammes. Le jet magique jaillissant de sa gueule brûla les champs en dessous d'eux. Le sol fut instantanément incinéré, l'herbe sèche s'enflamma et le feu se propagea en quelques secondes.

Alexander leva la main et dévia les flammes avec un bouclier lumineux. Mais il ne tint pas longtemps sous le feu divin, et Alexander se mit à saigner du nez. La bête l'attrapa par la taille et l'entraîna à l'abri.

Sloane plissa les yeux pour essayer de voir malgré le vent et la fumée.

— Il est sur ta gauche!

Suivant ses instructions, Loch tourna brusquement la tête.

— Non! Trop loin, reviens en arrière… euh, à droite!

— Tu es nul comme copilote! marmonna Loch.

— Écoute-moi au lieu de râler! maugréa Sloane. Tourne un peu et descends, voilà! La bête est juste en dessous de nous!

Loch déploya ses ailes puissantes, il tourbillonna dans l'air et plongea avec un rugissement de triomphe, droit sur Alexander.

Les champs étaient en feu et la fumée montait haut, Sloane toussa tout en essayant de voir ce qui se passait.

Alexander ne bougeait pas, il restait planté au milieu des flammes scintillantes, entouré de son bouclier. Il vit Loch et Sloane revenir vers lui et esquissa un sourire narquois.

Trop tard, Sloane réalisa que la bête n'était plus derrière le garçon. Elle avait disparu! Loch cracha un autre jet de flammes quand la bête jaillit de la terre où elle s'était cachée avec un grondement féroce.

Sloane essaya d'avertir le dragon :

— Loch !

Déjà, la bête avait frappé avec une force énorme. Loch tomba comme une pierre et s'écrasa sur le sol dans un fracas de tonnerre. Arraché à son perchoir, Sloane s'envola, il fit une longue glissade sur l'herbe brûlante et jura fort.

La bête tourna autour de Loch en le frappant, le dragon poussa des rugissements furieux et passa rapidement à l'offensive. Au début, il parvint à repousser la bête et Alexander, mais son avantage ne dura pas.

La bête se déchaîna et envoya un coup puissant, Loch grogna furieusement. Un autre coup le fit vaciller. Balançant sa longue queue, il s'écarta et mit une certaine distance entre lui et son adversaire invisible.

Sloane leva les mains pour lancer à Alexander un missile magique, mais rien ne se passa. Merde !

Alexander l'avait rendu Muet. Comment ? Il lui avait mis un verrou magique…

Se relevant péniblement, Sloane se griffa le front avec désespoir. Il sentit la petite bosse, de la magie puissante. Sans se décourager, il planta ses ongles dans sa chair et se concentra aussi fort qu'il le put.

Il cria de douleur quand le sang coula sur son visage.

Il fallait qu'il se dépêche ! Il devait rejoindre Loch et l'aider !

Loch rugit encore, un cri d'agonie qui poussa Sloane à reporter son attention sur le champ de bataille. Alexander dirigeait habilement la bête, échappant ainsi au dragon qui essayait de l'écraser. Après tout, Loch ne voyait que lui, lui qui servait d'appât.

Du sang noir coulait d'une entaille à l'épaule de Loch, il commençait à boiter. Alexander l'attira encore, permettant à la bête de le griffer en pleine poitrine.

Cette fois, Loch s'y attendait. Il referma ses mâchoires sur le poignet de la bête, mais elle était un fantôme, et Loch ne l'atteignit pas. Il rugit de frustration.

— Merde ! Loch ! Tiens bon ! gémit Sloane.

Il ferma les yeux et creusa son front, cherchant la bosse.

Là !

La protection se brisa dans une explosion de lumière scintillante. Avec un grognement, Sloane se releva et fonça sur Alexander et la bête. Il loucha à travers le sang coulant sur son visage et invoqua toute sa magie.

105

— Maman, Papa, s'il vous plaît! Écoutez-moi! Grand Azaethoth! Écoutez-moi, putain! Aidez-moi! Vous n'avez pas le droit de m'enlever Loch!

Soudain, le ciel s'assombrit, des éclairs incroyablement brillants crépitèrent à travers les nuages qui tourbillonnaient. La lumière coula entre les mains de Sloane, qui courait toujours.

Il reconnut le poids et la forme familière : il tenait une épée de lumière des étoiles. Il la leva au-dessus de sa tête et visa la queue massive de la bête, il frappa de toutes ses forces.

Au dernier moment, Alexander se retourna, mais il était trop tard. La bête rugit de douleur quand la lame entra en contact. L'image scintillante s'estompa et recula en hurlant de désespoir.

Sloane montra les dents, il se précipita et se plaça entre Loch et Alexander, l'épée pointée vers l'horrible bête.

— Je suis Sloane Beaumont, fils de Daniel et de Pandora Beaumont, fiancé d'Azaethoth le Petit! Parmi les mortels, je suis le Briseur de cœur, surnommé Briscoe, j'ai déjà tué un dieu, et si vous touchez de nouveau à celui que j'aime, aucune puissance dans l'univers tout entier ne vous sauvera de là où je vous enverrai, nom d'un petit bordel à queue!

La bête releva la tête. Cette fois, sa voix sonna différemment, de façon plus audible.

— Quoi? Tu es le Briseur de cœur? LE Briseur de cœur, celui qui a tué Tollmathan d'un coup d'épée en plein cœur?

Loch pencha la tête, il se frotta à Sloane et l'enveloppa dans l'une de ses grandes ailes.

— Oui, grogna-t-il. Briscoe, mon amour.

Sloane resserra sa prise sur l'épée de lumière.

— Oui, c'est moi! J'ai tué Tollmathan, dieu de la musique, de la poésie et de la peste noire! J'ignore qui tu es, mais si tu ne recules pas, je t'envoie le rejoindre sur Xenon!

— Non, Briseur de cœur, je m'en remets à toi.

La bête se coucha sur le sol sans plus bouger, sauf pour enrouler un tentacule fantôme autour de la main tendue d'Alexander.

— Hein?

Sidéré, Sloane cligna des yeux. Il ne comprenait plus rien. Il jeta un coup d'œil à Loch, qui semblait tout aussi confus que lui.

Alexander, lui aussi, trouvait la situation incompréhensible.

— Rota, qu'est-ce que tu fabriques? souffla-t-il.

— Fais-moi confiance, répondit la bête.

Son image devint plus solide, le mirage se dissipa, révélant une créature à la peau rouge-violet.

Sloane ouvrit de grands yeux.

— Qui es-tu ? demanda-t-il.

— Je m'appelle Rota, déclara la bête.

Sloane secoua la tête.

— C'est un surnom ? Je ne connais aucun dieu nommé Rota.

— C'est le nom que je me suis donné, admit Rota. J'ai à te parler, Briscoe. Baisse ton arme. Le combat est fini.

Sloane vit que l'épée de lumière des étoiles commençait à disparaître, ses mains étaient crispées et douloureuses d'avoir manipulé une telle magie. Il lâcha prise et frotta ses doigts engourdis.

— D'accord. Qui es-tu vraiment ?

— Je ne sais pas.

L'image de Rota commençait à s'effacer. Très vite elle devint presque invisible.

— Alexander, chuchota la bête, je….

Le garçon tendit la main et caressa la bête chatoyante.

— Repose-toi, dit-il tendrement.

Tu n'aurais pas dû te montrer... Chaque fois, ça t'épuise.

Je voulais qu'ils nous croient, marmonna Rota, épuisé.

— Ils le feront, déclara Alexander à haute voix.

Il fouilla dans son manteau et en sortit un paquet de cigarettes.

— Nous ferons quoi ? demanda Loch.

— Pour commencer, répondit Alexander, vous allez écouter.

Il tendit la main qui tenait la cigarette. Sloane vit un tentacule tout frissonnant glisser sur cette main. Une flamme jaillit, Alexander s'en servit pour allumer la cigarette.

S'armant de patience, Sloane se rapprocha de Loch pour inspecter ses blessures. Il caressa la peau lisse du dragon et laissa sa magie filtrer à travers ses paumes.

— Comment as-tu réussi à me retrouver, Loch ? Ne disais-tu pas que les mondes entre les mondes sont infinis et impossibles à atteindre sans des coordonnées précises ?

Loch l'examina, ses yeux sombres piquetés d'étoiles brillaient de passion.

— Tu es mon compagnon, Briscoe. Où que tu sois, je saurai toujours te retrouver.

Sloane avait refermé la dernière entaille sur la peau de Loch quand Alexander tourna vers eux ses yeux rouge sombre. Il expira par le nez un nuage de fumée et prit la parole :

— Ni Rota ni moi ne gardons le moindre souvenir de ceux que nous étions avant de nous réveiller à Hazel, déclara-t-il. Personnellement, j'y suis resté une éternité, je n'ai connu Rota qu'après plusieurs années de… préparation. Ils ont eu du mal à réaliser un conduit correct.

— Un *conduit* ? répéta Sloane.

— Oui, confirma Alexander, c'est comme ça qu'ils m'appellent. Je suis un conduit, un corps mortel qui contrôle un esprit immortel. Je peux mentalement canaliser l'énergie de Rota ou user de mon corps pour concentrer son pouvoir.

Sloane serra les dents.

— Une arme, dit-il. Ils ont fait de toi une arme.

— Oui.

— Pourquoi ?

Alexander roula des yeux tout en tirant sur sa cigarette.

— Si tu as réellement tué Tollmathan, tu le sais très bien. Certains anciens dieux veulent réveiller Salgumel et refaire le monde.

— Tu veux dire le détruire, grogna Loch.

Alexander haussa les épaules.

— C'est du pareil au même. Tollmathan était loin d'être le seul. Toute une faction d'anciens dieux est prête à tout pour renverser l'ordre actuel.

Sloane sentit ses tripes se nouer.

— Non ! Les dieux sont censés dormir ! Le rêve les a emportés…

— Il n'en a fallu qu'un pour lancer le mouvement, coupa Alexander. Une fois réveillé, Tollmathan a tenté de réunir autour de lui ceux qu'il savait favorables à sa cause. Oui, d'accord, certains se sont tout de suite rendormis, mais pas avant d'avoir promis leur assistance le moment venu. Combien sont actifs à présent, ça, je n'en sais rien.

Sloane ressentit une terrible culpabilité monter en lui. C'était lui, étant enfant, qui avait par inadvertance réveillé Tollmathan avec une folle prière destinée à sauver ses parents.

— Pourquoi enlever des Muets innocents ? Pourquoi en faire des armes ? Pourquoi en ont-ils besoin ?

Alexander utilisa son mégot incandescent pour allumer une autre cigarette.

— Pour combattre les autres dieux. La faction des mécontents est forte, mais il est clair qu'en cas de guerre, ils craignent de perdre. Ils consacrent donc beaucoup de temps et d'énergie à asservir leurs ennemis.

— Oh, tu parles des dieux qui tiennent à garder Salgumel endormi ? déclara Sloane. Les rebelles sont-ils prêts à tout pour les faire rentrer dans le rang, fût-ce par la force ?

— Oui.

— Merde !

Sloane se pressa contre Loch en guise de réconfort.

Alexander fit la même chose, le dos collé à l'épaule de Rota. Il semblait appuyé dans le vide et l'angle totalement anormal de son corps ajoutait à l'étrangeté de la situation.

— Pourquoi voulais-tu tellement récupérer Jay ? ajouta Sloane.

— Il n'était que le prochain nom sur ma liste, d'accord ? ricana Alexander.

— Qui t'a donné cette liste ?

— Gronoch, le frère d'Azaethoth le Petit.

Loch ne pipa mot, mais il serra plus fort Sloane contre lui.

— Tollmathan a réveillé en priorité ses frères, bien entendu, ajouta Alexander, mais pas Azaethoth, apparemment. Je devine une petite rivalité fraternelle, hmm ?

En guise de réponse, Loch montra les dents.

Sloane le calma en caressant ses écailles. Il inspira un grand coup et plissa les yeux :

— Alexander, pourquoi nous raconter tout ça ?

Alexander pencha la tête. Il tira sur cigarette et ricana :

— Tu n'as encore rien compris, vraiment ? Pour un détective, je te trouve un peu lent à la comprenette, Briscoe ! Tu es un tueur de dieu, mon vieux, nous n'avons pas ce pouvoir et nous aimerions nous débarrasser une bonne fois pour toutes de notre… *patron* actuel.

Indigné, Sloane n'osa toujours pas croire à ce qu'il entendait.

— Et alors ?

— Et alors, tu vas tuer Gronoch ! lança Alexander.

— *Quoi* ?

— Si j'avais su qui tu étais, je ne t'aurais pas attaqué, aboya Alexander. J'ai vite compris que tu étais un puissant sorcier et que tu maniais la lumière des étoiles, mais j'ignorais que tu pouvais nous délivrer de Gronoch.

Toujours sous le choc de voir ses soupçons confirmés, Sloane fit une moue de dégoût.

— Je ne suis ni un assassin ni un tueur à gages ! protesta-t-il.

— Tu as pourtant tué Tollmathan !

— À mon corps défendant, parce que je n'ai pas réussi à le convaincre de renoncer à ses projets insensés. Il doit y en avoir un autre moyen d'arrêter Gronoch !

Alexander le regarda pensivement.

— J'en doute. En ce qui me concerne, je ne tiens pas à assister à la fin du monde. Pense aussi au petit Jay et aux autres Muets qui ne courront plus aucun danger une fois Gronoch envoyé sur Xenon ! Les conduits, c'est son idée, sans lui, les armes seront abandonnées.

— Et toi ? Quel est ton intérêt dans cette histoire ?

— Je gagne ma liberté, répondit Alexander. Ça ne te semble pas suffisant ?

Sloane fit un pas vers lui.

— Tu ne me dis pas tout. Si tu tenais tant à être libre, tu aurais déjà trouvé le moyen de quitter Gronoch, surtout avec le pouvoir d'un ancien dieu à ta disposition ! Tu pourrais facilement lui échapper et te cacher dans un endroit secret comme celui-ci !

Dis-lui tout, insista Rota.

Non, il risquerait d'user de ce savoir contre toi ! Et je ne veux pas !

Malgré son agitation intérieure, Alexander garda une expression remarquablement composée.

Sloane secoua la tête.

— Aurais-tu oublié que je vous entends, Rota et toi ?

— Quoi ? Comment y parviens-tu ?

Les yeux écarquillés, Alexander paraissait soudain très effrayé.

Ce fut Rota qui répondit à la question :

Briscoe a tué un dieu. Il a été touché par Azaethoth le Grand...

Sloane haussa les épaules et se gratta la nuque.

— Oui, ça m'a peut-être laissé des séquelles...

Loch s'assit sur ses pattes arrière. Bien que ses blessures soient désormais cicatrisées, il semblait très en colère.

— Je commence à en avoir marre d'être exclu ! C'est terriblement impoli de faire des messes basses !

— D'accord, acquiesça Sloane. Alexander, quel est ce secret ? Il concerne Rota, je présume ?

Alexander s'enferma dans un silence obstiné, aussi Rota intervint-il à haute voix pour expliquer son problème :

— Gronoch s'est emparé de mon corps. Il a trouvé le moyen de laisser les dieux dans le rêve tout en arrachant leur âme pour la lier à un mortel. Comment, je l'ignore. Je sais seulement qu'il utilise la magie des os asrans.

— Pourquoi ne pas retourner à Zebulon ? demanda Sloane.

— Je ne peux pas, expliqua Rota, mon âme est liée à Alexander. Je ne peux pas retourner à Zebulon sans mon corps.

— Et si je brisais les liens ?

— Non, surtout pas ! s'écria Rota. Cela tuerait Alexander. Il y a d'autres liens que vous ne voyez pas, dans sa tête, sur son cœur…

Alexander fit une grimace douloureuse.

— Arrête, Rota, s'il te plaît…

Rota enroula ses tentacules fantômes autour de la taille d'Alexander.

— Même si briser les liens était indolore, ajouta-t-il, les yeux sur Sloane, seul mon esprit retournerait à Zebulon. Gronoch a caché mon corps je ne sais où. Et tant que ce corps n'est ni mort ni détruit, je ne peux en intégrer un nouveau…

— Et comme tu es un dieu, intervint Loch d'une voix traînante, tu ne vas pas de mourir de sitôt.

Perplexe, Sloane fronça les sourcils.

— Je comprends que tu veuilles récupérer ton corps, Rota, mais le retrouver ne risquerait-il pas de briser vos liens ? C'est très risqué, non ? Cela pourrait tuer Alexander.

— Non ! s'écria Rota avec passion. Jamais je ne le permettrai ! Une fois rétabli, je guérirai Alexander et nous pourrions enfin être ensemble.

— Rota, tais-toi ! grogna Alexander.

Sloane sourit en le voyant effleurer le tentacule de Rota, un geste si tendre et familier.

— Oh, je vois. Vous êtes… ensemble ?

— Ça ne te regarde pas, merde ! aboya Alexander.

Lalala, lalalala, sors de ma tête ! Putain !

Loch exhiba ses dents acérées dans un grand sourire.

— Ah ! Je comprends nettement mieux que vous teniez tant tous les deux à retrouver le corps de Rota, parce que, tant qu'il est dématérialisé, vous ne pouvez rien faire au pieu !

— Loch, un peu de tact, s'il te plaît !

Sans mot dire, Alexander les toisa d'un œil létal.

111

— Ils veulent s'accoupler ! s'exclama fièrement Loch. Dans son état actuel, je doute fort que Rota parvienne à combler ce jeune Muet !

Sloane s'éclaircit la gorge.

— Loch !

— Pourquoi ne pas emprunter un cadavre décent ? Ça marche à merveille, j'en ai fait l'expérience et j'ai été… remarquablement satisfait. D'un autre côté, comme l'âme de Rota est déjà attachée à Alexander, peut-être cela l'empêche-t-il de posséder un autre corps…

— Loch !

Mais Loch s'entêta à pérorer :

— Je suis sûr qu'ils ont déjà essayé pas mal de techniques, une brève pénétration est en principe possible si Rota se matérialise assez longtemps, mais c'est trop rapide et l'insatisfaction doit avoir exacerbé leur frustration…

Alexander avait les joues aussi rouges que les yeux.

— Tais-toi, grogna-t-il.

— Loch, ça suffit, insista Sloane. Ça ne nous regarde pas, d'accord ?

Loch baissa la voix :

— La frustration sexuelle peut rendre dingue, Briscoe, je t'assure !

Alexander se redressa et fit disparaître par magie ses mégots de cigarette.

— J'en ai assez entendu ! Je ne veux pas de votre aide ! Je préfère continuer le combat.

— Il a raison, Loch, laisse tomber, avertit Sloane d'un ton sec.

Perplexe, Loch le regarda, ses gros yeux de dragon tout écarquillés.

— Quoi ? Toi aussi, tu deviens grincheux quand tu n'as pas le cul inondé de ma semence, mon amour.

Alexander éclata d'un rire rauque.

Sloane, devenu écarlate, sentit sa colère monter.

— *Azaethoth* ! Ferme-la !

— Bon, d'accord !

Sloane se retourna avec un sourire contraint.

— Alexander, Rota, que diriez-vous de me suivre jusqu'à mon bureau ?

— Tu vas nous aider ? aboya Alexander.

— Bien sûr, répliqua Sloane, mais j'aimerais trouver un autre moyen que le meurtre.

— Mmm, déclara Loch, pour retourner sur Eon, je dois d'abord récupérer mon corps.

Sloane sentit un frisson lui remonter le long de la colonne vertébrale.

— Où l'as-tu laissé ?

Loch afficha un sourire satisfait.

— Oh ! Dans un endroit très sûr !

Sloane cacha son visage dans ses mains, son terrible pressentiment s'aggravait. Il dut prendre sur lui-même pour répéter :

— Loch, par tous les dieux… où as-tu laissé ton corps ?

— À la Poste.

— *Quoi ?*

X

— Tu es fou ou quoi ? hurla Sloane, déchaîné. Tu refuses de confier tes foutus catalogues à la Poste, mais tu y laisses ton corps ?

Il fonçait à toute allure dans les rues d'Archersville, les pneus crissant à chaque intersection. La portière de la voiture tenait en place, mais elle craquait et grinçait constamment, ce qui ajoutait à son irritation.

Bien qu'horriblement défigurés, ils arrivent à l'heure, protesta la voix de Loch. *Je ne pouvais pas laisser mon corps à Hazel, quand même ! Quand je t'ai vu passer à travers le portail, j'ai su qu'il me fallait prendre ma forme divine pour venir te sauver et combattre, alors j'ai cherché un endroit sûr où laisser mon corps humain.*

— C'est l'idée la plus stupide que tu aies jamais eue.

Pourquoi ? Tu n'as jamais refusé de me recevoir en toi...

— D'accord, mais c'est fou !

Loch les avait arrachés aux champs mystiques et ramenés sur Terre, mais un dragon géant se serait fait remarquer à la Poste.

À court d'idées, Sloane avait accepté de partager son corps avec son divin fiancé.

Le processus de transfert n'avait demandé qu'une seconde. Avant même que Sloane comprenne ce qui se passait, Loch avait disparu. Sloane ne se sentait pas différent, à part la voix de Loch qui résonnait dans sa tête.

— Comment ça fonctionne au juste ? grommela-t-il. C'est un apanage divin, c'est ça ?

Exactement, admit Loch avec entrain.

— Je pense à ce qui est arrivé à Rota, enchaîna Sloane. Peux-tu aussi séparer ton âme de ton corps ? Te projeter sur le plan astral ?

Oui, si je le voulais vraiment, répondit Loch, *mais je n'en vois pas l'intérêt. Je n'ai pas besoin de cette séparation pour voyager où je veux. Je préfère emmener mon corps avec moi.*

— Mais, en principe, c'est possible ?

D'après Rota, ils ont utilisé des os asrans pour générer le processus. Jadis, les humains pillaient les tombes asranes pour récupérer ces os et abuser de leurs pouvoirs magiques, y compris la projection astrale.

114

— Donc on peut arracher l'âme d'un dieu à son corps?

Oui, à condition d'avoir beaucoup d'os et de préférence ceux de la famille royale.

— Une âme suffit-elle à posséder un corps?

Mmm, tu penses à Rota et Alexander, n'est-ce pas?

— Oui, avoua Sloane. J'aimerais les aider. Je suis sûr qu'ils ont déjà tout essayé, mais je trouve leur histoire tellement triste.

Ta compassion est tout à fait admirable, mon amour, souffla Loch. *Malheureusement, Rota a besoin de son corps pour entrer dans un humain. Et comme son âme est liée à Alexander, il est pris au piège. Hum... à moins que...*

— Quoi?

Quand ma mère exerçait en tant que déesse de l'amour, il y a une éternité, elle vivait de fantastiques célébrations de la fertilité à travers des Sages dotés de la vision des étoiles.

— Ceux qui ont été bénis par Azaethoth le Grand, murmura Sloane pensivement.

Les sorciers dotés de la vision des étoiles avaient une magie très puissante, certains communiquaient avec les morts, d'autres prédisaient l'avenir. Ce don était d'une rareté légendaire, et Sloane ne connaissait personne le possédant.

Oui. Mère partageait son âme avec eux, elle les possédait par dizaines et leurs orgies duraient des jours entiers.

— Alors, c'est possible?

Des orgies qui s'étalent sur plusieurs jours? Très certainement!

— Non, coupa Sloane, devenu ponceau, je parlais du fait que Rota possède un autre corps!

Seulement avec un sorcier doté de la vision des étoiles, précisa Loch. *Mère restait dans son corps divin, mais elle étendait son âme et prenait le contrôle de ses adorateurs et adoratrices afin d'exalter leurs plaisirs charnels.*

En entrant dans le parking exigu du bureau de poste, Sloane s'arrêta un instant pour réfléchir.

— Et ce que nous faisons en ce moment, fais-tu la même chose dans ton corps de goule?

Oui, répondit Loch, manifestement amusé. *Mais là, je te permets de garder le contrôle.*

— Oh ? Tu pourrais donc… me l'enlever et faire ce que tu veux de mon corps ?

Oui, à partir du moment où tu as accepté de me laisser entrer.

Pour illustrer son propos, Loch saisit les mains de Sloane et les fit glisser sur ses cuisses.

Voir ses propres membres agir sans qu'il l'ait voulu fit pousser à Sloane un petit cri.

— Waouh ! C'est vraiment bizarre !

Loch posa les mains de Sloane sur son entrejambe et tira sur la braguette du pantalon.

Sloane jeta un coup d'œil sur le parking.

— Hé ! protesta-t-il. Que fais-tu ?

Je prends les commandes.

Il introduisit la main de Sloane dans son boxer et referma ses doigts sur sa queue. Sloane laissa sa tête retomber en arrière avec un gémissement. Il s'était déjà branlé, il reconnaissait le contact de sa main, mais il y avait une sorte… d'électricité, qui ajoutait un plaisir nouveau à la caresse familière. Cette énergie devait venir de Loch.

Quand Sloane essaya de retirer sa main, il constata qu'il était totalement impuissant.

Loch dut sentir sa résistance, car il se figea et demanda :

Tu veux que j'arrête ?

— Non, dit Sloane, conscient du désir qui le prenait aux reins.

Tu veux que je continue ?

— Merde !

Gémissant de plus belle, Sloane sentit son sexe dur et érigé pulser contre ses doigts désormais immobiles. Il ne pouvait pas rester comme ça !

— Loch, s'il te plaît… haleta-t-il. N'arrête pas.

Tu veux que je continue ? insista Loch. *Sois précis, Briscoe, je ne veux pas me tromper.*

— Merde !

Sloane jeta un nouveau un coup d'œil autour de lui. Le parking était bondé, mais personne ne le regardait.

— Loch, laisse-moi juste attraper mon manteau !

Loch libéra la main de Sloane le temps que ce dernier récupère sa veste sur le siège arrière et la drape sur ses genoux afin de cacher sa queue lancinante qui jaillissait de son pantalon.

Ceci étant fait, Loch se remit à le caresser.

Sloane s'affaissa dans son siège.

— Oh, Loch !

C'était divin, et Soane approchait de l'orgasme bien plus vite qu'il l'aurait voulu. Désireux de savourer un peu plus longtemps cet intermède, il se mordit la lèvre et lutta pour ne pas jouir trop vite.

Mmm, je sens ton plaisir monter. Tu y es presque.

— Loch ! haleta Sloane.

Il y avait une nouvelle pression en lui, comme si sa prostate était caressée de l'intérieur. C'était impossible – *c'est bon, non ?* –, mais Sloane ne put que céder au tsunami.

Et Loch continua à le pilonner de l'intérieur et à le branler. Perdu dans un monde de sensations et de vives couleurs, Sloane s'abandonna à un orgasme spectaculaire. Quand il ne put en supporter davantage, il tenta de reprendre le contrôle de ses mains.

— Loch, arrête, maintenant ! gémit-il, rouge et en sueur.

Mmm... d'accord, maugréa Loch, à contrecœur.

Il relâcha les mains de Sloane.

Sloane s'essuya et rejeta la veste derrière lui – il faudrait qu'il pense à la faire nettoyer. Il essaya de se rendre présentable.

C'était amusant ! s'exclama Loch. *Il faudra recommencer !*

Sloane sentit la suffisance de son fiancé résonner dans ses os.

— Plus tard, grogna-t-il. Maintenant, dis-moi où tu as laissé ton corps ?

Sur un banc. Je n'ai pas mis de tampon dessus, mais je suis sûr que les préposés ont bien veillé sur ce précieux dépôt.

— Oh, par tous les dieux !

Loch fut très déçu de constater que ses efforts pour trouver l'endroit idéal avaient été mal récompensés. Les préposés, bien entendu, crurent trouver un cadavre, aussi avaient-ils appelé la police. Les ambulanciers, arrivés les premiers, avaient rapidement constaté que le corps sans vie était une goule.

Vu que la nécromancie était illégale, la police avait confisqué le corps et l'avait déposé chez le médecin légiste du comté. Avec un petit sortilège magique de vérité, assorti d'un sourire poli, Sloane apprit que le corps de Loch se trouvait chez Crosby-Ayers, une maison funéraire, qui avait un contrat d'exclusivité pour les indigents et les cas difficiles.

Les goules entraient dans cette catégorie.

Alors que Loch déversait à son oreille une litanie de plaintes exaspérées, Sloane remonta dans sa voiture et se rendit à la maison funéraire en essayant de formuler un plan.

Il entra dans le hall somptueux et sourit à la réceptionniste.

— Bonjour, dit-elle, en quoi puis-je vous aider ?

— Je cherche… quelqu'un, marmonna Sloane avec hésitation.

Elle afficha une mine de circonstances.

— Un de vos proches serait-il décédé ? Je vais vous envoyer un de nos cadres. Mlle Kitty York, par exemple.

Sloane s'agita

— Non. Enfin, oui ! Il y a eu un incident au bureau de poste. Et euh…

La réceptionniste ouvrit de grands yeux.

Elle est au courant, indiqua Loch.

— Écoutez, marmonna Sloane, je crains qu'il s'agisse d'un ami à moi. Pourrais-je voir le corps ?

Un ami ? protesta Loch.

Ne pouvant répondre devant la réceptionniste, Sloane grogna, espérant que Loch comprendrait l'allusion. Ce ne fut pas le cas.

Loch reprit les commandes, il utilisa la voix de Sloane et se pencha contre le bureau.

— Nous étions plus que de simples amis, si vous voyez ce que je veux dire, nous étions amants. Il était si doué au lit, un vrai dieu, il me faisait l'amour pendant des heures !

La réceptionniste rougit.

— Oh, mon dieu !

— Il révérait mon corps, poursuivit Loch avec un soupir enamouré. Je ne connaîtrai jamais plus une telle passion.

Je vais te tuer, Loch ! rugit Sloane à l'intérieur de sa tête.

Loch se pencha pour lire le badge de la réceptionniste.

— Avez-vous déjà connu un amour comme celui-là, Doris ? Je suis certain que oui.

Doris esquissa un sourire timide.

— Il y a très longtemps, admit-elle.

— Je n'en suis pas surpris ! s'exclama loch. J'ai senti en vous une femme passionnée, vous comprenez donc que je dois voir mon tendre aimé une dernière fois.

Il pressa la main sur sa poitrine.

Doris se leva et lui tapota l'épaule.

118

— Attendez-moi ici, chuchota-t-elle. Je vais voir ce que je peux faire.

— Merci beaucoup !

Loch regarda la jeune femme disparaître derrière une porte. Ensuite, il rendit à Sloane le contrôle de son corps.

— Je vais t'étrangler ! marmonna Sloane, furieux.

Pourquoi ? s'étonna Loch, qui semblait offensé. *Ça a marché, non ? Ils vont sortir mon corps pour que tu lui fasses tes adieux.*

— Et tu comptes faire quoi au juste ? Entrer dedans et ressortir tranquillement ?

Pourquoi pas ? Ce corps est à moi !

— Les goules sont illégales, Loch ! Je suis surpris que la police ne soit pas déjà là…

Il se retourna en entendant un tintement derrière lui, la porte d'entrée venait de s'ouvrir, Chase et Merrick, les deux inspecteurs entrèrent.

— Eh, merde ! siffla Sloane.

Surpris de le voir, Chase agita les sourcils.

— Salut, Slo. Je ne m'attendais pas à retomber si vite sur toi !

Loch chercha à reprendre le contrôle du corps de Sloane.

Ah ! Laisse-moi gérer ça, dit-il.

— Non ! cria Sloane.

Il réalisa très vite que sa réaction devait paraître très bizarre aux deux inspecteurs qui ne pouvaient entendre Loch. Effectivement, Chase le toisa avec stupéfaction.

Sloane s'éclaircit la gorge.

— Non, Chase, je ne m'y attendais pas non plus.

Chase le fixa.

— Slo, tu es sûr que ça va ? s'enquit-il d'un ton prudent.

Si Merrick ne pipait mot, il toisait Sloane d'un œil aussi féroce qu'intense.

Sloane agita désespérément les mains.

— Oui, oui, ça va, mais cette ambiance. C'est terrible, le deuil…

Le deuil du merveilleux amant qui a toujours déversé sur ton adorable petit corps mortel une abondance semence ? suggéra Loch.

Chase souleva son chapeau en signe de respect.

— Toutes mes condoléances, Slo,

— Merci, dit Sloane.

Il força un sourire, de plus en plus inquiet du regard que Merrick faisait peser sur lui. Il accueillit le retour de Doris avec un soupir de soulagement.

— Bonjour, messieurs ! déclara Doris poliment. Je suis à vous dans un instant.

Elle fit signe à Sloane de la suive.

— Par ici, monsieur.

— À la prochaine, Chase, dit Sloane. Merrick.

— *Inspecteur* Merrick, corrigea aigrement le partenaire de Chase.

Sans prendre la peine de répondre, Sloane suivit Doris jusqu'à une salle privée, où les défunts étaient exposés. Elle lui tapota le bras avec un doux sourire en désignant la porte.

— Prenez tout le temps nécessaire, monsieur.

— Merci, dit Sloane avec reconnaissance.

Il entra dans la salle et referma la porte derrière lui. Le corps de Loch était étendu sur une table, un linceul tiré jusqu'au menton. Il avait les yeux clos et l'air paisible d'un dormeur.

— Vite, dit Sloane avec urgence. Nous devons sortir d'ici.

Le corps s'anima soudain, il s'assit sur la table. Loch s'exclama gouailleur :

— Hé ! Je ne suis pas mort ! Marrant, non ?

— Hilarant, grinça Sloane. Tu as une idée géniale pour quitter discrètement cet endroit ?

Loch ne l'écoutait pas, il arrachait une sorte de pansement de ses paupières.

— C'est quoi ces horreurs en plastique qu'ils m'ont collé dans les yeux ! se plaignit-il. C'est répugnant !

Sloane le secoua. Pour mieux attirer son attention, il l'embrassa carrément, l'expérience lui ayant appris que c'était la seule façon de faire taire les jérémiades d'un ancien dieu trop habitué à n'en faire qu'à sa tête.

Mais à peine ses lèvres furent-elles posées sur celles de Loch que Sloane recula prestement.

— Berk ! Qu'y a-t-il dans ta bouche ?

Loch tourna la tête et cracha.

— Du coton et de la ficelle, répondit-il, offusqué. Ils m'ont cousu la bouche !

— C'est dégueu !

Loch le toisa.

— C'était pour que j'aie meilleur aspect devant toi ! Une bouche morte et béante aurait été horrible.

— D'accord, d'accord, nous n'avons pas le temps d'ergoter. Je te rappelle qu'il y a deux flics à la réception, alors pas question que je ressorte la bouche en cœur accompagné d'un ex-cadavre ! Merrick ne peut déjà pas m'encadrer ! Tu as vu la façon dont il me regarde ?

— Voyons, amour, protesta Loch, sarcastique, tu sais bien que je pourrais nous transporter tous les deux loin d'ici.

Sloane gémit de frustration.

— Ah, c'est malin ! Et comment l'expliquerions-nous, hein ? Je suis censé ressortir !

— Ne me demande pas de rester ici et de faire semblant d'être mort, protesta Loch. Je ne le supporterais pas, je m'ennuierais trop !

Sloane agita les mains.

— D'accord, voilà ce que je te propose : je sors seul et, d'ici cinq minutes, tu me rejoins dans la voiture. Nous devons retourner au bureau au plus vite.

Loch hocha la tête

— Oui, pour organiser le meurtre de mon autre frère.

— Non ! se récria Sloane. Il n'est pas certain que le tuer soit une obligation !

— Si, si, ce serait plus sage.

— Nous en discuterons plus tard, grinça Sloane. Je m'en vais, maintenant. Je te verrai dans la voiture.

— Très bien, mon amour. N'oublie pas d'avoir l'air triste !

Sloane serra les dents pour ne pas grogner et quitta précipitamment la salle. Il jeta un coup d'œil dans le hall, mais Merrick et Chase ne s'y trouvaient plus. Soulagé, il remercia Doris et se rua dehors.

Il était à peine assis derrière son volant que Loch apparut comme par magie à côté de lui.

— N'oublie pas ta ceinture de sécurité !

— Oui, oui, marmonna Sloane. Maintenant, foutons le camp d'ici !

Il fit tambouriner ses doigts sur le volant durant tout le trajet jusqu'à son bureau.

Loch finit par boquer son poignet avec un tentacule.

— Qu'est-ce qui te trouble, mon cher Briscoe ?

— Chase n'est pas idiot. Il va rapidement comprendre que tu es une goule, et je ne peux pas lui expliquer ce qui se passe !

— Pourquoi ? Serait-il Lucian ?

121

— Non, oui, peut-être. Je n'en sais rien. Si je me souviens bien, il est athée, mais la question n'est pas là. Je suis en mauvaise posture et pas seulement à cause de magie illégale. Je te rappelle qu'il y a eu meurtre.

Loch plissa le front et offrit à Sloane un autre tentacule.

— Tu parles du professeur Kunst? Tu n'y es pour rien, mon amour, il a choisi de se sacrifier.

— Oui, marmonna Sloane, mais je doute que les flics gobent cette version. Le pire, maintenant que j'y pense, c'est qu'il est mort pour rien. Le totem qui allait réveiller Salgumel a bien été détruit, mais d'autres dieux cherchent d'autres moyens de provoquer la fin du monde !

— Et nous les arrêterons, affirma Loch avec confiance.

— Tu sembles toujours si sûr que nous réussirons. Je me demande comment tu fais.

Loch sourit.

— Nous sommes ensemble, mon doux Briscoe, et je sais qu'ensemble, nous sommes invincibles. Il est évident que nous avons la bénédiction d'Azaethoth le Grand. Que veux-tu de plus ?

Sloane hocha la tête.

— Oui, admit-il, cette épée de lumière des étoiles est le signe que nous sommes sur la bonne voie.

— Nous sommes chargés d'une mission, ajouta joyeusement Loch. Comme Han Solo et le général Organa !

— Comment connais-tu ces personnages de la Guerre des Étoiles ?

— Milo m'a tout raconté ! C'est un grand fan !

— Je sais.

— Eh bien, nous sommes sans doute les envoyés d'Azaethoth le Grand. Je suis son arrière-arrière-arrière-petit-fils préféré, tu sais.

— Oui, tu me l'as déjà dit.

— Je vais l'inviter à notre mariage !

— Tu penses vraiment qu'il viendra? demanda Sloane, sceptique.

— Mon cher Briscoe, déclara Loch d'un air suffisant, tout peut arriver quand on a la foi.

— Si tu le dis.

Le téléphone de Sloane sonna. Il vérifia le nom qui s'affichait sur l'écran.

— C'est Fred.

Loch agita un tentacule pour empêcher Sloane de récupérer son portable.

— Ne réponds pas ! Tu conduis !

Il pressa le bouton « mains libres » et déclara d'un ton guindé :

— Ici Azaethoth le Petit, en quoi puis-je être utile ?

— Ça va ? demanda Fred d'un ton bourru.

— Ça baigne, répondit Sloane. Euh, pourquoi cette question ?

— Parce que je viens de recevoir un coup de fil d'une amie à moi, qui travaille à la maison funéraire Crosby-Ayers. Elle s'appelle Kitty York. Vous l'avez peut-être croisée ?

— Non. Que voulait-elle ?

— Elle fait partie d'un petit réseau qui tient à aider les goules. Elle m'a révélé qu'un corps de goule venait de disparaître d'une salle d'exposition juste après le passage d'un gars très mignon doté de très gros sourcils. J'ai pensé à toi, Slo.

— A-t-elle aussi parlé de la goule ? demanda Loch. L'a-t-elle trouvé beau, fringant et doté d'un charme immortel, même en tant que cadavre sans vie ?

— Non, répondit Fred.

— Tout va bien, Fred, ne te fais pas de souci, déclara Sloane.

— D'accord, tant mieux.

— Et comment va ton pénis, cher Fred ? demanda Loch. As-tu encore des soucis de copulation ? Je me disais…

Clic.

Loch grimaça en remettant le téléphone de Sloane à sa place.

— Humph ! C'est incroyable quand même, ce que la gens peuvent être mal élevés quand on cherche à les aider !

— J'ignore ce que Fred voulait nous dire l'autre jour, mais je suis certain que son pénis n'était pas en cause, Loch. Et pour la millionième fois, ne te mêle pas de la copulation des autres !

— Pourquoi pas ? Qui est mieux placé que moi pour donner de précieux conseils ?

Sloane fit de son mieux pour apaiser l'ego meurtri de Loch et rester positif, mais à l'idée de ce qui les attendait, il avait l'estomac noué.

Il serra les dents sur une nausée en entrant dans son bureau, Loch sur les talons. Il trouva la porte déverrouillée et Alexander vautré dans son fauteuil.

Le garçon alluma une cigarette d'un claquement de doigts.

— Qu'est-ce que vous foutiez ? demanda-t-il sèchement.

Sloane, qui n'aimait pas l'odeur de fumée, s'empressa d'ouvrir la fenêtre.

— Ne laisse jamais un corps à la Poste, répondit-il, pince-sans-rire. C'est très compliqué de le récupérer !

— Je vais laisser une critique incendiaire sur leur site, marmonna Loch.

Un scintillement bougea derrière Alexander et le rire étouffé de Rota résonna dans la pièce.

— Passons aux choses sérieuses, déclara Alexander. Gronoch porte le corps d'un dénommé Peter Myers. Il dirige le centre de recherche chez Hazel.

— Où est le vrai Peter Myers ? demanda Sloane. Est-il encore en vie ?

— Oui. C'est un fervent adepte de Gronoch, la parfaite couverture pour cet enfoiré ! Normal pour un médecin Sage de vénérer le dieu de la guérison et de la contrition, non ?

— Comment le trouver ? interrogea Sloane. Comment lui parler ?

Alexander agita sa cigarette. Les cendres tombèrent, mais elles disparurent avant de toucher le sol.

— Il est actuellement à l'étranger, répondit Alexander, il représente Hazel à un sommet à Londres, mais il reviendra à Archersville tôt demain matin, il est censé donner une conférence de presse.

Sloane grimaça et s'assit sur l'un des sièges visiteurs.

— Merde ! J'espérais une rencontre moins publique. Saurais-tu où habite Gronoch quand il n'est pas à Hazel ? Tu as trouvé mon adresse après tout, tu dois connaître un sort de traque.

Alexander éclata de rire.

— Quel sort ? J'ai trouvé le nom de ton agence sur le calendrier de Jay, et une fois que j'ai su ton nom, j'ai trouvé ton adresse dans l'annuaire.

— Merde. Dans ce cas, je présume que tu n'avais aucun moyen de traquer Jay via son sang ?

Alexander fronça les sourcils.

— Non ! Ces trucs de vampire, c'est du pipeau.

— Oui, probablement.

— Pourquoi ne pas retourner dans ce bâtiment qui promettait des serviettes et des tasses ? demanda Loch. C'est là qu'on l'a trouvé, hein ?

D'un mouvement de tête, il désigna Alexander.

— Oui, c'est là où nous vivons, répondit Alexander avec hargne. Il n'y a rien d'intéressant là-bas.

— Même dans les labos ? insista Sloane. Je suis sûr que le corps d'un dieu serait un spécimen très prisé.

124

— Nous avons déjà regardé, aboya Alexander.

— Même dans les zones ultra protégées, ajouta Rota, nous n'avons trouvé que du matériel humain. Mon corps n'y est pas.

Sloane échangea un regard inquiet avec Loch.

— Du *matériel humain*? Alexander, où sont les Muets que tu as été chargé de récupérer avant de t'en prendre à Jay?

— Si l'un d'entre eux est encore vivant, il est probablement dans les labos, déclara calmement Alexander. Gronoch récupère des Muets dans le monde entier, mais il les amène tous à Archersville pour ses petites expériences.

— Pourquoi les dieux ont-ils une telle fascination pour ce patelin? marmonna Sloane entre ses dents. Alors, d'après toi, il reste des innocents enfermés dans ce monstrueux complexe?

Alexander se redressa, les yeux plissés.

— Ne pense même pas à aller les chercher! cracha-t-il.

Loch se joignit à la conversation avec un sourire.

— Où en êtes-vous? Je n'ai pas écouté, je rédigeai mentalement ma virulente critique contre le bureau de poste. Que veux-tu faire, mon amour?

— Libérer les innocents détenus contre leur gré au centre de recherches médicales Hazel, dans les laboratoires, expliqua Sloane. C'est notre priorité.

— Non, corrigea Alexander. Votre priorité, c'est de traquer Gronoch. Il sera de retour demain, nous le suivrons après la conférence de presse, Briscoe sortira sa belle épée de lumière des étoiles et lui fera avouer où il a caché le corps de Rota!

— Tiens, tu n'es plus aussi pressé que je le tue, marmonna Sloane.

— Tu le tueras *après* qu'il aura parlé!

— Je ne te comprends pas! lança Sloane avec passion. Tu l'as dit toi-même, ce labo est le seul où Gronoch fait ses expériences! Nous pouvons l'arrêter et sauver tous ces gens!

— C'est de la folie! éructa Alexander. Les labos sont protégés et essayer d'y descendre serait un suicide!

— Comment le sais-tu?

Alexander grogna de frustration et tendit la main vers une autre cigarette.

— La dernière fois que Rota et moi avons essayé de descendre, Gronoch a bien failli nous tuer! C'est idiot, c'est...

Il s'arrêta net et expira une longue bouffée de fumée.

— C'est parfait ! souffla-t-il.

Alexander... ? Rota semblait inquiet.

— Ohhh, ça sera dangereux ? s'enquit Loch.

— Très, confirma Alexander avec un sourire mauvais. Tu veux aller sauver ces gens, Briscoe ? D'accord, allons-y.

— Attends un peu, insista Sloane. Raconte-moi pourquoi Gronoch a failli te tuer.

Alexander inspira profondément.

— Voici le plan. Mon autorisation nous fera descendre jusqu'au premier niveau de la zone interdite, là où se trouvent les logements du personnel. Atteindre le dernier niveau – le troisième – où sont détenus ceux que tu tiens tant à sauver sera difficile…

— Précise le niveau de difficulté.

— Il y a plusieurs équipes de gardes de sécurité armés, des sorciers experts et des dizaines de pièges silencieux, répondit Alexander. Rota et moi avons atteint le dernier niveau avant l'intervention personnelle de Gronoch.

— Je comprends, soupira Sloane. Tu veux l'attirer dans un piège à rats. Tu te fiches du sort de ces pauvres gens, tu veux juste me forcer à l'affronter !

Alexander souffla un rond de fumée parfaitement formé et ricana.

— Et alors ? Où est le problème, Briscoe ? Avec toute notre puissance combinée, il n'a aucune chance de s'en sortir vivant.

— Je t'ai déjà dit que je ne tuerai pas de sang-froid, grogna Sloane. Je veux sauver des innocents et tenter de raisonner Gronoch.

— Essaie, répondit Alexander. Dès que tu le verras, tu comprendras très vite qu'il est irrécupérable.

— Bien, aboya Loch, j'ai une idée !

— Sans blague ? marmonna Sloane entre ses dents.

— S'il te plaît, Azaethoth le Petit, persifla Alexander d'une voix traînante. Révèle-nous cette idée.

Loch se dressa de toute sa taille avec un sourire fringant.

— Nous avons un atout devant lequel même un dieu aussi puissant que Gronoch s'inclinera. De quoi le faire trembler de terreur dans son petit costume de chair…

— Quel atout ?

— Sa mère.

XI

— ABSOLUMENT PAS, beugla Urilith. Il n'en est pas question !

Elle les toisait, les mains sur les hanches.

— Mais, Mère ! protesta Loch.

— Tu me demandes de tuer mon fils ? Mon propre enfant ?

— Notre frère ? cracha Galgareth.

— Non ! protesta Loch, outré. Ce n'est pas ce que j'ai dit !

— Si ! hurla Urilith. Tu as dit que…

— J'ai dit que Sloane le tuerait !

Quand Urilith tourna les yeux vers lui, Sloane grimaça.

Oh là là, la discussion ne se déroulait pas du tout comme prévu.

Ils étaient tous chez Lynette et les présentations avaient été tendues. Alexander ne voulait voir personne, Rota hésitait lui aussi. Tous deux étaient montés sur le toit pour éviter les autres. Et, là-haut, Alexander pouvait fumer.

Loch essayait de convaincre Urilith de les aider, mais dès les premiers mots, la déesse s'était braquée.

Lynette se cachait dans la cuisine. De temps à autre, elle jetait un coup d'œil au salon pour voir ce qui se passait.

— Urilith, plaida Sloane, croyez-moi, je préférerais ne tuer personne. Si je vous demande de nous accompagner, c'est justement pour éviter un bain de sang. Nous aimerions parler à Gronoch, le raisonner, le faire renoncer à ses sinistres projets.

Urilith se renfrogna.

— Ha ! Vous essayez de lui tendre un piège !

Loch tenta un sourire.

— Un tout petit piège.

Il perdit vite son sourire devant le regard noir que sa mère lui lança.

— Mère, s'il te plaît, insista-t-il. Aucun de mes frères ne m'a jamais aimé. Gronoch me déteste franchement. Il ne m'écoutera pas, mais toi, tu pourras peut-être lui faire entendre raison !

Urilith paraissait troublée, sa colère faiblissait.

— Que suis-je censée dire ? gronda-t-elle. Il m'a brisé le cœur… et maintenant, tu m'apprends qu'il a trahi les mortels que nous étions censés protéger et guider sur le droit chemin !

— Eh bien, dis-le-lui ! insista Loch. Ce serait une introduction de choc !

La mine sévère, Urilith lui donna un coup de tentacule sur le crâne.

— Aïe ! marmonna Loch. C'est la vérité, Mère, cela ne méritait pas une telle brutalité.

Urilith se tordit les mains et secoua la tête.

— Non, mon cher enfant, déclara-t-elle. Je ne peux pas intervenir. Ta cause est juste, je le reconnais, mais cela ne change rien : je ne prendrai pas parti pour un de mes enfants contre un autre. Je suis désolée, je ne peux pas.

Galgareth quitta brusquement le canapé.

— Alors, c'est moi qui irai avec eux ! lança-t-elle.

Urilith se tourna vers elle, inquiète.

— Galgareth ? Ma douce fille, pourquoi le ferais-tu ?

— Parce que Gronoch mérite une dernière chance, Mère, répondit fermement la déesse. Même s'il a fait son choix, même s'il s'oppose à nous et à l'humanité, il reste mon frère, il fait partie de la famille. Je veux lui donner l'opportunité d'entendre raison et de changer d'avis.

— Je prie pour qu'il le fasse, murmura Urilith.

Elle attira Galgareth dans ses bras et la serra très fort contre elle. Un autre tentacule s'enroula autour de Loch et l'entraîna aussi.

Sloane recula pour leur laisser de la place, mais un tentacule jaune lui bloqua le passage et l'attira à son tour.

Urilith sourit et lui caressa les cheveux.

— Tu es l'un de mes enfants maintenant. Je veux vous donner à tous ma bénédiction avant que vous partiez en quête de Gronoch.

— Merci, murmura Sloane, très ému.

Privé de famille depuis si longtemps, il avait le cœur serré par une douleur étrange, très peu familière. D'un côté, il sentait ses genoux flageoler, de l'autre, il se sentait prêt à affronter le monde entier.

Enveloppé dans un cocon de bras et de tentacules, il se sentait aimé et protégé. Un cocktail de sensations puissantes le traversa : l'adoration d'une sœur courageuse, l'affection d'une bonne mère et l'amour éternel d'une belle âme, un ancien dieu Sagittaire prêt à tout pour lui.

Sloane mit un moment à comprendre qu'il pleurait à gros sanglots, secoué par tant de tendresse et de contact divin. C'était surréaliste ! Après des décennies de solitude affective, il avait une nouvelle famille, il avait retrouvé la foi et toutes deux l'enveloppaient comme une chaude couverture.

En entendant un écho à ses pleurs, Sloane releva la tête. Lynette, en larmes, se tenait dans l'entrebâillement de la porte, la tête dans les mains.

— Je suis désolée ! gémit-elle. C'est tellement beau !

— Viens, enfant mortelle. Venez tous les deux.

Urilith lui fit signe d'approcher et de partager leur étreinte de groupe.

Pleurant toujours, Lynette leva sur la déesse un regard mouillé.

— Tous les deux… ?

Un tentacule caressa les longs cheveux de Lynette.

— Oui, mon enfant. Toi et le bébé que tu portes.

Lynette tressaillit des pieds à la tête.

— Hein ? Je suis enceinte ?

— Quoi ? hoqueta Sloane. Elle est enceinte ?

Urilith sourit chaleureusement.

— Tu l'ignorais, douce enfant ? Dans ce cas, je suis heureuse d'avoir cette bonne nouvelle à t'apprendre. Enfin… j'espère que c'est une bonne nouvelle ?

Lynette avait les deux mains sur la bouche.

— Oui… marmonna-t-elle, les yeux dans le vague. Je pense… Je ne me sentais pas très bien ces derniers temps… J'avais aussi du retard, mais… j'en ai toujours, alors je n'avais pas compris… Waouh !

— Es-tu heureuse de ta grossesse, enfant ? insista Urilith.

— Oh, oui ! s'exclama Lynette avec plus de certitude. Très heureuse. J'aime Milo et… Oh, j'ai été odieuse envers lui. Pauvre Milo ! Il faut que je lui raconte ce qui nous arrive !

Sloane serra fort Lynette dans ses bras.

— Mes félicitations, Lyn ! s'exclama-t-il avec sincérité. Je suis très heureux pour vous ! Fais attention quand tu parleras à Milo, il va flipper !

La mine inquiète, Lynette fronça les sourcils.

— Flipper ?

— Il sera ravi, s'empressa d'ajouter Sloane. Mais tu le connais, c'est un émotif. Et puis, il rêve depuis toujours d'être papa !

Lynette eut un rire chargé d'émotion et de larmes.

— C'est vrai, hoqueta-t-elle.

— Si c'est un garçon, ajouta Sloane, prépare-toi. On sait tous les deux qu'il voudra l'appeler Han Solo.

Lynette secoua la tête.

— Peut-être pas ! Ça pourrait être Luke !

Sloane sourit.

— Oui.

Lynette se dégagea des bras d'Urilith et s'essuya les yeux.

— Je vais tout de suite téléphoner à Milo ! déclara-t-elle, un grand sourire aux lèvres. Non ! Je préfère le lui dire en personne, je vais aller le voir au poste de police !

Elle ramena ses cheveux en arrière et s'inclina avec respect devant Urilith et Galgareth.

— Merci pour vos bénédictions.

Urilith gloussa et posa un de ses tentacules sur le ventre de Lynette.

— Je ne peux pas m'attribuer le mérite d'avoir mis cet enfant en toi, douce enfant mortelle, mais je te bénis et je te remercie de ton accueil et de ta gentillesse. Que ta grossesse soit douce et tes troubles digestifs passagers.

— Merci !

Lynette se frotta le ventre avec enthousiasme.

— Tu as entendu, bébé Han, bébé Luke ou bébé Leia ? Nous avons été bénis !

Galgareth lui tapota gentiment l'épaule.

— Moi aussi, je te félicite, enfant mortelle, maintenant, va partager la bonne nouvelle avec le père du bébé, nous ne te retenons pas davantage.

Lynette agita la main avant de courir vers la porte d'entrée.

Loch, qui n'avait pas dit un mot durant cet échange animé, déclara soudain :

— Vont-ils la laisser entrer au poste ?

— Oh, oui, répondit Sloane. Lynette obtient toujours ce qu'elle veut et, dans les circonstances actuelles, elle tient beaucoup à voir Milo.

Il chercha le regard de Loch et ajouta, un peu perplexe :

— Loch ? Ça va ?

— Oui, oui, répondit Loch un peu trop rapidement.

— Je vais préparer un festin, annonça Urilith. Je tiens à célébrer la nouvelle vie qui grandit à l'intérieur de notre hôtesse et à vous bénir tous les deux avant votre quête de demain. Hum, savez-vous où je pourrais trouver une vache à sacrifier ?

— Il n'y en a pas ! s'affola Sloane.

Galgareth approcha :

— Il dit vrai, Mère, mais si j'en crois Toby, il y a une épicerie bien achalandée en bas de la Cinquième Rue. Ce n'est pas très loin.

Elle prit Urilith par le bras et brandit un portefeuille.

— Mieux encore, ajouta-t-elle, je sais utiliser une carte Visa, nous pourrons acheter tous les ingrédients nécessaires à la fête.

Urilith se tourna vers Loch et Sloane.

— Pouvons-nous sans risque vous laisser seuls avec Alexander et son dieu ? demanda-t-elle.

— Bien sûr, répondit Sloane. Je doute même qu'ils envisagent de quitter le toit.

Urilith les embrassa tous les deux pour leur faire ses adieux.

— La soirée sera merveilleuse ! Il y a tant de plats à cuisiner ! Tu me diras lesquels sont tes préférés, enfant, je les referai pour votre mariage.

Tout en parlant, elle tapotait le bras de Sloane.

— Volontiers ! répondit-il. Merci !

Avant de quitter la maison, Galgareth tenta de rassurer Sloane et Loch. :

— Ne vous inquiétez pas pour nous, tout ira bien. L'épicerie est à quelques pas, et je sais naviguer dans le royaume des mortels.

Sloane hocha la tête et regarda les déesses s'en aller.

— Bonnes courses ! cria-t-il avant que la porte se ferme.

Ensuite, il se tourna vers Loch.

— Maintenant, parle-moi, ajouta-t-il. Qu'est-ce que tu as ? Ce n'est pas dans tes habitudes de rester silencieux aussi longtemps… sauf devant une émission culinaire de Gordon Ramsay !

Les sourcils froncés, Loch prit les mains de Sloane dans les siennes. Il enroula même quelques tentacules autour de ses poignets pour approfondir la connexion.

— Je suis… troublé.

Sloane se colla à lui et posa un baiser sur sa joue.

— Pourquoi ? Tu peux tout me dire, tu sais. Je te rappelle que nous sommes fiancés et que nous nous marions dans quelques semaines.

Loch hésita, ce que Sloane trouva inquiétant : ça lui ressemblait si peu !

— Ma famille… va me manquer.

Sloane tenta de le rassurer.

— Mais Urilith et Galgareth reviendront nous voir même après le mariage. Nous verrons certainement ta sœur à tous les solstices d'hiver.

Il dévisagea Loch, tenta de déchiffrer son expression douloureuse et ajouta doucement :

— Oh… Tu penses à ton frère ? Gronoch ?

— Gronoch ne s'est jamais beaucoup soucié de moi, avoua Loch. Pour tout te dire, mes frères ne m'aiment guère, Gal est la seule exception – mais elle, c'est ma sœur. Peut-être mes frères sont-ils jaloux que je sois le plus jeune, le plus gâté. Quand j'étais petit, j'ai cru… j'ai espéré que Gronoch était différent. Le voir suivre les pas de Tollmathan m'a consterné…

— Je suis désolé, dit Sloane avec sincérité, vraiment désolé, mais rien n'est encore perdu, peut-être réussirons-nous à le convaincre. Je ne tiens vraiment pas à provoquer un autre drame dans ta famille !

Loch grimaça.

— Oh, mon cher Briscoe ! Gronoch est un dieu et bien que nous soyons tous plus ou moins lunatiques, je crains fort que l'envie de régner soit devenue chez mon aîné une véritable obsession. S'il a été jusqu'à arracher des âmes, plus rien ne le fera renoncer à ses projets.

— Il reste une petite chance… s'entêta Sloane.

Les yeux de Loch posés sur lui devinrent très noirs et scintillants d'étoiles.

— Oui. Quoi qu'il arrive demain, nous serons ensemble. Et nous ferons ce qui doit être fait pour sauver le monde.

Sloane se serra éperdument contre Loch, appréciant la chaleur divine qui l'enveloppa tout entier.

— Oui. Merci de t'être confié à moi, Loch. Tu sais, j'ai presque cru que c'était le bébé de Lynette qui te contrariait.

— Euh. C'est possible, oui.

Étonné de cet aveu, Sloane caressa les cheveux roux.

— Pourquoi ? Je pensais que tu aimais les enfants !

Loch fit la moue, mais il n'ajouta rien.

Soudain, Sloane crut comprendre ce qui se passait.

— Tu serais… jaloux, ou plutôt envieux, de ce bonheur qui échoie à Lyn et Milo ? Voyons, Loch, ne sois pas idiot, je serai heureux d'avoir des enfants avec toi, je te l'ai déjà dit, même si je ne comprends pas très bien le processus entre un mortel et un dieu.

Le visage tout illuminé, Loch répondit aussitôt :

— En tant que dieu, je pourrais très facilement me reproduire par moi-même, comme Salgumel l'a fait pour Chandraleth, ma demi-sœur, mais j'ai toujours rêvé de partager un enfant avec mon compagnon. Toi et moi avons différentes options pour y arriver.

Amusé par son excitation manifeste, Sloane sourit.

— Vraiment ?

— Oui. Je pourrais porter notre enfant avec ta semence, ou l'inverse. Oh, ce serait tellement merveilleux !

Il était rouge d'émotion.

Machinalement, Sloane posa la main sur son ventre. Il émit un petit rire incrédule.

— Moi, je pourrais… ? Waouh ! Ça ne m'était pas vraiment venu à l'idée, mais ce serait… incroyable !

Lui aussi piqua un fard à l'idée de porter un enfant, l'enfant de Loch…

— Je ne suis pas pressé, assura Loch. Mais plus le mariage se précise, plus j'y pense.

— Oui, marmonna Sloane, moi aussi.

Les jambes coupées, il se laissa tomber sur le canapé. Aussitôt, Loch s'assit à ses côtés.

— C'est vrai ?

Sloane sourit.

— Bien sûr ! Je pense à notre avenir, je me dis que nous devrions rendre mon appartement et acheter une maison ensemble, je me demande si je devrais changer de nom une fois marié… ou seulement associer les deux nôtres et devenir Sloane Beaumont-Azaethoth…

Loch s'adossa aux coussins du canapé et attira Sloane contre lui d'un tentacule sur les épaules.

— Sloane Beaumont-Azaethoth ? Mmm… j'aime beaucoup !

Sloane l'embrassa dans le cou avec un soupir heureux. Le désir montait en lui, comme chaque fois qu'il se retrouvait seul dans les bras de son fiancé. Était-ce d'avoir évoqué leurs futurs enfants qui l'excitait ainsi ? Ou la certitude d'avoir un tel bel avenir devant eux ?

Quoi qu'il en soit, Sloane s'agita un peu et mordilla le cou de Loch, tandis que sa main glissait sur la poitrine solide. L'invite était immanquable.

Mais Loch bloqua sa main et tourna vers lui un regard… suppliant.

— Je sais ce que tu veux, mon aimé, je suis censé inonder de plaisir ton délicieux petit corps, mais… je préférerais…

Son expression était tendue, ses yeux éloquents.

Sloane se détendit avec un sourire.

— Un moment de calme et de contact ?

— Oui.

— Aucun problème.

— Tu n'es pas en colère ? demanda Loch, un peu hésitant.

Sloane gloussa.

— De quoi ? Du fait que tu n'es pas d'humeur à baiser ? Bien sûr que non ! ? Et si ça m'arrive un jour, pour une raison ou une autre, j'attends de toi la même empathie.

— Bien sûr, promit Loch.

Après un bref moment de réflexion, il esquissa un sourire penaud et ajouta :

— Pourtant, je ne peux imaginer que tu refuses de copuler avec moi, mon amour. Si c'était le cas, je m'inquiéterais beaucoup de ta santé, car il faudrait que tu sois bien malade pour renoncer au plaisir que je sais t'octroyer.

— Oh, évidemment !

Roulant des yeux, Sloane s'empara de la télécommande de la télévision et surfa entre les chaînes.

— Mmm, je ne vois pas Gordon, mais voici *Chopped*[2].

— Ted[3] ? Je l'adore !

Loch sourit en voyant apparaître à l'écran le jeune présentateur à lunettes.

— Je sais.

— Sloane ?

— Oui ?

Loch le serra très fort.

— Je t'aime, déclara-t-il. Je t'aime tellement.

— Je t'aime aussi. Quoi que demain nous réserve, tout ira bien.

— Mmm ?

— Parce que nous sommes ensemble ! affirma Sloane avec conviction.

Ils restèrent lovés devant la télévision jusqu'au retour d'Urilith et de Galgareth, les bras chargés de sacs d'épicerie. Les deux déesses se dirigèrent tout droit vers la cuisine afin de commencer les préparatifs du festin. Sloane les rejoignit pour se rendre utile. Loch vint aussi, grignotant de-ci de-là.

Alexander fit une brève apparition, peut-être attiré par les effluves. Il se contenta, avec l'assistance de Rota, de voler une bouteille de vin avant de retourner sur le toit.

Loch regardait sa mère cuisiner. Il se crut soudain tenu d'annoncer :

---

2 Émission culinaire américaine.

3 Edward Reese Allen, auteur américain et personnalité de la télévision.

134

— D'après Gordon, la viande doit rester un moment à température ambiante avant la cuisson.

Urilith le frappa d'un de ses tentacules.

— Je cuisine depuis des milliers d'années, bien avant que le premier mortel fasse ses premiers pas sur Eon. Je n'ai pas de conseils à recevoir de toi !

Loch se mit à bouder, d'autant plus que Galgareth et Sloane riaient à s'en tenir les côtes. Puis le trio quitta la cuisine pour mettre la table dans la salle à manger. Ils eurent à peine le temps de sélectionner une belle nappe quand la porte d'entrée s'ouvrit.

Milo marchait courbé en deux parce qu'il parlait au ventre encore plat de Lynette.

— Tu m'entends, petit général de l'espace ? Dis à Maman que tu veux t'appeler Leia !

Lynette lui ébouriffa les cheveux.

— Nous ignorons encore si c'est un garçon ou une fille ! D'ailleurs, pourquoi Leia ? Pourquoi pas Mara ?

Milo se redressa, les yeux écarquillés.

— Oh, oui ! Mara Organa !

Sloane ouvrit les bras pour accueillir Lynette.

— Si je comprends bien, Milo est heureux de sa future paternité ?

Milo lui sauta au cou.

— Ravi ! Je n'arrive toujours pas à y croire ! Je vais être papa !

— Bravo, mes félicitations ! répondit Sloane. Je suis très heureux pour vous. Au fait, qu'est-ce que tu fais là, Milo ? Il est un peu tôt pour que tu aies déjà quitté ton boulot, non ?

Milo éclata de rire.

— Putain, oui ! Mais je me suis fait porter pâle afin de raccompagner Lyn.

Lynette eut un sourire affectueux

— Il a crié « Je vais être papa ! » à plusieurs reprises et renversé une table.

Elle inclina la tête et renifla.

— Mmm, ça sent drôlement bon ! ajouta-t-elle. Que se passe-t-il ?

— Urilith prépare une fête en l'honneur du bébé, répondit Sloane.

Lynette se figea

— Je sens la lavande. Serait-ce… un festin Neun Mond ?

Ce fut Galgareth qui répondit :

— Bien sûr ! Mère est ravie, c'est la première fois qu'elle a l'occasion d'en faire un depuis des siècles.

— Neun Mond ? Qu'est-ce que c'est ? demanda Milo.

— Euh, une sorte de *baby shower* à la sauce Sagittaire, répondit Sloane.

Milo se gratta le menton.

— Est-ce une cérémonie du nom, comme celle que j'ai connue quand je me suis converti ? Nous ne sommes pas encore totalement décidés, mais j'aime beaucoup Mara Organa.

Lynette se tourna vers lui.

— Non, la cérémonie du nom n'aura lieu qu'après la naissance du bébé. Le Neun Mond, c'est pour la grossesse : neuf lunes pour neuf mois. On brûle de la lavande et d'autres herbes apaisantes pour détendre la future maman, on mange des fruits et de la viande, ce qui est bon pour le bébé, on reçoit des cadeaux pour la naissance.

Milo s'efforçait de suivre.

— La naissance ? Et moi, j'aurai un rôle aussi ?

Lynette lui adressa un sourire rayonnant.

— Oui, tu es mon partenaire et le papa du bébé, ne t'inquiète pas, je t'apprendrai. Tout ira bien, chouchou.

Milo inspira un grand coup.

— D'accord, je suis là. Je ne te décevrai pas.

— Je sais.

Sloane intervint :

— Comme cadeau de naissance, un enfant Sagittaire reçoit toujours une cloche. Ma mère m'a donné la mienne quand j'ai eu dix ans, je l'ai encore quelque part.

Milo lui jeta un regard perplexe.

— Une cloche ? Pourquoi ?

Sloane sourit en entonnant :

— *Que le son mélodieux d'une cloche soit le premier son qui parvienne aux oreilles du nouveau-né !*

Milo secoua la tête.

— D'après ce que j'ai lu, un bébé entend déjà dans l'utérus maternel. Dans ce cas, la cloche n'est pas réellement son premier son.

— C'est sans importance, chuchota Lynette, cela n'infirme pas le rituel.

Elle embrassa Milo sur la joue et se rua dans la cuisine.

Il la suivit du regard.

— Oh, d'accord.

— Ne t'inquiète pas, enfant mortel, déclara Loch. Tu n'auras pas à parcourir ce chemin seul.

— Merci, ta divinité, s'exclama Milo, visiblement soulagé. Je voudrais tellement ne pas commettre d'erreur !

— Même si c'est le cas, nous serons là pour toi, promit Sloane.

Bientôt, la table fut mise et couverte de plats somptueux : rôtis fumants, légumes délicieux, fruits juteux. Il y avait aussi plusieurs bouteilles, une petite boîte et un grand pot de miel.

Urilith avait tressé une couronne de lavande, qu'elle déposa sur les cheveux roux de Lynette en disant :

— La cloche est dans la boîte, pour que la musique soit le premier son qui parvienne aux oreilles du nouveau-né, le miel pour que la douceur soit le premier goût dans sa bouche, les herbes pour que leur arôme apaisant soit le premier souffle dans son nez, la couverture pour que son doux contact soit la première caresse sur sa peau et cette couronne pour qu'en te regardant, sa première image soit la beauté de sa mère.

Lynette avait les yeux noyés de larmes.

— Merci, souffla-t-elle. Quelle belle fête ! C'est parfait. Tout est parfait. Merci, Urilith.

— Je t'ai préparé des potions de lactation, ajouta doucement Galgareth, avec du fenouil, du basilic et des chardons. Et pour le futur papa, une décoction de gingembre et de camomille.

Surpris, Milo cligna des yeux.

— Pour moi ? Pourquoi ?

— Pour t'aider à rester calme et concentré pendant que le bébé grandit dans le ventre de ta compagne, répondit Galgareth. Crois-moi, tu vas en avoir besoin.

Sloane sentit un regard et tourna la tête. Il vit Alexander, une assiette pleine dans les mains, qui sortait de la cuisine et tentait de filer sans se faire voir.

Sloane tapota l'épaule de Loch pour attirer son attention.

— Oui, mon amour ?

— Je m'éclipse une minute, souffla Sloane.

Il suivit Alexander jusqu'à la fenêtre et le vit… léviter jusqu'au toit, ses pieds ne touchant plus le sol. Bien entendu, il avait été emporté par les tentacules fantômes de Rota.

Sloane tapa dans ses mains pour créer une échelle de lumière des étoiles. Il y grimpa prudemment jusqu'à la gouttière.

— Alexander?

— Quoi?

Assis sur le toit, Alexander le regardait avec amertume.

— Si Rota et toi désirez manger avec nous, vous êtes les bienvenus, déclara Sloane. Vous n'avez pas à vous cacher sur le toit.

— Nous ne nous cachons pas! Nous nous préparons.

— Pour demain?

— Oui, marmonna Rota.

La forme massive du dieu était derrière lui, on aurait cru qu'une partie de son corps s'enfonçait dans la maison. Les tentacules étaient fermement enroulés autour des jambes d'Alexander pour l'empêcher de tomber du toit.

Ne parle pas… repose-toi.

Alexander caressa Rota avant de s'adresser à Sloane :

— Es-tu au moins conscient du danger? Le labo est sécurisé, Rota et moi avons eu du mal à atteindre les niveaux que tu tiens tant à fouiller.

Sloane se hérissa.

— Et alors? Loch est puissant, et moi aussi!

— Ah, je ne comprends toujours pas pourquoi tu risques ta peau pour des gens que tu ne connais pas! Apprécies-tu tellement les humains que tu es prêt à mourir pour de parfaits étrangers?

— La compassion n'est pas une faiblesse, Alexander.

— Si, face à une arme braquée en plein visage. Si tu hésites, tu n'as aucune chance!

— Je refuse le meurtre de sang-froid, contra Sloane, mais je tuerai certainement pour me défendre ou pour protéger ceux que j'aime.

— Je me souviendrai de ces mots, déclara Alexander avec un sourire méchant. C'est drôle… un jour, j'ai entendu Gronoch parler d'un totem susceptible de réveiller Salgumel. Il avait de grands espoirs, pourtant, cet artefact a été détruit dans un rituel assez sanglant.

Le cœur de Sloane se serra.

— Je sais, déclara-t-il. Un professeur s'est sacrifié pour sauver le monde. Tu vois, parfois, il y a de tragiques conséquences.

Il avait personnellement assisté au rituel dont parlait Alexander, le même rituel avait tué ses parents quand Sloane était encore enfant. Quand le professeur Emil Kunst et lui avaient décidé de détruire le totem une bonne fois pour toutes, le sang devait couler, et Kunst avait fait le sacrifice de sa vie.

Sloane frissonna en se souvenant de l'horrible moment où il avait dû lui enfoncer un couteau dans la poitrine.

Agacé par l'entêtement d'Alexander, il secoua la tête.

— Je cherchais juste à me montrer hospitalier. Si tu préfères rester sur le toit, tant pis pour toi! Nous partirons à la première heure demain matin.

Alexander s'appuya sur la masse invisible de Rota.

— Très bien, Briscoe. Demain, nous découvrirons si tu es aussi doué avec ta petite épée de lumière que le prétend ta légende.

— J'espère toujours ne pas avoir à en arriver là, insista Sloane.

Sans rien ajouter, il redescendit l'échelle et rentra dans la maison.

Loch sentit aussitôt son agitation.

— Qu'y a-t-il, mon amour? demanda-t-il.

— Et si nous allions nous coucher? murmura Sloane.

Loch eut un sourire lubrique.

— Oh! Tu veux t'accoupler? Je comprends. Je n'étais au meilleur de ma forme tout à l'heure, mais cette fête sur la fertilité m'a mis d'humeur amoureuse.

Sloane secoua la tête.

— Non, Loch, je suis… fatigué. Je voudrais juste…

Les mots d'Alexander le hantaient. Il en avait la nausée.

Loch se rembrunit, il attrapa les mains de Sloane et posa un baiser sur ses jointures.

— Tu veux que je te tienne dans mes bras, c'est ça?

— Oui, soupira Sloane.

— D'accord, mon amour.

XII

QUAND SLOANE ouvrit les yeux, il était dans les bras de Loch, confortablement niché contre sa poitrine dans un cocon de tentacules enroulés autour de lui. Il bâilla, étendit ses jambes et essaya de se libérer. En vain.

— Loch ? Il est temps de se lever.

— Le soleil n'est pas levé, répliqua Loch. Par conséquent, je peux rester au lit.

— Nous devons y aller, insista Sloane.

Il sourit en sentant les tentacules se resserrer sur lui.

— Debout ! C'est l'heure ! cria une voix autoritaire.

Alexander était à la porte du salon, appuyé au chambranle, les bras croisés. La forme géante de Rota luisait derrière lui.

L'ancien dieu était si énorme qu'il disparaissait en partie dans le sol et au plafond. Être immatériel avait des avantages quand on avait de telles proportions.

— Une seconde, se plaignit Sloane.

Il aurait voulu profiter un peu plus longtemps de la chaude étreinte de Loch, mais Alexander resta figé, la mine sombre.

— D'accord, d'accord, grommela Sloane à contrecœur.

De la cuisine, Urilith cria :

— Le petit déjeuner est prêt ! Venez manger !

Décidé à obéir à sa future belle-mère, Sloane frotta ses yeux ensommeillés et quitta enfin le canapé. Une délicieuse odeur de bacon grillé et d'œufs cuits au beurre émanait de la cuisine. Sloane en eut l'eau à la bouche.

— Bonjour, Urilith, je suis mort de faim, annonça-t-il en pénétrant dans la cuisine.

Galgareth lui tendit une assiette.

— Assieds-toi et mange, déclara-t-elle. Mère a déversé dessus sa bénédiction de protection.

Sloane se jeta sur la nourriture.

— Merci, déclara-t-il avec gratitude.

— Toi aussi, mange ! lança Galgareth.

Elle offrait une seconde assiette à Alexander.

Il lui jeta un regard soupçonneux, porta une petite portion à sa bouche, puis céda et se mit à manger lentement.

— Nous partirons dès que vous aurez terminé, ajouta Galgareth. Hier soir, après ton départ, je me suis entretenue avec Alexander, Sloane, le changement de gardes a lieu toutes les huit heures. À mon avis, c'est le meilleur moment pour tenter de nous infiltrer dans la place.

— Mmm, grogna Sloane, la bouche pleine. Où sont Milo et Lynette ? Ils dorment encore ?

Urilith sourit.

— Oui, grâce à ma potion spéciale. Je tiens à ce qu'ils se reposent aujourd'hui et qu'ils renforcent les liens qui les unissent déjà. Ce sera bon pour le bébé.

— Et leurs boulots respectifs ? Oh… tant pis.

Ce n'était pas le moment d'expliquer à une déesse pleine de bonnes intentions les contraintes humaines des emplois en CDI et des congés maternité.

Sloane se concentra sur son assiette. Quand elle fut vide, il inspira un grand coup.

— Voilà, je suis prêt.

Alexander se leva.

— Je vous retrouverai là-bas, déclara-t-il vivement.

Il tourna les talons et disparut avec Rota.

—Attends ! cria Sloane. Eh merde ! Nous n'avons pas établi de stratégie !

Agacé, il fronça les sourcils.

— Mais si, déclara Loch avec assurance. Tu resteras en arrière, mon beau Briscoe, pendant que trois anciens dieux déchaîneront sur ces malfaisants leur puissante colère.

Sloane secoua la tête.

— Non ! Je te rappelle que tous les employés de chez Hazel ne sont pas forcément impliqués dans cette histoire, beaucoup sont innocents ! Et il y a aussi les Muets prisonniers je ne sais où !

— D'accord, juste un peu de colère, alors.

— Merci.

LE TRAJET jusqu'au centre de recherches médicales fut tendu. Plus la confrontation approchait, plus Sloane sentait croître son angoisse.

Lorsqu'il se gara dans le parking, il avait presque envie de se ronger les ongles. Il s'énervait d'autant plus que ses deux divins compagnons, eux, restaient d'un calme remarquable.

Sloane appréciait le réconfort des tentacules de Loch posés sur ses genoux, mais cela n'empêchait pas la terreur de lui ronger le ventre. Si les choses tournaient mal, il serait peut-être amené à tuer un dieu – encore ! Et pas n'importe quel dieu, mais le propre frère de Loch et de Galgareth, le fil d'Urilith…

Il serra les dents, prit son courage à deux mains et sortit de la voiture. Passant le premier, il marcha jusqu'au bâtiment.

Une fois à l'intérieur, il fonça tout droit vers l'ascenseur. À cette heure matinale, il n'y avait pas grand monde, et le seul agent en faction ne leur prêta aucune attention.

Lorsque les portes de l'ascenseur s'ouvrirent, Sloane sursauta, surpris de voir Alexander à l'intérieur.

— Euh, salut ! marmonna-t-il nerveusement.

Alexander le toisa.

— Vous êtes prêts ? demanda-t-il.

Sloane ne vit pas Rota, sans doute l'ancien dieu cachait-il sa forme massive sous l'ascenseur. Ou au-dessus.

— Oui ! répondit Loch.

Il entra dans la cabine avec assurance. Même Galgareth semblait plus animée que d'habitude. Elle donna un coup de coude à Loch et sourit.

— Voilà qui me rappelle l'époque où nous piquions les offrandes déposées sur les autels des autres dieux avant la fin des rituels.

Loch soupira gaiement.

— Ah, le bon vieux temps ! Nous nous amusions tellement !

Sloane n'était pas du tout du même avis que Galgareth. Ce qu'ils s'apprêtaient à accomplir ne ressemblait en rien aux facéties de deux jeunes dieux immatures.

Il entra dans l'ascenseur, le cœur lourd, les tripes nouées.

— On descend ! lança Alexander.

Il s'approcha du panneau et pressa un bouton marqué B7.

Alors que l'ascenseur se mettait en route, Loch empoigna soudain Sloane, il le serra contre lui et posa un baiser sur sa bouche.

Sloane, surpris de cet élan de passion devant témoins, devint ponceau. Il ravala cependant ses protestations instinctives et rendit à Loch son baiser, se perdant sur ses lèvres.

— Loch ! Mmm, Loch…

— Je t'aime, déclara Loch. N'aie pas peur.

Sloane essaya de sourire.

— Je t'aime aussi.

Du coin de l'œil, il vit Alexander les fixer, les traits crispés. Sloane le pensa d'abord choqué d'un tel exhibitionnisme émotionnel, mais il se ravisa vite. Une vive douleur brûlait dans les yeux rouges d'Alexander et son rictus exprimait essentiellement… l'envie.

Un jour, promit la voix de Rota, *je t'embrasserai comme ça.*

Alexander détourna les yeux, un sourire triste sur son jeune visage.

Continue de me raconter de beaux mensonges, Rota… je n'ai rien d'autre.

Soudain, l'ascenseur s'immobilisa entre deux étages. Les portes restèrent closes. Une alarme se mit à sonner.

— Merde ! cracha Alexander.

— Que se passe-t-il ? s'affola Sloane.

— Nous devons quitter la cabine, déclara Alexander. Vite !

Il avança devant les portes et leva les mains. Il y eut un grand gémissement métallique. Les tentacules de Rota avaient jailli du sol pour forcer les portes à s'ouvrir.

— Que se passe-t-il ? demanda Galgareth.

— Chez Hazel, tous les ascenseurs ont des caméras, répondit Alexander. Quelqu'un nous a vus arriver et a trouvé que nous n'avions pas l'air aimables.

Tout en se ruant en avant, Sloane chercha une solution au problème.

— Nous pourrions mettre en place des boucliers et quelques sorts d'endormissement, même s'ils ne sont pas tout à fait légaux…

— Trop tard, coupa Alexander. Regarde !

Il désignait une troupe d'hommes armés alignés dans le couloir devant eux. Tous portaient un équipement militaire, certains avaient un fusil. Ces armes, aussi primitives soient-elles, restaient efficaces, surtout dans un espace confiné. De plus, Sloane remarqua rapidement que ceux qui n'avaient pas d'armes à feu agitaient les mains pour lancer des sorts.

Des sorciers ! Et ils étaient au moins une douzaine.

Sloane haussa la voix pour dire :

—Attendez ! Il est inutile d'avoir recours à la violence ! Nous voulons juste parlementer et…

143

Il fut interrompu par les gardes, qui ouvraient le feu. En même temps, une tempête de grêle magique s'abattit sur leurs têtes.

Pour se protéger aussi bien des balles que des grêlons, Sloane invoqua un bouclier. Plus rapide encore, Loch figea d'un simple clin d'œil tous les projectiles en suspension.

— Je trouve votre accueil franchement grossier ! tonna-t-il.

Bien que sidérés par la rapidité de la réaction, les gardes continuaient à attaquer. Quelques-uns tiraient encore, un autre lança une grosse grenade, qui roula jusqu'aux pieds de Galgareth. Elle la ramassa, puis la relâcha, désormais inoffensive.

Remarquant le regard interrogateur de Sloane, Galgareth expliqua :

— Je suis la déesse des heureux hasards ! Il se trouve que cette grenade ne fonctionnait pas !

Cinq autres grenades suivirent la première.

« *Pop* » ! Loch avait ouvert à même le sol un portail donnant sur un autre monde et toutes les grenades y tombèrent les unes après les autres.

Ensuite, il invectiva sa sœur :

— Galgareth, pourquoi ne les as-tu pas toutes désactivées ? Tu aurais aussi pu les retourner à leur envoyeur !

Elle lui jeta un regard hautain.

— Tu sais très bien que ma magie ne fonctionne pas comme ça !

Sloane étendit son bouclier pour bloquer le couloir et les protéger des tirs, ce qui bloqua avec efficacité une autre volée de grenades. Elles explosèrent cependant, et la force de l'impact fit vibrer les murs du couloir. Sloane dut mettre un genou à terre pour garder son équilibre.

Alexander commençait à s'énerver.

— Ils n'arrêteront pas avant que nous soyons tous morts !

— Je vous en prie, ne tirez plus ! cria Sloane aux gardes. Nous voulons juste parlementer !

La grêle frappa plus fort encore, une lance de lumière des étoiles heurta le bouclier de Sloane, créant une fissure. Loch leva la main pour la réparer.

— Je ne crois pas qu'ils aient envie de t'écouter, mon amour, grommela-t-il.

Un cliquetis suspect retentit dans l'ascenseur immobilisé derrière eux. Tous se retournèrent et virent d'autres grenades tomber d'une trappe au sommet de la cabine.

— Loch ! cria Sloane. Vite !

Loch bloqua les explosions d'une barrière blanche scintillante, mais les grenades continuaient à arriver.

Les oreilles bourdonnantes des récentes déflagrations, Sloane vit une autre lance frapper son bouclier, une nouvelle fissure s'ouvrir, puis d'autres. Il tenta de les colmater, mais il avait du mal à maintenir sa concentration. Il y avait tellement de cris, tellement de colère.

Galgareth s'était coincé le pied dans un portail ouvert par Loch. Elle maudissait son frère tout en luttant pour se libérer. Il cherchait à l'aider tout en la traitant d'empotée.

Sloane entendait dans son crâne un *boum-boum-boum* assourdissant : était son pouls qui tambourinait. Ses mains crispées pour maintenir le bouclier lui faisaient mal. Les lances de lumière arrivaient toujours, les fissures sur son bouclier grandissaient.

— Assez ! hurla Alexander.

Les yeux brillants d'un feu sauvage, il traversa le bouclier à moitié désintégré et se rua vers les gardes.

— Alexander ! cria Sloane. Non !

Plus le jeune Muet avançait, plus les tirs et les sorts magiques se focalisaient sur lui. Pour le défendre, Rota se souleva du sol. Les balles et la grêle rebondirent sur sa masse invisible. Puis une lance ricocha et frappa le premier garde à la poitrine. Sa veste blindée transpercée, il recula avec un cri d'agonie.

Alexander le regarda tomber. En même temps, il leva la main et utilisa les tentacules de Rota pour dévier une balle dans le cou du second garde, à la jointure entre le casque et la veste. L'homme s'écroula dans une gerbe de sang.

Alexander enjamba son cadavre pour avancer vers le groupe. L'un des tentacules de Rota se déploya avec force sur la droite et écrasa un garde au plafond dans un craquement écœurant.

Les tirs devinrent plus erratiques, les sortilèges avaient presque totalement cessé. Le silence retombé rendait plus poignants encore les cris d'effroi, les râles de douleur et l'odeur de la mort.

Tout fut terminé en quelques secondes. Alexander se montra implacable : il tendit les mains d'un air féroce et poussa, projetant en avant les gigantesques tentacules de Rota. Le dernier groupe de gardes les reçut de plein fouet.

Revenu de sa stupeur, Sloane abandonna son bouclier et se redressa, prêt à se ruer sur Alexander.

Loch l'en empêcha en lui saisissant son bras.

— Non.

— Lâche-moi ! cria Sloane, en larmes.

Mais Loch ne le regardait pas. La mine sombre, il fixait Alexander et Rota, qui finissaient de mettre les gardes en pièces.

Alexander souleva le dernier garde avec un grognement frénétique et regarda sa tête éclater comme un grain de raisin. Les tentacules de Rota continuèrent pourtant à serrer jusqu'à ce qu'il ne reste du garde qu'une bouillie informe. Quand Rota lâcha le cadavre broyé sur le sol, Alexander haletait, la poitrine agitée de spasmes, les bras tremblants.

Tous les gardes étaient morts, comprit Sloane, envahi de colère impuissante. C'était un massacre insensé, exactement ce qu'il avait espéré éviter.

Il s'arracha à l'étreinte de Loch et courut jusqu'à Alexander.

— Qu'est-ce qui t'a pris ? La situation était sous contrôle ! Nous…

Alexander ne le regardant pas, Sloane l'attrapa par l'épaule.

Il fut alors emporté par une vague de douleur si atroce qu'il en perdit le souffle…

Alexander était attaché à un lit, il criait, il sanglotait, il suppliait… et les gardes continuaient à le battre comme plâtre. Celui qui était mort écrasé au plafond penchait sur lui un rictus satisfait, celui qui avait été transpercé d'une lance riait.

Alexander était nu dans une douche et les gardes l'arrosaient d'un jet brûlant, ils riaient avec cruauté de l'entendre hurler, la peau boursouflée. Le garde à qui Rota avait broyé la tête se tenait devant les autres, agonissant le garçon d'insultes dégoûtantes et d'insinuations vulgaires.

Tu aurais dû être gentil avec nous, L-X-I-X ! Tant pis pour toi !

Alexander se tordait de douleur, la peau sensibilisée par les cercles de liaison fraîchement tatoués. Il aurait voulu mourir pour ne plus rien ressentir… il avait mal, tellement mal…

Tu n'auras plus jamais mal. Je suis là. Je vais veiller sur toi.

Rota était arrivé…

Alexander repoussa Sloane, ce qui mit fin à la connexion.

— Le problème est réglé, cracha-t-il. Filons, maintenant, sinon ils vont nous envoyer d'autres gardes.

Incapable de parler, Sloane le regarda partir en courant, Rota derrière lui. Il frissonna, le front moite, comme si la douleur d'Alexander restait ancrée en lui.

Loch le rejoignit et le serra dans ses bras.

— Mon amour ? Qu'est-ce que tu as ? Tu es blême !

— Oh, Loch ! Si tu savais ! Ce qu'il a subi… Ce qu'ils lui ont fait…

— Je sais, mon amour. Je suis désolé de t'avoir retenu, mais… il avait besoin de vider cet abcès.

Sloane s'écarta pour le dévisager.

— Hein ? Tu es au courant… mais comment ? balbutia-t-il.

— Je n'ai pas les détails de ce qu'il a vécu, admit Loch. Mais je sais reconnaître un acte de vengeance. En tant qu'ancien dieu, je reconnais la loi du châtiment divin.

Galgareth intervint :

— Nous devons avancer, déclara-t-elle. Désormais, Gronoch est certainement au courant de notre présence.

Sloane fit l'effort de se concentrer.

— C'est vrai. Il faut que nous atteignions les étages inférieurs du laboratoire, c'est certainement là que sont détenus les Muets prisonniers. Allons-y.

Un grand fracas métallique retentit quelque part devant eux, aussi le trio se précipita-t-il pour vérifier de quoi il s'agissait. Après avoir tourné à l'angle du couloir, ils trouvèrent un autre garde mort, et Alexander qui les attendait devant un autre ascenseur dont la porte avait été forcée.

Il leur fit signe d'entrer.

— Ils ont verrouillé tous les ascenseurs, déclara-t-il. Les laboratoires sont deux niveaux plus bas. Nous allons monter sur le toit de la cabine et passer par le puits en nous accrochant au câble.

— Oh, putain ! grommela Sloane.

Rota avait déjà ouvert la trappe au plafond. Il brandit un tentacule, saisit Alexander par la taille et le souleva sans effort. Très vite, le garçon disparut.

Galgareth passa ensuite, utilisant ses tentacules pour se hisser.

— Je vais t'aider, mon amour, annonça Loch.

Comme Rota l'avait fait avec Alexander, il prit Sloane par la taille et le fit passer à travers la trappe. Quand Sloane fut sur le toit de la cabine, Loch le rejoignit.

Alexander et Rota étaient déjà au fond du puits, ils forçaient l'ouverture des portes. Le métal ne résista pas longtemps aux tentacules de Rota et céda dans un craquement sinistre.

Sloane suivit le mouvement en luttant contre la nausée. Il avait du mal à se remettre du massacre et de ce qu'il avait découvert concernant Alexander.

Il tendit néanmoins les mains devant lui, la magie débordant du bout de ses doigts, avant de se faufiler à travers l'ouverture déchiquetée.

Le dernier étage était immense et caverneux, presque aussi vaste qu'un terrain de football. Sloane n'arrivait pas à croire qu'un tel espace ait si longtemps été caché dans les entrailles de la terre, sous le gratte-ciel d'Hazel.

Plusieurs tables en inox étaient couvertes de matériel de laboratoire, mais, d'après le désordre qui régnait, il était évident qu'un déménagement hâtif avait été interrompu. De grandes cages s'alignaient derrière les tables. Derrière, il n'y avait… rien.

Sloane se pencha pour examiner l'une d'elles. C'était comme regarder dans une sorte d'œuf métallique géant.

Sloane n'avait aucune idée de la fonction de cet appareillage.

Galgareth regardait, elle aussi, tout aussi perplexe.

— Qu'est-ce que c'est ?

— Je ne sais pas.

— Où sommes-nous au juste ?

Alexander intervint :

— C'est là que je les ai tous amenés.

À côté de lui, Rota se redressa soudain de toute sa taille et, d'un tentacule brandi devant lui, il empêcha Alexander d'avancer.

Sloane fronça les sourcils.

— Qu'est-ce qui ne va pas ?

Alexander baissa la tête.

— Il est trop tard.

— Quoi ? Mais nous venons juste d'arriver !

Sloane avança et vérifia les autres cages. Les premières étaient vides, mais la suivante…

Incrédule, Sloane se figea et regarda le sang qui éclaboussait les parois métalliques. Il n'y avait aucun cadavre, juste du sang frais, qui coulait encore…

Sloane crut vraiment qu'il allait vomir. Il vérifia la cage suivante et tomba sur la même scène cauchemardesque. Et encore, et encore. Le souffle court, il s'arrêta au bout de la rangée sans avoir trouvé le moindre signe de vie.

Il tomba à genoux avec un gémissement d'angoisse.

— Oh, mon dieu !

Loch s'accroupit à ses côtés.

— Je suis là, mon amour. Je suis tellement désolé.

Le cœur lourd, Sloane leva vers Loch un regard embrumé.

— Mais… pourquoi ? Pourquoi faire une chose pareille ?

Une voix cria depuis l'ascenseur.

— Parce que je compte fermer cette opération.

Alexander tressaillit, ses yeux lançant des éclairs de fureur.

— C'est lui ! siffla-t-il. C'est Gronoch !

Tout tremblant de douleur et de colère, Sloane se redressa et se retourna pour affronter celui qui avançait vers eux. Sans même s'en rendre compte, il serra les poings et la lumière des étoiles fit briller ses doigts.

Sloane fit l'effort de se contrôler, les yeux fixés sur l'homme qui arrivait.

Non, ce n'était pas un homme.

C'était un dieu.

Pourtant, Gronoch ressemblait à un humain en costume coûteux, un sourire sarcastique aux lèvres. Il portait une grande malle, qu'il posa sur l'une des tables métalliques avant de se frotter les mains.

— Ah, L-X-I-X ! Mmm, je vois que tu ne m'as toujours pas livré le nouveau conduit. Consternant ! Présente-moi tes nouveaux amis !

Il pencha la tête, les yeux fixés sur Galgareth.

— C'est toi, petite sœur ? ajouta-t-il.

— Comment m'as-tu reconnu, mon frère ? grogna la déesse.

— Tu as choisi un bien étrange costume de viande, mais deviner ton identité n'était pas difficile. Je te savais réveillée, ce n'est pas le cas des autres.

Il regarda Loch.

— Et, bien sûr, tu es là aussi, petit frère.

— J'ai promis à Mère d'essayer de te faire entendre raison, gouailla Loch. C'est sans espoir, pas vrai ? Tu ne comptes pas renoncer ?

Gronoch parut surpris.

— Renoncer ? Cet endroit a été compromis, mais le programme se poursuivra ailleurs, voilà tout. Et, bien entendu, j'emmène L-X-I-X.

Alexander recula d'un pas.

— Non, grogna-t-il. Je ne vous suivrai plus jamais.

149

— Nous sommes venus vous arrêter, Gronoch, aboya Sloane. Pourquoi avoir tué ces pauvres gens ?

Gronoch le dévisagea avec intérêt.

— Alors c'est toi, le puissant Briseur de cœur ? Hmm. Je suis déçu, je t'espérais plus grand, plus impressionnant. Tu ressembles à ce personnage de la planète Vulcain.

Très énervé, Sloane agita ses mains illuminées d'étincelles.

— Hé ! Tu m'écoutes ? Je veux savoir pourquoi tu as tué ces gens !

Gronoch haussa les épaules.

— Ils ne progressaient pas assez vite, c'était agaçant, je recommencerai sur des conduits vierges. En plus, j'aime voyager léger. Nous ouvrirons bientôt un nouvel établissement et…

— Non ! cria Sloane. Je ne te permettrai pas de continuer à faire du mal à des innocents !

Gronoch éclata de rire.

— Et c'est toi qui vas m'arrêter ? Toi, un misérable petit mortel ?

— J'ai tué Tollmathan, gronda Sloane. Je te tuerai aussi, si tu m'y obliges.

— Je dois te prévenir, mon joli, je suis beaucoup plus intelligent que l'était Toll.

— Mmm, intervint Loch, c'est ce que mère a toujours dit. Elle t'adore, Nono, tu le sais, j'imagine ?

— Bien sûr !

— Eh bien, insista Loch, tes agissements actuels lui brisent le cœur. Tu tortures des innocents, tu essayes de réveiller notre père et tu te prétends intelligent ? Mère est très désappointée !

Il poussa un soupir dramatique.

Gronoch ricana.

— Oh, tais-toi, Azaethoth. Mère me pardonnera une fois que nous aurons refait le monde. Elle comprendra. Vous le ferez tous !

Galgareth secoua la tête avec dégoût.

— Voyons, mon frère, tu sais très bien comment réagira Père, s'il se réveille. En vérité, tu t'en fiches, c'est ça ?

— Les sacrifices sont nécessaires, petite sœur, affirma Gronoch. Je vais même commencer par toi.

— Quoi ?

Gronoch brandit un long tentacule bleu et frappa le sol devant Galgareth. Le jeune corps qu'elle occupait s'écroula.

Toby en reprit le contrôle et s'éloigna avec un cri.

Dans le vaste espace derrière eux apparut une grande bête dotée d'une barbe pleine de tentacules tordus et d'ailes géantes de chauve-souris. C'était le corps divin de Galgareth. Dressée sur ses pattes griffues, la déesse chargea et se heurta à un mur invisible. Elle rugit, prisonnière et impuissante.

— Non ! gronda Loch.

Aveuglé par la rage, il se rua sur Gronoch.

Sloane tenta de l'avertir.

— Attends ! Loch ! C'est un piège !

Gronoch agita une fois encore ses tentacules. Le corps humain de Loch s'écroula sur le sol, sans vie, puisqu'il n'était pas habité d'une âme humaine. Emporté par son élan, la dépouille glissa jusqu'aux pieds de Gronoch.

Atterré, Sloane vit le magnifique dragon apparaître aux côtés de Galgareth, lui aussi bloqué derrière un mur invisible.

Les deux anciens dieux étaient pris au piège de leur diabolique frère.

— Loch !

— Sloane !

Le dragon rugit et se jeta frénétiquement contre le mur. En vain. Rien ne bougea.

Gronoch tapa des mains.

— Parfait, voilà deux autres dieux pour créer de nouveaux conduits. Pour le moment, L-X - I-X a été notre seul succès, et je tiens vraiment à prouver aux autres que mon idée est viable. Mmm… quel est ton groupe sanguin, petit mortel ?

— Libère Loch et Galgareth ! aboya Sloane. Tu ne feras plus aucune expérience ! Je t'ai déjà prévenu, je suis venu mettre fin à tes agissements !

Sans lui prêter attention, Gronoch sourit à son frère et à sa sœur.

— N'est-ce pas magnifique ? Nous voilà tous réunis… comme une grande famille heureuse !

— Sloane, siffla Alexander. Il n'arrêtera pas. Il ne compte pas nous libérer. Rappelle-toi ce que tu disais : tu es décidé, cette fois ?

Sloane leva les mains devant lui et regarda la lumière des étoiles brûler entre ses paumes.

— Oui, dit-il. Je vais encore une fois devoir tuer un dieu.

XIII

GALGARETH ET Loch cherchaient toujours à échapper à leur prison, Toby se cachait près de l'ascenseur, et Sloane avança vers Gronoch avec de la lumière des étoiles plein les mains. Alexander était à quelques pas derrière lui, et les tentacules de Rota fouettaient le sol tout autour d'eux.

Gronoch ne paraissait pas très impressionné.

— Tu penses vraiment que ta chétive petite épée suffira à me tuer ?

— Elle a déjà tué ton frère, déclara Sloane. Tu subiras le même sort.

— Nous verrons.

Gronoch s'agenouilla et quitta son corps humain pour révéler un stupéfiant mastodonte reptilien doté d'écailles et de dents acérées.

Peter Myers s'écarta, tandis que le monstre beuglait :

— Je suis le grand et puissant Gronoch ! Frère de Tollmathan, de Xhorlas, de...

Sloane lui jeta un regard noir.

— Oh, ta gueule ! Libère Azaethoth et Galgareth ! Tout de suite ! C'est ta dernière chance.

Il prit une profonde inspiration, une poignée se forma entre ses paumes.

Gronoch agita les tentacules de son dos.

— Non, j'ai bien peur que ce soit *ta* dernière chance. Soit tu te joins à nous, soit je te tue. Je respecte un humain capable de tuer un dieu, mais sans ton divin compagnon, tu n'es qu'un sac à viande.

— Ce n'est pas vrai ! hurla Sloane. Je suis un sorcier doté de la lumière des étoiles, fils de Daniel et de Pandora Beaumont, et je t'adjure de renoncer, au nom d'Azaethoth le Grand, sinon je vais te tuer !

Gronoch gloussa cruellement.

— Essaye, si ça t'amuse. Viens... voyons de quoi tu es fait.

— Gronoch ! cria soudain Alexander.

Ensemble, Gronoch et Sloane se retournèrent, Alexander et Rota se tenaient près de la rangée de cages. Dans un grand crissement de métal, Rota arracha les barreaux et leva ses tentacules.

— Feu ! gronda Alexander.

Rota lança les barres vers Gronoch. Elles le heurtèrent comme des flèches géantes au visage et à la gorge, il rugit de colère quand du sang noir suinta de ses blessures. Il arracha les lances plantées en lui et les renvoya sur Alexander.

Propulsé par les tentacules de Rota, Alexander esquiva sans peine. Il secoua la tête et hurla :

— Bouge-toi, Sloane ! Tu choisis mal ton moment pour roupiller !

— Merde ! Tu as raison ! Excuse-moi !

Sloane ferma les yeux et invoqua l'épée. Malgré sa concentration fébrile, il entendait toujours les cris furieux de Loch à l'intérieur de sa prison et son propre cœur qui battait à ses oreilles.

Soudain, tout fut effacé par un lointain bourdonnement de puissance. Alors, avec un sourire triomphal qui exhiba toutes ses dents, Sloane donna vie à l'épée. La lame de pure lumière des étoiles jaillit de ses mains, si scintillante que l'immense pièce tout entière en fut éclairée.

Sloane dut se concentrer pour la contrôler.

Alexander conduisait Gronoch jusqu'à lui. Sloane se prépara à frapper. Il leva l'épée.

— C'est la fin, Gronoch ! cria-t-il. C'est…

L'un des tentacules le frappa en pleine poitrine et l'envoya valdinguer.

— Sloane ! cria Loch.

Sloane s'écrasa sur les tables métalliques, il brisa des tubes de verre, qui s'éparpillèrent autour de lui, et renversa la malle que Gronoch avait déposée. Elle tomba et s'ouvrit, révélant de gros fragments d'os.

Sloane tomba à genoux. L'épée vacilla, mais elle ne s'éteignit pas.

— Je n'ai rien, Loch ! cria-t-il.

— Putain d'idiot ! gémit Alexander. Qui m'a flanqué un empoté pareil ? Tu n'es pas foutu d'éviter un tentacule ?

— Merde ! haleta Sloane. Je suis désolé !

Gronoch se tourna alors vers Alexander et Rota, ses mains griffues luttant contre la poigne invisible de l'ancien dieu. Les bras tendus, Alexander canalisait la puissance brute de Rota.

— Sloane ! Vite ! hurla-t-il.

Sloane se secoua et fixa le dos voûté de Gronoch. Il serra l'épée dans une main et concentra ses pensées.

S'il pouvait entendre Alexander, peut-être l'inverse était-il vrai…

Je dois monter sur son dos !

— Alors fais-le, putain ! cria Alexander.

Du sang jaillissant de son nez, il s'affaiblissait à vue d'œil, et Rota utilisait tous ses tentacules pour garder Gronoch épinglé.

Sloane s'élança vers eux à toute vitesse.

Chaque seconde sembla s'écouler au ralenti, comme s'il courait dans l'eau. Il vit Alexander tomber à genoux et hurler de douleur, le visage en sang.

Rota gémit en tordant ses tentacules pour repousser Gronoch.

Alexander ! cria-t-il d'une voix brisée. *Non ! Arrête ! Je suis en train de te perdre !*

— Ne le lâche pas ! hurla Alexander. Il doit mourir !

Je t'aime, satanée tête de mule, rugit Rota.

Il souleva du sol son corps massif et força Gronoch à reculer d'un pas.

— Je t'aime aussi ! haleta Alexander.

Il renversa la tête et vit arriver Sloane.

— Sloane ?

Sloane atteignait enfin son but. Il sauta en l'air.

— Maintenant ! cria-t-il.

— Rota ! répondit Alexander.

Il leva la main pour diriger un tentacule fantôme sur Sloane.

Sloane le sentit s'enrouler autour de sa taille et le projeter en hauteur. Il s'accrocha à son épée et visa la gorge de Gronoch, la lame braquée.

Oui.

Un coup, et ce serait fini.

Gronoch ricana, il se libéra soudain des tentacules de Rota et frappa Sloane.

— Tu n'es pas assez rapide, petit mortel !

Sloane fut éjecté vers l'ascenseur.

— Oh, merde ! hurla-t-il.

— Sloane ! rugit Loch. Sloane ! Mon amour !

De plus en plus enragé, il griffait sa prison et martelait la barrière à coups de tête. En vain. Il restait prisonnier.

Sloane grogna quand son dos heurta le mur, il invoqua un bouclier pour amortir sa chute et s'écrasa sur le sol.

— Sloane !

C'était Galgareth, cette fois, elle aussi se débattait dans sa prison, tout aussi impuissante que Loch.

— Sloane ! Est-ce que ça va ?

En gémissant, Sloane parvint à agiter faiblement la main. La pièce tournait autour de lui, il s'était déboîté l'épaule, malgré son bouclier protecteur.

Alexander s'effondra sur le sol, sanglant et vaincu. Rota perdit son emprise sur Gronoch et tenta de relever son infortuné compagnon.

Gronoch recula et frappa du poing la masse invisible du dieu.

La peau de Rota apparut, d'un violet rouge vif, il s'était matérialisé pour mieux lutter contre Gronoch.

Alexander pouvait à peine s'asseoir, il essuya néanmoins le sang sur son visage.

— Oh, Brisecoe, mais qu'est-ce que tu fous ? s'exclama une voix railleuse et familière. Vraiment ? Tu te bats *encore* contre un dieu ? C'est une obsession chez toi ou bien ?

— Asta ?

Sloane tressaillit en voyant un monstrueux chat noir à côté de lui.

Non, ce n'était pas un monstre, mais un Asra.

Cette fois, Asta avait la taille d'un cheval Clydesdale, une énorme bouche pleine de dents aiguisées, des tentacules en spirale au bout de sa longue queue et de ses oreilles pointues. Il gardait la minceur et la grâce de sa forme humaine, et cette exhibition de dents redoutables était sans doute un sourire.

— Je t'ai manqué, Briscoe ? susurra-t-il.

— Où diable étais-tu ?

Asta inclina sa tête géante et aida Sloane à se lever.

— Pour être franc, je ne suis pas exactement rentré chez moi sur Xenon, avoua-t-il, j'ai fait un petit détour pour suivre les Backstreet Boys, c'est une histoire compliquée ! Mais je suis là maintenant !

Sloane gémit quand il se redressa.

— Dans ce cas, va aider Alexander.

— Hein ? C'est qui ?

— Celui qui saigne ! cria Sloane avec impatience.

— Dacodac !

D'une foulée souple et féline, Asta fonça vers les combattants et planta les dents dans le bras de Gronoch.

Avec un rugissement de douleur, Gronoch oublia ses proies et porta son attention sur le chat géant qui l'attaquait. Il balança son poing et visa Asta, mais ne trouva que le vide. Asta venait d'ouvrir un portail dans lequel

155

il avait disparu. Il émergea une seconde plus tard d'un autre portail, atterrit sur la tête de Gronoch et griffa ses yeux.

Au même moment, Sloane sentit une main s'agripper à sa taille. Étonné, il se retourna pour affronter cette nouvelle menace, c'était Peter Myers.

— Ne luttez pas contre l'inévitable ! cracha le médecin. Salgumel va revenir ! Une fois réveillé, il refaçonnera le monde…

Boum !

Peter Myers s'effondra. Toby se tenait au-dessus de lui, armé d'un des barreaux cassés que Rota avait lancés. Il s'en était servi pour assommer le fidèle adorateur de Gronoch.

Il releva la tête, fixa Sloane et haleta :

— Tu dois tuer ce fils de pute !

— Dacodac ! répondit machinalement Sloane.

Il invoqua une nouvelle épée de lumière des étoiles et, dans un mouvement désespéré, il la lança vers Gronoch aussi fort qu'il le put.

Gronoch venait d'arracher Asta de son visage, il l'envoya valdinguer quand la lame le frappa à l'épaule.

Il hurla de rage et de douleur.

— Comment oses-tu ? Insignifiant petit ver de terre !

Profitant de la distraction offerte par Asta, Rota avait réussi à entraîner Alexander un peu plus loin, mais tous les deux étaient clairement épuisés. Sloane doutait même qu'Alexander soit encore conscient.

Asta avait souplement atterri après son vol plané, prêt à retourner au combat.

L'épée plantée dans la chair de Gronoch s'estompa. Sloane concentra sa magie pour en créer une autre. Ce fut plus difficile cette fois, la poignée lui brûla la peau, mais il s'obstina.

Ce n'était pas assez puissant, pas encore.

Asta feula et se rua sur Gronoch, visant la gorge. Sous ses dents, un jet de sang noir jaillit.

Sloane poussa un cri de joie.

— Bravo !

Gronoch arracha Asta de lui et le projeta contre le mur. Le choc fut violent. Cette fois, quand l'Asra tomba au sol, il ne se releva pas.

— Oh, putain, non !

Sloane utilisa sa colère pour alimenter l'invocation de l'épée.

Là !

Gronoch approcha de lui avec agressivité, son corps monstrueux vibrant d'outrage et de fureur.

— Misérables petits imbéciles !

Il leva le poing, Sloane balança son épée désormais entièrement formée. Il poussa un cri d'agonie tellement c'était douloureux de manier une telle puissance, mais il ne pouvait plus s'arrêter. La lame traversa la main de Gronoch, emportant quelques doigts.

Furieux, Gronoch se jeta sur lui, ses tentacules prêts à frapper. Sloane leva l'épée d'une main, de l'autre, il invoqua un bouclier. Il continua à se battre, mais il se fatiguait, il le sentait.

Alexander s'était redressé, couvert de sang, accroché aux tentacules fantômes de Rota, il semblait prêt à reprendre le combat.

— Sloane… J'arrive !

Asta gémit et souleva péniblement la tête.

— Oui, oui, moi aussi. Je… je…

Il s'écroula.

— Non ! cria Sloane. Restez en arrière… tous les deux !

Il n'avait tourné la tête qu'un dixième de seconde, mais cela suffit à Gronoch. Son poing aux doigts ensanglantés frappa Sloane en pleine poitrine. La lumière des étoiles disparut, Sloane eut le souffle coupé. Il recula et regarda ses mains, couvertes de sang.

Il se mit à tousser violemment. Quand il essaya d'inhaler, ses côtes semblèrent prendre feu.

Gronoch gronda :

— Maintenant, je vais te tuer !

Sloane tomba à genoux, essayant de faire appel à ses pouvoirs. Il devait gagner. C'était sa mission ! Il évoqua les cages éclaboussées de sang, les cris de douleur des victimes impuissantes.

Il entendit son nom… Loch le hurlait, Alexander aussi.

Sloane ne s'était jamais senti aussi faible…

Il sut avec certitude qu'il n'avait plus qu'un sort à lancer.

Alors…

Oui, c'était fou, mais c'était sa seule chance. Ça fonctionnerait. Il le fallait.

Sloane grinça des dents et appela sa dernière épée. Elle était faible, la lame vacillait.

Gronoch ricana de mépris.

— Même avec tes autres épées, tu n'as pas réussi à me vaincre, que comptes-tu faire de cette arme chétive et misérable ?

— Regarde !

Gémissant d'agonie, Sloane lança son épée sur la barrière qui emprisonnait Loch et Galgareth.

Le mur se brisa.

Gronoch hurla :

— Non ! Ce n'est pas possible !

Loch jaillissait déjà, les ailes ouvertes. Il se jeta sur Gronoch, le plaqua au sol et referma ses puissantes mâchoires sur son cou.

Galgareth, elle, avança jusqu'à Sloane et l'enveloppa de ses bras géants.

— Où es-tu blessé ?

— Je n'ai rien ! protesta Sloane. Loch ! Il faut aider Loch !

Mais Loch n'avait pas besoin d'aide. Il déchiquetait la gorge de Gronoch et lui arrachait la poitrine de ses griffes.

— Tu ne feras plus jamais de mal à personne, jamais ! Ni à mon compagnon, ni à notre sœur ! À personne !

— Sloane…

C'était Alexander. Il semblait très faible, mais il vivait.

Sloane se précipita.

— Oui, Alexander ?

— Rota, souffla le garçon. Je veux savoir où est le… corps de Rota…

— Bien sûr !

Sloane se redressa et fit signe à Galgareth de le suivre. Il était temps de mettre fin à tout ça.

Galgareth écarta Sloane et aida Loch à clouer son aîné au sol. Affaibli par la bataille, Gronoch ne put lutter contre deux dieux à la fois.

Il se soumit.

Galgareth appela alors Sloane.

— Pose ta question, enfant mortel.

— Gronoch ! Où est le corps de Rota ? Qu'en as-tu fait ?

Gronoch poussa un cri d'incrédulité mêlé de dégoût.

— Quoi ? Quelle importance ?

— Réponds ! insista Sloane. Où est le corps de Rota ?

Gronoch ricana amèrement.

— Je l'ai caché !

— Où ?

— Entre les étoiles et le voile du rêve, à la fontaine éternelle de la Kindress.

Sloane n'arrivait pas à croire à ce qu'il entendait.

— La Kindress ? N'importe quoi ! Ce n'est qu'un mythe ! Putain !

Même les plus fidèles adorateurs de la religion Sagittaire niaient l'existence de la Kindress et affirmaient qu'il s'agissait d'une légende… Comment cet enfant pouvait-il être le premier-né d'Azaethoth le Grand ? Tout le monde savait qu'il s'agissait des jumeaux, Etheril et Xarapharos.

La Kindress aurait rendu l'âme peu après sa naissance dans les bras d'Azaethoth, et les larmes de deuil du puissant dieu auraient inondé le ciel, si abondantes qu'elles auraient menacé d'engloutir le monde. Alors, Azaethoth les aurait retenues dans une fontaine.

Bien entendu, cette fontaine mystérieuse était réputée très puissante, bien que les avis divergent sur la nature de sa magie. Concernant la Kindress, le mythe était toujours le même : Azaethoth le Grand avait donné vie à l'univers, la Kindress ne pouvait que le détruire.

Alexander s'était approché lui aussi, il fixait Gronoch avec haine.

— Il raconte n'importe quoi ! cracha-t-il. La fontaine n'existe pas !

— Si ! Je l'ai trouvée, déclara Gronoch. C'est là que j'ai caché ce corps sans valeur après en avoir arraché l'âme ! Ha ! Les légendes sont authentiques, et vous ne retrouverez jamais l'endroit !

Loch montra les dents acérées.

— Gronoch, dis-nous où c'est !

— Jamais ! marmonna Gronoch.

— Il ne dira rien, soupira Galgareth. Même s'il n'a pas inventé cette histoire de fontaine, il se venge en emportant son secret dans la tombe.

Perplexe, Sloane se frotta le front.

— Attendez. Même vous, des dieux, vous ignorez si la fontaine existe et l'endroit où elle se trouve ?

Loch et Galgareth échangèrent un regard penaud, ce qui était assez difficile pour deux créatures énormes et monstrueuses, dotées de tentacules multiples et de très grandes dents.

Sloane ravala un rire hystérique.

Gronoch saisit ce moment de distraction. Il tordit ses bras puissants, se libéra en quelques secondes et fonça sur Sloane.

— Cette fois, tu ne m'échapperas pas, vermine !

— Merde ! cria Sloane.

Il réagit d'instinct. Il avait cru ne plus avoir de force, il avait pensé ses mains brûlées incapables de tenir une autre épée, pourtant, il jeta les bras en avant et fit appel aux dieux.

Un doux murmure retentit à son oreille, suivi d'une énorme poussée de puissance. Une nouvelle épée de lumière des étoiles se matérialisa dans les airs, elle tournoya sauvagement…

Et s'enfonça dans la poitrine de Gronoch.

Les yeux écarquillés, le dieu chancela et s'effondra sur le côté avec un faible gémissement.

— Ce n'est pas possible !

Sloane se précipita et saisit la poignée du l'épée, sans se soucier de la brûlure, il ouvrit en deux le corps divin.

Gronoch commença à disparaître.

— Ce n'est pas fini… haleta-t-il. Loin de là ! Nous sommes nombreux, très nombreux… nous retrouverons la Kindress… nous réveillerons Salgumel… et alors, vous mourrez tous…

Alexander frappa du pied le museau monstrueux, si fort qu'il faillit basculer à la renverse.

— Espèce de bâtard ! Dis-moi où est le corps de Rota ! Si tu peux agir avec décence avant de mourir, dis-le-moi ! Dis-le-moi !

Il criait, de plus en plus hystérique, sa voix se brisait, et Gronoch ne faisait que rire.

Loch avait repris son corps humain, il serrait Sloane contre lui.

Sloane fut surpris de constater qu'il tremblait.

Soudain, le corps de Gronoch fut consumé dans un éclair de lumière et disparut complètement.

Sloane enroula les bras autour du cou de Loch.

— C'est fini.

Loch hocha la tête.

— Oui.

Puis il fronça les sourcils et prit dans les siennes les mains de Sloane, couvertes d'ampoules.

— Oh, mon amour ! Tu es blessé !

— Ce n'est rien, marmonna Sloane.

Il n'en apprécia pas moins que Loch le guérisse. Les cloques s'estompèrent vite sous son toucher divin.

Puis un tentacule fendu flotta jusqu'aux lèvres de Sloane.

— Bois, exhorta Loch.

Sloane s'empourpra derechef.

— Mais enfin, c'est… c'est ton…

Malgré les douleurs qu'il ressentait un peu partout, il était affreusement gêné à l'idée d'avaler la semence divine de Loch devant témoins. D'accord, cette essence avait de remarquables propriétés curatives, mais quand même, c'était… bizarre.

Loch le regarda interloqué, sans comprendre la raison de son hésitation.

— Sloane? Qu'est-ce qui te prend? Ma sœur t'a déjà vu boire ma semence!

— C'est vrai, renchérit Galgareth.

Elle avait repris le corps de Toby et frottait ses habits pleins de poussière.

— Asta fait la sieste, poursuivit Loch, Alexander et Rota se fichent complètement que…

— Peuh, grommela Alexander. Faites ce que vous voulez.

Sloane finit par céder.

— D'accord, juste un petit coup, alors.

Le visage rouge vif, il ouvrit la bouche, engloutit le tentacule et suça. Il ne put retenir un faible gémissement en sentant le liquide sucré couler sur sa langue. Déjà, ses meurtrissures à la poitrine et à l'épaule s'estompaient, son corps se régénérait sous l'effet du liquide divin.

Quand il s'écarta avec un sourire béat, Loch affichait une mine suffisante.

Loch se tourna vers Alexander :

— Si tu en veux aussi…

— Non! crièrent en même temps Sloane et Alexander.

Loch afficha une moue vexée

— Humph, c'était juste pour l'aider.

— Je vais très bien, grogna Alexander.

Il renversa la tête pour regarder Rota, tendit les bras et serra la grosse tête contre lui.

Je t'aime.

Rota se matérialisa, énorme bête violacée entièrement révélée.

Je t'aime aussi.

Alexander pressa la joue contre le museau de Rota.

Ne fais pas ça, tu as besoin de ta force. Par tous les dieux, j'aime te sentir contre moi! Je voudrais tellement…

Quand je serai rétabli, tu pourras tout avoir de moi, promit Rota.
Des bisous ?

Oui…

Avec un petit sourire triste, Alexander posa un tendre baiser sur le nez de Rota. Puis la bête disparut, et Alexander se rembrunit.

Sensible à son chagrin, Sloane se souvint de ce que Loch avait dit : en principe, Rota pourrait posséder le corps d'un sorcier doté de la vision des étoiles. Sloane aurait bien aimé en connaître un ! Seuls ceux qui avaient été touchés par Azaethoth le Grand pouvaient…

Oh !

En y réfléchissant…

Il jeta un coup d'œil à Loch et chuchota :

— Loch, je n'ai pas la vision des étoiles, mais quand même, j'ai tué deux dieux, hein ?

— Oui, mon amour. Je suis au courant.

— D'une certaine façon, j'ai été touché par Azaethoth le Grand !

— Possible, oui, et alors ?

Du menton, Sloane désigna Alexander et Rota.

— Je voudrais proposer à Rota d'emprunter mon corps… pendant, disons, soixante secondes… Serais-tu d'accord ?

— Que veux-tu qu'il fasse à Alexander en soixante secondes ? s'étonna Loch. Donne-leur au moins une heure. Peut-être même deux.

— Je ne parlais pas de baiser ! Tu es… dégoûtant. Oublions cette idée loufoque, d'ailleurs, je ne suis pas certain que ça marcherait.

— Tu as vu rouge quand j'ai offert à Alexander ma semence et, maintenant, tu veux partager ton corps ?

— Tu as raison, c'est idiot. Laisse tomber.

Loch jeta un coup d'œil vers l'endroit où Alexander restait figé, l'air malheureux. Il étreignit Sloane.

— D'accord, va lui proposer une minute.

Sloane l'embrassa sur la joue.

— Merci !

Il rejoignit Rota et Alexander et marmonna :

— Voilà, ça va peut-être vous paraître bizarre, mais j'ai… euh, une proposition à vous faire.

Alexander se méfia aussitôt.

— Laquelle ?

— J'ignore si ça fonctionnera, avoua Sloane, mais je voudrais laisser mon corps à Rota une petite minute. Ça semble bizarre, je sais, mais…

Alexander ? La voix de Rota était pleine d'espoir.

Alexander piqua un fard violent.

— Oui, d'accord. Bien sûr.

— Allez-y !

Sloane tendit les bras et attendit.

Ça ne marche pas.

Soudain, Rota haleta.

Si ! Ça y est ! J'ai compris comment faire !

En sentant Rota se glisser en lui, Sloane évoqua le moment où Loch l'avait possédé de la même façon. La sensation était chaude, un peu étrangère, puissante, très puissante. Mais Rota n'était pas Loch : c'était un dieu bien plus vieux, bien plus… profond, en quelque sorte.

Rota utilisa les mains de Sloane pour toucher les joues d'Alexander, il essuya tendrement le sang du combat.

Alexander leva les yeux, le visage inondé de bonheur. Il souriait de toutes ses dents.

— Rota, chuchota-t-il. C'est toi… c'est vraiment toi.

Sloane le savait, ce n'était pas lui qu'Alexander regardait avec des yeux enamourés, mais Rota, le dieu qu'il aimait. Et Sloane sentait également l'amour de Rota pour ce jeune homme.

Rota glissa une des mains de Sloane dans les cheveux pâles d'Alexander et posa l'autre au creux de ses reins.

Il y avait chez Rota une tension étrange, et les yeux rouges d'Alexander avaient rosi, ses cils battaient, ses lèvres s'entrouvraient. Il tremblait dans les bras de Sloane, les mains jointes, comme s'il ne savait pas quoi en faire.

Enfin, Rota se pencha et embrassa Alexander. Le jeune homme ferma les yeux et se perdit un instant dans ce chaste baiser, si doux et si précieux. Il émit un petit cri plaintif quand le baiser s'approfondit.

Je… je te sens, Rota… contre moi !

Je suis là, mon amour… Je suis tout à toi.

Le baiser se prolongea, les bras de Sloane écrasèrent le corps mince d'Alexander contre le sien. La passion était vertigineuse…

Sloane vit soudain Loch avancer vers eux.

Alors, Rota abandonna le corps de Sloane, et Alexander resta planté, rouge et essoufflé.

Merci.

Sloane vacilla et dut s'accrocher au bras de Loch pour se stabiliser.

Alexander, qui reprenait ses esprits, semblait très embarrassé.

— Bon, il faudrait filer. Et vite !

Asta s'étira en grognant, il finit par se relever et tituba vers eux.

— Je rêve ou bien ? s'exclama-t-il d'une voix pâteuse. Je vous ai vus… vous embrasser ?

— Laisse tomber, dit Sloane. Comment va ta tête ?

— Bien, répliqua Asta avec arrogance. Je suis toujours aussi beau.

— Tu es chou !

L'Asra se rengorgea.

— Je sais, merci, et…

Soudain, il se figea, les yeux écarquillés. Étonné, Sloane suivit son regard et constata qu'Asta était fasciné par les fragments d'os dispersés.

Asta se transforma immédiatement, s'agenouilla et effleura un crâne encore dans la malle, un crâne géant dont la forme oblongue évoquait celui d'un tigre ou un lion, en beaucoup plus gros. Les crocs, ainsi que le rebord des orbites vides, étaient couverts d'or.

Soudain, Sloane tressaillit ; il avait compris de quoi il s'agissait.

— Ce sont des os asrans, c'est bien ça ?

Asta avait la bouche qui tremblait, comme s'il était sur le point de pleurer. En même temps, il souriait.

— Oui.

— Gronoch a pillé des tombes asranes, déclara Sloane, il avait besoin d'ossements magiques pour mener à bien ses expériences de transfert.

Il tapa des mains, invoquant la magie. Aussitôt, les fragments éparpillés sur le sol retournèrent dans la malle, dont le couvercle retomba. Asta tenait toujours le crâne géant contre sa poitrine.

— Merci, chuchota-t-il.

— Tu es sûr que ça va ? s'inquiéta Sloane.

Peu au courant des us et coutumes en vogue chez les races éternelles, il ne savait trop s'il devrait serrer Asta dans ses bras, lui tapoter la tête ou faire semblant de ne pas remarquer son bouleversement. Le crâne avait pour lui une énorme valeur, c'était évident.

Asta sourit avec espièglerie malgré ses yeux humides.

— Si je réponds non, vas-tu laisser Azzy m'offrir son tentacule ?

Sloane secoua la tête sans même répondre à la question.

Asta ricana et rangea le crâne à l'intérieur du coffre,

— Si vous voulez bien m'excuser, les filles, déclara-t-il. J'ai une urgence. À plus !

Il ramassa la malle, ouvrit un portail et s'y jeta avec un petit salut désinvolte de la main.

— Attends ! cria Sloane. Et Jay ? Et son colocataire...

Il parlait dans le vide, Asta avait disparu.

Gémissant de frustration, Sloane leva les mains au ciel.

— Maudit soit-il !

Désireux de le réconforter, Loch enroula un tentacule autour sa taille.

— C'est un Asra, marmonna-t-il. On ne peut s'y fier. Je suis surpris qu'il soit resté se battre. Ne t'inquiète pas, mon amour. Il sera bientôt de retour.

— Tu y crois vraiment ?

Loch sourit.

— Non, admit-il, mais ce petit mensonge t'a arraché un sourire.

Galgareth intervint :

— Nous réglerons plus tard le cas de l'Asra. J'ai une question plus pressante : que faire de lui ? Toby n'y a pas été de main morte avec lui !

Elle désignait Peter Myers, l'humain que Gronoch avait précédemment occupé. Le médecin gisait sur le sol, inconscient.

— Nous allons l'emmener, déclara Alexander, les yeux redevenus rouge sombre, je vais lui faire dire tout ce qu'il sait sur la Kindress.

Il regarda Sloane et Loch, et ajouta :

— J'apprécie tout ce que vous avez fait... Merci.

— C'est normal, répondit Sloane. Vas-y mollo avec Myers, d'accord ? Je suis sûr que Gronoch lui a lavé le cerveau. Peut-être y a-t-il de l'espoir pour lui, maintenant que son maître est mort.

Nous ne le tuerons pas, promit la voix de Rota.

Alexander se racla la gorge.

— Nous essaierons, en tout cas, mais je veux des réponses. Et j'ai beaucoup de questions !

— J'en ai une aussi, intervint Loch. Nous allons nous marier le jour d'Urilith, la déesse de la fertilité, alors peut-être...

En voyant le regard lourd qu'il posait sur Alexander, Sloane s'empressa d'intervenir :

— Non ! Même si j'ai laissé Rota utiliser mon corps pour embrasser Alexander, ça ne veut absolument pas dire que tu pourras faire une orgie !

Loch fit une moue déçue.

— Oh ? Tu n'es pas drôle !

— Non, je suis odieux.

Loch poussa un soupir dramatique.

— Tant pis, je vais devoir me contenter d'adorer ton adorable petit corps pour le reste de l'éternité.

Alors que Loch se penchait pour l'embrasser, Sloane ne put s'empêcher de demander :

— Tu es sûr que tu le supporteras ?

— Bien entendu, Briscoe, mon amour.

XIV

— ATTENDS, SOUPIRA Milo, je ne suis pas sûr d'avoir tout compris. Raconte-moi encore la légende de la Kindress.

Il était occupé à mettre la table pour le dîner.

Lynette fronça les sourcils.

— C'est assez compliqué.

Sloane se gratta le menton.

— C'est vrai. C'est une longue histoire.

Quelques jours s'étaient écoulés depuis la bataille d'Hazel, et la date du mariage approchait à grands pas. Les médias ne parlaient absolument pas d'un raid au centre de recherches médicales ni des gardes massacrés. Si Sloane n'était pas surpris que l'affaire ait été étouffée, il regrettait toujours n'avoir pu sauver personne.

Un vague entrefilet dans un journal spécialisé annonçait que Peter Myers, le PDG d'Hazel, prenait une retraite anticipée. Sloane se demanda si le médecin était en vie ou s'il s'agissait encore d'un mensonge politiquement correct. Si Alexander avait appris quelque chose du fidèle adorateur de Gronoch, il n'avait pas partagé ses informations.

Sloane n'avait pas revu le jeune homme ni Rota depuis la fin de la bataille. Il ignorait donc tout de leurs projets, mais il espérait bien qu'ils reprendraient contact s'ils avaient besoin d'aide.

Urilith était partie pleurer son fils, tout en promettant de revenir à temps pour organiser le mariage. Galgareth avait accompagné sa mère et veillé à ce que leurs corps humains soient rendus. Asta l'Asra ne donnait plus de nouvelles, Jay dormait toujours, caché dans le jardin secret. En son nom, Milo avait demandé un congé maladie longue durée, et Loch s'était beaucoup amusé en falsifiant les documents et attestations nécessaires.

Sloane appréciait ces quelques jours de calme, secrètement soulagé de n'avoir qu'un seul ancien dieu à gérer : le sien.

Loch et lui avaient invité Lynette et Milo à dîner afin de faire le point sur une semaine chaotique. Loch s'était absenté pour acheter de l'ail. Il ne revenait pas, et Sloane commençait à s'inquiéter – plus pour le personnel de l'épicerie que pour son fiancé.

Il vérifia sa sauce, qui cuisait à petits bouillons, avant de répondre à Milo :

— Tu sais que dans la religion Sagittaire, c'est Azaethoth le Grand qui a créé les divers mondes et les êtres qui les peuplent, *Azaethoth est le dieu qui a toujours été, qui est toujours, qui sera toujours.*

Lynette enchaîna :

— Il a pris son premier souffle et, dans ses mains, sont apparus ses jumeaux, Etheril et Xarapharos ; son deuxième souffle a créé les Asras et ainsi de suite.

— Je sais ! s'exclama Milo avec entrain, il y a eu les Vulgorians, les Eldress et… euh, tous les autres !

Sloane sourit, fier que Milo ait si bien étudié la religion des Sages.

— Nous, les humains, sommes les derniers êtres créés par Azaethoth le Grand. Mais si on en croit la légende de la Kindress, les jumeaux Etheril et Xarapharos ne seraient pas les premiers-nés.

Tout en regardant l'horloge murale, Sloane fouilla dans le placard. Il avait voulu de l'ail frais pour terminer son plat, mais vu que Loch ne revenait pas, il devrait se contenter d'ail séché.

— C'était qui, alors ? insista Milo.

Sloane saupoudra la sauce d'ail en poudre et remplit une autre casserole d'eau, qu'il mit à bouillir pour les spaghettis.

— C'était qui, alors ? répéta Milo.

— Pardon ?

— Qui était le premier-né d'Azaethoth le Grand ?

— Oh, oui, c'était la Kindress, un enfant constitué de la plus pure lumière qui soit. Malheureusement, il est mort. En sa mémoire, Azaethoth le Grand a créé les étoiles et il a versé des larmes qu'il a recueillies dans une fontaine.

Milo paraissait interloqué.

— Une fontaine… ?

Lynette s'assit à table en se frottant l'estomac.

— Oui, déclara-t-elle. Certains croient qu'il s'agit d'une fontaine de jouvence. D'autres prétendent son eau dangereuse et mortelle.

— D'autres, bien plus nombreux, affirment que la Kindress *est* la fontaine. Le problème, vois-tu, c'est que la légende a été écrite dans le langage des dieux et que les traductions varient d'une interprétation à l'autre.

— Cette Kindress, c'est une fille ou un garçon ?

— Aucune idée.

Milo regarda tour à tour Lynette et Sloane.

— Et Gronoch affirme avoir trouvé la fontaine ?

— Pas exactement, déclara Sloane, il prétend avoir caché là-bas le corps de Rota. Si c'est vrai, ça implique qu'il l'a trouvée.

Il resta un moment à réfléchir afin de se remémorer les paroles exactes de Gronoch. *Entre les étoiles et le voile du rêve, à la fontaine éternelle de la Kindress.*

Apparemment, la Kindress n'était pas la fontaine... Ce qui n'expliquait pas pourquoi Gronoch et ses acolytes tenaient tant à trouver cet endroit. Quoi qu'il en soit, plus Sloane y pensait, plus il avait un très mauvais pressentiment : cette fontaine devait être porteuse de catastrophes.

On tambourina soudain à la porte.

Arraché à ses réflexions, Sloane sursauta.

— Oh ! Quoi encore ?

Lynette leva un sourcil

— C'est peut-être Loch ?

Sloane essuya les mains sur un torchon et traversa l'appartement.

— Non, il ne frapperait pas, même s'il avait perdu ses clés, c'est un dieu. Il pourrait entrer.

— Bien sûr.

Sloane ouvrit la porte et le regretta immédiatement. Il recula même d'un pas devant la mine sinistre de l'inspecteur Chase, le beau visage du rouquin était tout crispé.

Sloane eut un petit rire qui sonnait faux.

— Euh... salut, Chas ! Je ne m'attendais pas... Comment va ?

Milo et Lynette approchèrent derrière Sloane et saluèrent gaiement l'inspecteur. Chase hésita.

— Slo, marmonna-t-il. Tu as des invités à ce que je vois, je ne vais pas te déranger longtemps, tu aurais une seconde à m'accorder ?

Sloane jeta un coup d'œil derrière Chase, mais ne vit personne dans le couloir.

— Où est ton partenaire, l'inspecteur Merrick ?

— Je suis venu seul, déclara Chase d'un ton un peu sec. Ma visite est... d'ordre personnel. J'ai tenu à te donner une chance de t'expliquer.

— Oh.

Sloane se tourna vers Lynette et Milo :

— Pourriez-vous surveiller ma sauce ? Je n'en ai pas pour longtemps.

169

Bien que soupçonneux, Milo hocha la tête.

— Bien sûr !

Lynette avait déjà disparu dans la cuisine. Sloane avança sur le palier et referma derrière lui la porte de son appartement avant de demander :

— Que se passe-t-il, Chase ?

Chase s'adossa au mur du couloir et croisa les bras.

— J'aimais bien travailler avec toi, Slo, j'ai trouvé lamentable la façon dont tu as été traité. Ce licenciement n'était pas justifié à mes yeux.

— Merci, répondit Sloane, mais c'est de l'histoire ancienne, je doute que tu sois venu aujourd'hui pour évoquer le passé. Que se passe-t-il ?

Chase afficha une mine faussement nonchalante, ses yeux étaient vifs et perçants.

— Figure-toi que j'ai vécu une semaine assez mouvementée, déclara-t-il. Juste après t'avoir croisé au salon funéraire Crosby-Ayers, Merrick et moi avons appris que la goule que nous étions venus examiner avait disparu... comme par magie. Le médecin légiste avait eu le temps de prendre les empreintes digitales du corps, nous les avons analysées et nous avons fait une découverte très intéressante : elles appartiennent à un individu tout à fait vivant.

Sloane sentit son estomac de tordre d'angoisse.

— Vraiment ? croassa-t-il.

— Oui, ce sont celles d'un sorcier, Lochlain Fields, que nous soupçonnons d'être un habile cambrioleur. D'après mes recherches, il vient de se marier et il est actuellement en voyages de noces. Je ne vois vraiment pas pourquoi il aurait créé une goule à son image, mmm ?

Sloane tenta de contrôler sa voix.

— Effectivement, ce serait très étrange.

— Et ce n'est pas tout, assura Chase. Figure-toi que Fields et son nouveau mari ont reçu récemment une propriété qui t'appartenait. Je présume que tu n'as pas oublié ? Tu l'as héritée du professeur Emil Kunst.

— C'était... euh... un ami de ma mère, marmonna Sloane.

— Oh, vraiment ? Pourtant, il l'a tuée. Tu nous as apporté sa confession écrite, ce qui nous a permis de clore un vieux dossier. Je me suis toujours demandé pourquoi Kunst, après avoir disparu pendant des semaines, avait fini par décéder dans son sommeil... et dans la maison qu'il t'a léguée.

Dans sa tête, Sloane revivait la scène : il vit briller la lame du couteau et le sang jaillir de la plaie.

— Il a eu une mort paisible.

— Vraiment ? D'après un rapport non signé, son cadavre décomposé a été retrouvé dans les bois.

— Oh !

Chase s'assombrit.

— J'ai enquêté, bien entendu. Figure-toi qu'aucun médecin légiste n'a vu le corps avant sa crémation. De plus en plus étrange, non ? Je me demande vraiment pourquoi un Sage très pratiquant a été incinéré.

Le cerveau court-circuité, Sloane chercha à assembler ses idées et à offrir un argument valide. Il savait que Chase n'avait aucune preuve solide contre lui, sinon il lui aurait déjà passé les menottes. Tout n'était que circonstanciel.

Avant que Sloane puisse ouvrir la bouche, Chase enchaîna :

— Pour conclure, j'ai une goule qui a mystérieusement disparu, goule qui porte les empreintes d'un cambrioleur en voyage de noces, cambrioleur dont l'adresse actuelle est celle d'un professeur décédé dans des circonstances suspectes, professeur dont le corps a été incinéré sans suivre la procédure et à l'encontre de ses croyances religieuses. Et devine le point commun à toutes ces anomalies ? C'est toi, Sloane Beaumont, conclut Chase avec une grimace.

Sloane chercha une réplique intelligente. Il n'en trouva pas.

— Ah.

— Je déteste l'idée d'entraîner Milo dans cette affaire foireuse, ajouta Chase, mais je sais que la future mère de son bébé est la sœur de Lochlain Fields, une sorcière sur laquelle nous avons également un épais dossier. Même si nous n'avons encore rien pu prouver, elle est soupçonnée de pratiquer la nécromancie.

Cette fois, Sloane resta muet.

Chase se pinça l'arête du nez.

— Qu'est-ce qui se passe, Slo ? insista-t-il. Parle, c'est important !

Le souffle court, pris de panique, Sloane se tordit les mains.

— Je ne peux... pas... haleta-t-il. Tu ne me croirais pas, d'ailleurs, c'est tellement dingue !

— Sloane, insista Chase, sur un ton durci. Cette histoire pue. Tu vas devoir me fournir des explications !

— Euh...

Je suis fiancé à un ancien dieu qui a pris le corps du cambrioleur dont tu parles après qu'il a été assassiné pour un morceau de totem... Oui, c'est difficile à croire, même dans ma tête !

— C'est… c'est vraiment compliqué.

— S'il te plaît, donne-moi quelque chose, insista Chase. Je veux t'aider !

Sloane en était conscient : voilà pourquoi Chase était venu seul.

Il cherchait toujours comment formuler sa réponse quand l'ascenseur tinta. Les portes s'ouvrirent, et Loch sortit de la cabine, un sac d'épicerie à la main, un faux palmier sur le dos.

Sloane ouvrit de grands yeux. La dernière fois qu'il avait vu ce palmier, c'était dans le hall de leur épicerie locale. Il étouffa un cri d'angoisse.

— J'ai eu quelques difficultés, déclara Loch, d'une voix tonitruante. N'aie pas peur, tout va bien. Je suis sorti victorieux de cette échauffourée.

Chase fixa Loch avec perplexité.

— Je ne vous ai pas reconnu l'autre jour au poste, mais vous êtes Lochlain… Lochlain Fields ? Non, c'est impossible, j'ai vérifié, il est à l'étranger ! Putain, que se passe-t-il ?

Il leva les mains et hurla :

— Et pourquoi portez-vous ce putain d'arbre ?

Loch avança vers eux, l'air très fier de lui. Il déposa l'arbre devant la porte de Sloane et en tapota le tronc.

— Ah ! C'est une histoire des plus vaillantes ! Mon compagnon bien-aimé m'avait chargé d'une quête importante, lui rapporter de l'ail frais…

Sans écouter ces rodomontades, Chase toisait Sloane.

— Qui est-ce ? grogna-t-il, le doigt pointé sur Loch. Lochlain Fields ou la maudite goule du salon funéraire ?

— Je suis… commença Loch.

Sloane lui plaqua la main sur la bouche.

— Mon amour, mon chéri, tais-toi, je t'en supplie.

— Mmm, mmmm hmmmph ?

— Sloane ! Réponds ! tonna Chase.

Sloane se voûta.

— C'est la goule, admit-il, mais c'est beaucoup plus compliqué que ça !

Loch arracha de sa bouche la main de Sloane.

— J'ai croisé à l'épicerie de vils démons à la langue fourchue ! protesta-t-il. J'ai trouvé dans un pot de l'ail prétendument italien, mais il venait de Spirit Lake ! Ce n'est pas en Italie, c'est dans l'Idaho !

— Vous confirmez ne pas être Lochlain Fields, monsieur ? demanda Chase.

— Cela n'a aucune importance ! grogna Loch. Je veux parler de ces voleurs d'épiciers !

— Loch ! cria Sloane.

— Répondez à la question, monsieur ! s'emporta Chase.

Loch fronça les sourcils, puis il tourna vers Sloane un regard éberlué :

— Rappelle-moi son nom ? Et que fait-il tout seul avec toi dans le couloir ?

Chase brandit son insigne avec une grimace sévère.

— Je suis l'inspecteur Elwood Chase, de la police d'Archersville. Maintenant, répondez, êtes-vous Lochlain Fields ?

— Non, rétorqua Loch avec impatience. Je suis Azaethoth le Petit, frère de Tollmathan, de Gronoch, de Xhorlas et de Galgareth, fils de Salgumel, lui-même engendré par Baub, l'enfant de Zunnerath et d'Halandrach, nés d'Etheril et Xarapharos, les descendants directs d'Azaethoth le Grand.

Sloane retint un gémissement.

Chase, lui, se figea.

Loch enchaîna avec hauteur :

— Bien entendu, j'ai signalé haut et fort cette publicité frauduleuse, les commis ont réagi avec une grande impolitesse. En guise de rétribution, j'ai pris cet arbre sur lequel il était écrit : «Bienvenue à notre aimable clientèle». Je ne me suis pas du tout senti le bienvenu dans ce commerce ! Sloane, je t'ai apporté ce que tu m'avais demandé, tout est dans le sac !

— Merci, marmonna Sloane.

Il jeta à Chase un regard inquiet.

— Ne fais pas attention à lui, c'est un joyeux plaisantin, un farceur un peu lourd, pas vrai, Loch ?

— Mais, Sloane, je dis la vérité ! Je suis un dieu !

Sloane regarda sa montre.

— Mon dieu, il est tard ! Lynette doit être affamée. Il va falloir que je vérifie où en sont mes plats. À la prochaine, Chase !

Chase grimaça.

— Non, Sloane. Tu sais comme moi que les goules sont illégales. Et leurs complices sont tout aussi coupables que les nécromanciens qui les ont créées. Je suis désolé, tu vas devoir m'accompagner au poste. Tu es en état d'arrestation. Je demande de ce pas qu'une voiture de patrouille vienne nous chercher.

— Qu'est-ce qu'il raconte ? demanda Loch. Ce n'est pas le moment d'aller au poste, Sloane, nous avons des invités.

— *Azaethoth*, persifla Chase, son ton indiquant clairement qu'il ne croyait pas un mot des allégations de Loch, vous venez également avec nous. Ne me forcez pas à user de la force.

Soudain, Loch éclata de rire. Il se plia en deux, les yeux mouillés de larmes. Il riait si fort qu'il dut poser son arbre et s'y accrocher.

Sloane se demanda s'il aggraverait son cas en étranglant son fiancé sous les yeux de Chase.

— Loch ! Tu es devenu fou ? L'affaire est grave, putain ! Nous sommes sur le point d'être arrêtés tous les deux !

Loch s'essuya les yeux et tenta de retrouver son souffle.

— Pfft ! Tu t'inquiètes trop, mon amour.

Un de ses tentacules, jailli comme par magie, effleura Chase au milieu du front.

— Qu'est-ce que…

Chase ne put en dire davantage. Les yeux révulsés, il s'effondra sur le sol. Un portail s'ouvrit sous lui, Chase disparut.

— Loch, qu'as-tu fait ? haleta Sloane.

— J'ai tout arrangé ! se récria Loch. Maintenant, il ne nous embêtera plus. Nous pouvons aller dîner.

— Qu'as-tu fait ? répéta Sloane.

— J'ai effacé sa mémoire, répondit Loch. Il va se coucher, dormir et, demain matin, il ne rappellera rien de ce qui s'est passé ici ce soir.

Sloane restait inquiet :

— Où l'as-tu envoyé via ce portail ?

Loch esquissa un clin d'œil.

— Là où il sera en sécurité !

— S'il s'agit encore du bureau de poste, je ne réponds plus de moi !

Loch perdit son sourire.

— La Poste ? Quelle idée ! Ce sont des incapables et des fumistes, on ne peut rien leur confier. Non ! J'ai envoyé ce petit inspecteur dans son lit, chez lui.

Sloane passa la main dans les cheveux.

— D'accord, d'accord, c'est une bonne idée. Quand même… je me sens très mal. Chase a toujours sympa avec moi. Je… Attends un peu !

Il se figea et toisa Loch d'un œil soupçonneux.

— À son domicile, vraiment ? ajouta-t-il. Comment connais-tu son adresse ?

Loch eut un sourire rayonnant.

— Je l'ai trouvée dans son portefeuille.

— Tu as volé son portefeuille ? Rends-le-lui ! Tout de suite !

Il pointa le sol, là où Chase avait disparu.

Avec un soupir douloureux, Loch ouvrit un autre portail et y jeta le portefeuille.

— Je ne comprends pas du tout ta colère, mon amour, je cherchais simplement à te satisfaire. Tu ne cesses de me seriner que je ne dois pas révéler ma nature divine pour ne pas provoquer une vague de panique et une crise hystérie religieuse. Effacer la mémoire de ce fouineur m'a semblé la solution la plus rapide. En plus, je voulais t'éviter d'être arrêté.

Les jambes coupées, Sloane vacilla. Loch le retint.

Sloane s'appuya contre lui.

— Et si Chase revient parce qu'il refait la même enquête et bute sur les mêmes indices ?

Loch lui embrassa les cheveux.

— Je lui effacerai de nouveau la mémoire ! Ne t'inquiète pas, mon doux Briscoe, tout est sous contrôle.

Un hurlement venant de l'intérieur de l'appartement les fit sursauter.

— C'est Lynette ! s'affola Sloane. Que se passe-t-il encore ?

Il s'arracha aux bras de Loch, invoqua un bouclier de lumière des étoiles et déboula dans son appartement, les bras levés, prêt à se battre.

Il trouva Lynette dans une position identique à la sienne : elle brandissait un siège, les bras levés au-dessus de sa tête.

Milo essayait de lui arracher son arme improvisée, tout en la protégeant de son corps.

La « menace » était au centre de la table.

— Lyn ! cria Milo. Pose cette chaise ! Tu ne dois rien soulever de lourd ! Pense au bébé !

— Asta ? hoqueta Sloane.

Il laissa son bouclier se dissiper.

Sans se soucier de l'agitation dont il était la cause, l'Asra, assis en plein milieu de la table, sous sa forme humaine et totalement nu, boulottait avec avidité une assiette de spaghettis.

Il sourit à Sloane et Loch et agita la main.

— Salut, les filles !

Loch poussa un cri écœuré et referma la porte derrière eux.

— Encore lui !

— Où étais-tu ? demanda Sloane. Pourquoi t'obstines-tu à vivre nu ?

175

— Qui est-ce? gronda Lynette. Que veut-il? Et pourquoi mange-t-il mes pâtes?

Asta se releva souplement, il quitta la table et fonça vers le frigo.

— Je suis un Asra, jolie madame, je veux du parmesan râpé et je mange parce que j'ai faim.

Lynette baissa enfin le siège qu'elle brandissait toujours.

— Oooh! C'est un Asra… *l'Asra*? Asta?

— Oui! répondirent ensemble Sloane, Loch et Asta.

Sloane jeta un tablier de cuisine au visage d'Asta.

— Mets-le! Un peu de décence, s'il te plaît. Tu ne m'as pas répondu : où étais-tu? Pourquoi n'es-tu pas revenu plus vite?

Asta enroula le tablier autour de ses hanches.

— Hé, t'es gonflé! Je suis revenu. Je crois même me souvenir de t'avoir aidé à combattre un dieu.

— Oui, mais tu as filé juste après en nous laissant Jay sur les bras!

— J'avais une urgence, grogna Asta, je devais rapporter les os de ma famille. Bon, qu'est-ce que j'ai raté? Qu'avez-vous fait de mon pote?

— Tu parles de Jay, je présume? grommela Sloane. Nous n'avons pas réussi à le réveiller. Je te signale que tu l'as endormi avec un sort asran!

— Ah, oui, c'est vrai, je suis le seul à pouvoir lever l'enchantement. Où est Jay?

Sloane se tourna vers son fiancé.

— Loch? Pourrais-tu…

— Oui, mon amour. Je vais chercher le petit Muet mortel.

Avant de disparaître, Loch pointa un doigt vers Asta.

— Ne t'avise pas de toucher à mes gressins pendant mon absence!

— Moi? ricana Asta. Jamais! Tu me connais.

Il versa une bonne portion de parmesan dans son assiette et se remit à manger.

Une fois Loch disparu, Sloane demanda d'un ton hésitant :

— Alors, ces ossements… c'étaient ceux de ta famille?

Asta fit la grimace.

— Oui. Nous n'avons pas réussi à reconstituer tout le monde, vu que Gronoch et ses acolytes ont utilisé en priorité les os les plus anciens. Cependant, j'ai eu Maman et une bonne moitié de Grand-père. C'est mieux que rien.

— Comment ont-ils pu voler ces os? Je croyais que les dieux étaient interdits de séjour à Xénon.

— Ils avaient des complices, répondit Asta, mon père a découvert que certains de ses conseillers volaient nos os sacrés et couvraient leurs traces en assassinant à tour de bras. J'ai tout raté en faisant du baby-sitting auprès de Jay. Waouh! Mon père s'est même laissé manipuler par un professeur fantôme pète-sec et hyper arrogant, qui s'est auto-proclamé «Conseiller spectral des affaites royales occultes».

Sloane tressaillit. Un professeur hyper arrogant? Serait-ce...

Non, impossible.

Et pourtant, quand les dieux et les monstres étaient impliqués, mieux valait vérifier.

— Ce professeur dont tu parles... serait-ce Emil Kunst?

Asta fit un bond.

— *Kunst*? Oui, c'est lui! Quel nom ridicule! Kunst, ça ressemble à «consté», non?

Sans relever cette incongruité, Sloane demanda :

— Parle-moi de Kunst. Comment va-t-il? Est-il... heureux?

Asta éclata de rire.

— Heureux? Oui, j'imagine, il cherche à prendre la mainmise sur le royaume et rend mon père dingue. Je jurerais qu'il prend son pied spectral dans les grandes largeurs.

Sloane fut incroyablement soulagé de l'entendre. Une partie de la culpabilité qu'il portait sur ses épaules depuis le sacrifice du professeur s'en trouva allégée.

— Merci, Asta.

— De rien.

Asta lui jeta un coup d'œil avant de reprendre son assiette – et le reste du parmesan.

Sloane croisa les bras.

— Maintenant, dis-moi ce que tu as fait de Ted, le colocataire de Jay. C'est la première question que Jay posera une fois réveillé, je ne veux pas qu'il panique!

Asta gémit.

— Bon, j'avoue que j'ai été un peu distrait! En quittant ton bureau, j'ai suivi la tournée des Backstreet Boys... Ne tire pas cette tête! Ils sont géniaux, c'était l'occasion d'une vie... Bref, j'ai perdu quelques jours et, quand je suis enfin retourné sur Xenon, j'ai appris que nos tombes avaient été pillées, les os volés pour le compte de Gronoch. Mon père m'a dit

177

aussi que les Muets passaient en masse sur le pont, alors je me suis un peu inquiété pour Jay.

— Oh?

— Eh bien, il était évident qu'il y avait conspiration. Bref, je vous ai cherchés et, quand je vous ai enfin rejoints, vous étiez mal barrés, j'ai dû combattre un dieu. Ce serait sympa de ne pas l'oublier!

— Pourquoi n'es-tu pas resté auprès de Jay? insista Sloane.

— Pour me remercier de mon aide précieuse, la moindre des choses serait de me donner un gressin.

Levant les yeux au ciel, Sloane lui en passa un.

— Maintenant, réponds, pourquoi n'es-tu pas resté auprès de Jay?

Asta soupira.

— Parce que j'ai jugé plus urgent de récupérer les os de ma famille. Jay dormait, il ne risquait rien avec Azzy et toi. Je suis revenu dès que j'ai pu!

— D'accord, parlons maintenant du colocataire. Il faut que tu le ramènes, tout de suite!

— Je ne peux pas.

— Pourquoi? marmonna Sloane, sceptique.

— Il est occupé.

Sloane grinça des dents et s'exhorta à la patience.

En revanche, Lynette ne put retenir sa curiosité plus longtemps.

— Occupé à quoi?

Asta avait terminé son gressin. Il fixait le paquet avec avidité.

— À se marier, répondit-il. Ted a fait une très grosse impression sur le roi Grell. Alors il va l'épouser.

Sidéré, Sloane cligna des yeux.

— Quoi? C'est une plaisanterie?

— Non.

Lynette tapa dans ses mains.

— Génial! Ted se marie avec le roi, il va être prince consort! Oh, comme c'est romantique!

Milo chuchota:

— Je n'ai rien compris. Qui est Ted? Qui épouse-t-il?

Sloane lui jeta un regard vitreux.

— Ted est un humain, c'est... c'était le colocataire de Jay, euh... je ne connais même pas son nom entier.

— Tedward d'Eon, répondit Asta avec un reniflement méprisant, le Chat-Shooter et mon futur beau-père. N'est-ce pas risible?

178

— Comment ça, ton beau-père ? protesta Sloane. Tu viens de dire que Ted épousait le roi Grell !

Asta éclata de rire.

— Comment, tu n'as pas encore compris ? Le fils du roi Asran, ce prince Elysian si sage et puissant dont je t'ai parlé, c'est moi.

— Par tous les dieux ! Tu nous as menti !

— Pas du tout. Je ne vous ai pas tout dit, c'est totalement différent !

Au même moment, Loch réapparut avec Jay, qu'il laissa tomber sur le canapé.

— Qu'est-ce que j'ai raté ?

— Asta est un prince de Xenon, et le roi Grell épouse Tedward, répondit Sloane.

— Qui est ce Tedward ?

— Le colocataire de Jay, ta déité, déclara Milo.

Asta abandonna son assiette vide et traversa le salon pour s'agenouiller près du canapé. Il passa la main sur les cheveux de Jay.

— Merci… d'avoir bien pris soin de lui.

Sloane sourit.

— C'est normal.

Milo fronça les sourcils et regarda autour de lui.

— Au fait, où est passé Chase ? Que te voulait-il, Sloane ?

Sloane grimaça.

— C'est un peu compliqué. Il avait compris que Loch était une goule, il comptait m'arrêter, alors Loch lui a effacé la mémoire et l'a fait passer par un portail… Maintenant, Chase est chez lui.

— Oh, merde !

— Tout va bien.

Milo n'avait pas l'air convaincu.

Asta releva la tête.

— Jay est myope comme une taupe, il lui faut ses lunettes.

Il claqua des doigts, une paire de lunettes se matérialisa. Il les posa doucement sur le visage de Jay.

— Là.

Sloane repéra un reflet autour du cou de Loch. Il fronça les sourcils.

— Loch, qu'est-ce qui brille à ton cou ?

Loch brandit fièrement un insigne de police.

— C'est chouette, hein ?

— Où as-tu trouvé cet insigne ? cria Sloane.

179

— Oh ! Je l'ai volé à l'inspecteur Chase quand il a essayé de nous arrêter.

— Tu dois lui rendre !

Quand il essaya de le récupérer, Loch le brandit très haut au bout d'un de ses tentacules.

— Mais j'aime cet insigne !

— Si tu me le rends, je te laisse garder l'arbre que tu as volé.

— Hmm…

— Qu-qu'est-ce qui se passe bordel ? cria une voix, totalement affolée.

Jay s'était assis, mais il essayait de se fondre dans le canapé. Ses yeux horrifiés étaient fixés sur les tentacules de Loch.

— C'est Azzy, répondit Asta avec dédain. Ne te soucie pas de lui. Jay, comment vas-tu ?

— Qui êtes-vous ?

— Tu ne me reconnais pas ?

— M. Ben ? C'est toi ?

— Oui. Euh… Surprise, surprise !

Après un moment de silence stupéfait, Jay effleura les lunettes de soleil d'Asta.

D'un geste preste, Asta attrapa la main tendue vers lui, mais, loin de repousser Jay, il entrelaça ses doigts aux siens. Et le geste n'était pas prémédité, car Asta parut aussi sidéré que Jay.

Sloane gesticula pour signaler à Loch de cacher ses tentacules.

Puis il avança vers son client et déclara :

— Nous avons beaucoup à vous expliquer, M. Tintenfisch.

— Si tu veux, je lui efface la mémoire, chuchota Loch sans aucune discrétion. Une fois encore, je sauve la situation ! Problème résolu !

— Non ! grogna Sloane.

Jay se frotta les yeux

— Je ne suis pas certain d'être éveillé, reconnut-il. S'agit-il d'un rêve ? Oh, Milo, c'est bien toi ?

Milo agita joyeusement la main.

— Oui, mec, en chair et en os !

Jay poussa un cri.

— Oh, comme j'ai mal à la tête ! Je suis venu voir Sloane Beaumont pour… Ted ! Où est Ted ? Avez-vous retrouvé Ted ?

Asta se mit debout et tendit la main pour aider Jay à se redresser.

— Je sais où est Ted, Jay, annonça-t-il. Si tu veux, je t'emmène le voir. Tu constateras par toi-même qu'il se porte très bien.

Le visage de Jay devint rouge vif.

— M. Ben ? Pourquoi… pourquoi ne portes-tu qu'un tablier ?

Asta lui fit un clin d'œil.

— Je préfère la nudité. As-tu déjà sauté à travers un portail en costume d'Adam ? C'est jouissif !

— Sauter… à travers *quoi* ?

Sloane désigna la table.

— Euh, les gars, ça vous dit de dîner avec nous ? Nous avons amplement assez pour…

— Sloane ! s'offusqua Loch. Tu lui as donné un de mes gressins !

— Arrête avec ça, Loch, nous irons en racheter, un point c'est tout !

— Non, pas dans cette épicerie de la Cinquième Rue, répondit Loch. Je crains qu'ils aient très mal pris que j'emporte leur arbre publicitaire.

— En plus, l'Asra a boulotté tout le parmesan ! ajouta Lynette.

Sloane tira une chaise pour Jay.

— Asseyez-vous, Jay, respirez un grand coup, et je vais tenter de vous expliquer ce que nous avons traversé.

Jay passa les mains dans ses cheveux.

— Avant cela, pourriez-vous m'indiquer la salle de bain ? Je dois vraiment vider ma vessie !

— Viens, Jay, suis-moi, déclara Milo.

— Moi, je vous prépare un verre, ajouta Sloane, croyez-moi, vous allez en avoir besoin.

Il passa dans la cuisine, sortit d'un placard une bouteille de whisky et en versa une rasade dans un verre, pendant que Milo montrait à Jay où se trouvait la salle de bain.

Quand Jay revint, il s'assit à table et prit une grande gorgée de whisky. Ensuite, il releva la tête et fixa ses vis-à-vis.

— Je vous écoute.

— Bien, commença Sloane, ce bel homme est en réalité Azaethoth le Petit. Oui, un dieu. Tout ça a commencé l'an dernier, à Dhankes, lors d'une fête d'Halloween où je suis allé…

Il raconta à Jay sa rencontre avec Lochlain, le meurtre du jeune homme le soir-même, ce qui avait incité Azaethoth à emprunter son corps, la visite de l'ancien dieu courroucé à l'agence Beaumont et l'enquête qu'ils avaient menée ensemble.

Sloane fit son possible pour empêcher Loch d'intervenir et de révéler les détails les plus intimes de leur relation amoureuse. Jay écouta avec attention, il posa souvent des questions et demanda deux fois que son verre soit rempli. Sloane arriva enfin aux sinistres projets de Gronoch concernant les Muets de sang AB négatif.

En apprenant qu'il avait été ciblé par un monstre, Jay se mit carrément à biberonner la bouteille.

Quand Sloane se tut enfin, Jay haleta et tenta de résumer de la situation.

— Si j'ai bien compris, Gronoch comptait utiliser les os asrans pour arracher l'âme d'un dieu à son corps et la lier au mien pour faire de moi une arme pour combattre les autres dieux ? Bataille qui sera inévitable, si ces fanatiques parviennent à réveiller Salgumel, parce que ce dernier cherchera à détruire le monde et que tous les dieux avec du bon sens s'opposeront à lui ?

— Oui, exactement, soupira Sloane.

— Merde, alors ! marmonna Jay.

Il jeta un coup d'œil à Asta, assis sur le bord de la table à côté de lui, vêtu du tablier de Sloane.

— Et M. Ben n'est pas un vrai chat, ajouta-t-il.

Asta fit claquer sa langue.

— Non, répondit-il. Je suis un prince Asra, le fils du roi Asran de Xenon.

— Tu as eu une vision, ce qui t'a poussé à venir sur Eon me protéger ?

— Peut-être.

— C'est exact, répondit Sloane, et Asta a aussi eu un différend avec Ted, votre colocataire.

Asta balança ses jambes.

— *C'est exact*, singea-t-il avec insolence. Cet enfoiré a commis l'erreur de me balancer un coup de pied immérité, alors je l'ai envoyé sur Xenon à travers un portail.

Sloane soupira.

— C'était inconscient de ta part, maugréa-t-il. Et maintenant, Ted va épouser le roi d'Asra.

— C'est répugnant, si vous voulez mon avis, se plaignit Asta. Mon propre père, avec ce chat-shooter ?

— Je n'arrive pas à y croire ! s'exclama Jay. Ted n'est pas prisonnier, alors ? Il est heureux ? Et il va bien ?

— Oui, répondirent en même temps Sloane et Asta, mais pas *du tout* sur le même ton.

Jay se pencha en arrière sur sa chaise et inspira lentement.

— C'est dingue, complètement dingue ! Je crois aux anciens dieux, bien entendu, mais jamais je n'aurais imaginé en rencontrer un... et encore moins le regarder manger des pâtes.

Loch faisait tournoyer ses spaghettis autour de sa fourchette.

— La vie se montre souvent imprévisible, enfant mortel, convint-il. Je suis venu sur Eon punir un meurtrier et j'ai rencontré mon compagnon d'éternité !

Le silence retomba un long moment.

Puis Jay reprit la parole :

— Je repense à cette histoire incroyable que vous m'avez racontée, Sloane, qui d'autre est au courant ?

Sloane compta sur ses doigts :

— Loch et moi, vous et Asta, Milo et Lynette, Lochlain, le frère de Lynette, et Robert, son mari...

Lynette s'éclaircit la gorge.

— Et Fred.

— Bien sûr ! s'excusa Sloane. J'avais oublié notre ami Fred ! Voilà, je crois que c'est tout...

— Non, corrigea Lynette, il y a aussi Ell, le mignon petit docteur goule de Fred. Et le Muet de chez Hazel, Alexander, je crois. Et le dieu auquel il est lié.

— Oui, c'est exact, admit Sloane, penaud. Qui d'autre, Lynette ?

Elle sourit et se frotta le ventre.

— Mon bébé, ajouta-t-elle. Est-ce qu'il compte ?

Milo s'approcha d'elle et posa sa main sur celle de Lynette.

— Je ne crois pas, déclara-t-il gentiment. D'après ce que j'ai lu, un fœtus n'entend pas avant dix-huit semaines de gestation, nous avons donc un peu de temps.

Jay tressaillit.

— Vous êtes enceinte, Lynette ? Milo va être papa. Waouh ! Bravo ! Toutes mes félicitations !

Lynette lui adressa un sourire rayonnant.

— Merci !

Sloane gloussa.

— Pour en revenir à notre liste d'initiés, je crois que c'est tout, cette fois.

Milo sourit.

— Je trouve que ça reste un club très exclusif. Nous allons l'appeler le SSS.

— Pardon ? Ça veut dire quoi ?

— Le club des Sages Super Secret, expliqua Milo. J'envisage de faire imprimer des tee-shirts.

Jay eut un petit rire nerveux.

— Si c'est le cas, Milo, prévois-en un pour Ted. Le pauvre ! Quel choc il a dû avoir en arrivant sur Xenon !

— Si tu veux, Jay, proposa Asta, on peut passer le voir. Le portail est rapide. Il y en a pour cinq minutes.

— Oh, oui !

Jay se leva un peu vite. Il vacilla – il avait bu une énorme quantité de whisky –, mais Asta avança pour le stabiliser.

— Holà, camarade !

Jay lui offrit un sourire timide.

— Merci, M. Ben… euh, Asta. C'est juste pour le plaisir de revoir Ted, tu sais, je suis certain qu'il va bien, je te fais confiance…

— Tu ne devrais pas, marmonna Loch.

Jay ne l'écoutait pas, il regardait Asta, l'œil vitreux.

L'Asra se débarrassa du tablier, qu'il jeta à Sloane, et adressa à Loch un sourire plein de dents.

— Bye, Azzy. Bye, Sloane. Au fait, la famille royale d'Asra vous doit une fière chandelle, si vous avez un jour besoin d'un coup de main, nous répondrons présents.

— Moi, j'aimerais bien un gâteau ! s'exclama Loch avec entrain.

— Loch ! grogna Sloane. Je… je…

Il avait essayé de ne pas mater le corps nu du jeune Asra. En vain. Du coup, ses soupçons se trouvaient confirmés : Asta avait bel et bien deux queues.

Sidéré par cette bizarre révélation anatomique, Sloane en perdit la voix.

— Tu m'avais promis un gâteau, mon amour ! protesta Loch.

— Je t'en apporterai un plus tard, c'est promis.

Rasséréné, Loch posa le bras sur les épaules de Sloane et le serra contre lui.

Jay leur offrit un grand sourire sincère.

— Je vous remercie infiniment, vous avez résolu la disparition de mon colocataire et vous m'avez protégé d'un terrible danger. J'ai encore du mal à réaliser ce qui s'est passé, mais je vous suis très reconnaissant.

— De rien, Jay, déclara Sloane avec affabilité. C'est mon métier.

— Et vous recevrez notre facture par la Poste, ajouta Loch.

Sloane lui donna un coup de coude.

— Aïe, protesta Loch. Pourquoi es-tu aussi brutal envers moi ? Je vais finir par prendre la bouche.

— On dit la « mouche », pas la « bouche », souffla Sloane. Prendre la mouche.

Loch le toisa, l'air éberlué.

— Que veux-tu que je fasse d'une mouche ? Ta bouche, en revanche… mmm…

Sloane gémit tout en agitant la main vers Asta et Jay.

— Chut ! Loch, tiens-toi bien, s'il te plaît, nos invités s'en vont. Bon séjour sur Xenon, Jay. Prenez soin de vous !

Milo, qui s'était approché, envoya à Jay une grande claque dans le dos.

— Il te reste une semaine de congé, déclara-t-il. Profites-en pour te reposer.

— Quel congé ?

— Ah, oui, j'ai oublié de t'en parler ! Il a bien fallu que je justifie ton absence au boulot ! J'ai donc rempli un dossier bidon d'absence maladie longue durée ! Quand tu reviendras lundi prochain, ne sois pas trop bronzé, d'accord ?

Jay lui serra très fort la main.

— Merci, Milo.

Il se tourna et serra la main de Lynette, mais bien plus doucement.

— Bravo pour le bébé ! Je suis sûr que Milo sera un super papa !

— Je sais, répondit Lynette. Faites bien attention à vous sur Xenon, d'accord ?

— Oui, madame.

— Je le ramènerai entier, c'est juré, déclara Asta.

Il prit Jay par la main et ouvrit un portail. Avant d'y sauter, il eut un sourire narquois, il regarda Soane et Loch par-dessus ses lunettes de soleil et déclara :

— Merci de m'avoir aidé à sauver le monde. À plus, les filles.

Une seconde après, Asta et Jay avaient disparu et le portail se refermait derrière eux avec un éclair lumineux et un *« pop »* sonore.

— Putain ! souffla Sloane.

Il repoussa son assiette et se laissa tomber dans un siège, les bras sur la table, la tête dans les mains.

Milo lui tapota le dos.

— Tu reçois super bien, Slo ! L'animation au dîner a été des plus originales !

Lynette battit des mains.

— Je confirme ! Un flic, un chat nu, un portail magique, la soirée a été fascinante ! Dix sur dix, je recommanderai cette adresse sans hésiter.

Loch s'installa à côté de Sloane.

— Moi, j'ai volé un arbre, déclara-t-il avec fierté.

Lynette gloussa.

— Je suis impatiente de revoir Lochlain et Robert ! Nous avons tant à leur raconter ! Ils n'en croiront pas leurs oreilles !

Sloane releva la tête avec un sourire ironique.

— Pourquoi pas ? C'est déjà ce que nous avions fait la dernière fois, tué un dieu et déjoué une tentative de détruire le monde !

Lynette sourit en se frottant le ventre.

— Il y a aussi mon bébé, ça, c'est nouveau !

— Et nous avons rencontré un Muet capable de pratiquer la magie, ajouta Milo. Ça, c'est rare !

— Et Sloane lui a roulé un patin, déclara Loch. Ça, c'est gonflé !

Milo en resta comme deux ronds de flan.

— Slo ! C'est vrai ? Tu as embrassé Alexander ?

Sloane gémit et laissa sa tête retomber sur la table avec un gros « *boum* ».

— Oh, mon Dieu. Loch, s'il te plaît, arrête de parler !

— Il l'a embrassé, insista Loch, d'un air salace. J'étais là, j'ai tout vu ! Il a mis la langue.

— Azaethoth ! hurla Sloane.

Sentant enfin l'exaspération de son fiancé, Loch s'agita.

— Quoi ? C'est vrai ! Puis-je garder le badge ?

Sloane lui jeta un regard suspicieux.

— Si j'accepte, tu te tais ?

— Probablement.

— Alors, oui. Tu peux le garder.

— Oh, comme je t'aime, mon cher Briscoe !

Loch brandit tous ses tentacules et attira Sloane sur ses genoux pour un baiser plein d'adoration.

Incapable de retenir un rire, Sloane se détendit et embrassa son fiancé.

— Je t'aime aussi.

Loch releva la tête.

— Pour toujours ?

— Et au-delà.

XV

— Sloane ? s'écria Urilith.

— Oui ?

— C'est l'heure. Es-tu prêt, mon petit amour ?

Elle lui serra gentiment les mains. Elle avait repris le corps humain de Toby, portait une robe fluide et ses cheveux épais étaient tressés en arrière et entremêlés de fleurs fraîches.

— Oui, croassa Sloane.

D'une main nerveuse, il lissa sa tenue. Il portait une veste noire, une chemise du même ton et une cravate violette assortie à son kilt. En mémoire d'Azaethoth le Grand, ce violet profond était la couleur traditionnelle du mariage chez les Sages. Sloane s'était peigné au moins trois fois et il s'inquiétait d'avoir abusé de son eau de toilette.

Voir Urilith à ses côtés et savoir qu'elle allait l'emmener au jardin pour son mariage le mettait dans tous ses états. Il inspira profondément, hésita et essaya de trouver les mots justes, mais quand même, il s'apprêtait à épouser Azaethoth, le plus jeune fils de la déesse, après avoir tué ses deux aînés.

Sloane se sentait très mal à l'aise, très coupable.

— Sloane, déclara sa future belle-mère d'une voix douce. Je te pardonne.

Sous l'effet de la surprise, il ne put s'empêcher de demander :

— Comment saviez-vous à quoi je pensais ? Pouvez-vous lire dans mon esprit ?

Elle gloussa.

— Non. Mais je sais quand tu es troublé et la cause de ton émoi est évidente. Tu es pardonné, mon cher enfant. Gronoch a refusé le salut, comme Tollmathan l'avait fait avant lui. Je ne te tiens pas rigueur de leur disparition.

Elle l'embrassa sur le front pour sceller sa promesse.

Sloane soupira de soulagement.

— Merci. Hallmark n'a pas prévu de carte pour de telles occasions, vous savez.

Elle ne releva pas son étrange référence culturelle. Elle sourit, les yeux très intenses.

— Attention, cependant, enfant, ajouta-t-elle avec fermeté. Si tu commets la folie de briser le cœur d'Azaethoth, je te promets que ma colère se déclenchera sur toi.

— Bien sûr, vous êtes sa mère, c'est normal.

Urilith hocha la tête.

— Maintenant, viens, il est temps.

Ils passèrent ensemble à travers un portail et réapparurent dans le jardin, au beau milieu d'une végétation luxuriante. Une petite foule déjà assemblée les attendait, et Sloane reçut instantanément un accueil chaleureux, bourrades, accolades et étreintes variées.

Lochlain et Robert, revenus de voyage de noces, étaient parmi les invités, Robert ayant arraché à son époux la promesse ne pas évoquer un éventuel cambriolage pour ne pas distraire Loch de sa lune de miel.

Lynette étouffa Sloane de baisers, et Milo l'étreignit si fort qu'il faillit lui briser les côtes. Étonnamment émotif, son meilleur fondit en larmes en assurant à Sloane être très heureux pour lui.

Plus discret, Fred marmonna des félicitations pleines de sincérité. Il était accompagné d'un beau jeune homme qu'il appelait Ell.

Sloane reconnut le docteur de goule qui soignait Fred, il l'avait rencontré au mariage de Lochlain et de Robert. Il se souvenait même vaguement de son nom.

— Elliot Brown, c'est ça ?

— Eh bien, non, pas vraiment, c'est juste un alias que j'utilise quand je suis…

Apparu soudain à côté de Sloane, Loch interrompit Ell en demandant à Fred :

— Oh ! Je comprends ! C'est pour honorer dignement ce charmant mortel que tu voulais me monter ton pénis !

Consterné par sa grossièreté, Sloane se retourna pour le tancer, mais son train de pensée dérailla au premier coup d'œil qu'il jeta à Loch. L'ancien dieu portait également un kilt, et la vision de ses longues jambes superbes donna très chaud à Sloane. Loch avait la même veste que lui, la même cravate, il était beau à tomber. Sloane rêvait déjà de le déshabiller pour se repaître de lui.

Il résista à grand-peine à son envie de lui sauter dessus devant tout le monde.

Fred passa un bras protecteur autour des épaules d'Ell.

— C'est un doc vraiment talentueux, déclara-t-il avec conviction. Il m'a beaucoup apporté.

Loch eut un ricanement lubrique.

— Hmm, dans ce cas, je présume que tu as su régler ton petit problème mécanique, hein?

— Loch! s'exclama Sloane. Un peu de tact, je te prie.

Notant qu'Ell était devenu ponceau, il se sentit tenu de s'excuser avec un sourire penaud :

— Je suis vraiment désolé, Loch parle sans aucun filtre. Il a été odieusement gâté.

Ell lui tendit la main en riant.

— Aucune importance, je vous assure. Je trouve cette candeur tout à fait charmante.

Loch gonfla sa poitrine.

— Tu vois? Il a le jugement très sûr. Je suis charmant!

Sloane jugea utile de détourner l'attention de son fiancé du pénis de Fred.

— Loch, n'es-tu pas censé m'attendre devant l'autel? Je croyais que ça portait malheur aux mariés de se voir le jour J avant d'avoir prononcé leurs vœux!

— Peuh! N'importe quoi! Ne crois surtout pas à cette stupide superstition Luciane.

Loch prit Sloane par la taille, il le colla à lui et l'embrassa à pleine bouche. Quand il releva la tête, il afficha un grand sourire et déclara :

— Mmm, tu es délicieux. Pourquoi ne voudrais-je pas te voir?

Sloane roula des yeux et sourit.

— Je t'aime. Je ne peux pas croire que je t'épouse *pour de vrai*.

— Je sais, acquiesça Loch. Tu as une chance folle. Et moi aussi.

Il se pencha pour un autre baiser.

— Mmm, nous sommes donc chanceux tous les deux, admit Sloane, une fois libéré.

Il regarda autour de lui, il reconnaissait certains invités, bien entendu, mais bon nombre de visages lui étaient inconnus.

— Loch! marmonna-t-il, inquiet de commettre un impair. Qui sont tous ces gens?

— Viens, je vais te présenter.

Prenant Sloane par le bras, Loch le conduisit à une petite fille avec des nattes.

— Bonjour, dit l'enfant avec un sourire réservé.

Sloane serra doucement la main que la fillette lui tendait.

— Sloane, déclara Loch, rayonnant de fierté, voici mon arrière-grand-oncle, Babbeth.

— Oh! souffla Sloane avec admiration. Le dieu de la mort et des enfants perdus! Waouh! Je suis infiniment honoré! Merci d'être venu!

— Tout le plaisir est pour moi, répondit Babbeth.

Il étouffa un bâillement.

— Excusez-moi, ajouta-t-il. J'ai eu du mal à me réveiller.

Une voix taquine déclara :

— Il nous a presque fallu faire exploser une planète tout entière pour attirer son attention.

Sloane se retourna et vit derrière lui un gigantesque chauve, qui l'empoigna sans plus attendre et l'étreignit. Sloane perdit illico tout l'air de ses poumons.

— Oh! Je suis ravi de faire ta connaissance, petit mortel. Jamais je n'aurais cru que notre Azaethoth se trouverait un compagnon!

Sloane ne parvenait pas à retrouver son souffle.

Loch inclina la tête.

— Sloane valait la peine que j'attende si longtemps, oncle Yeris.

— Yeris? haleta Sloane, toujours prisonnier des bras d'ours. Le dieu... de l'océan et...

Yeris éclata de rire.

— C'est moi! Je suis le dieu des abysses froids et salés et de toutes les merdes qui se cachent dedans!

— Toujours poétique, Yeris, à ce que je vois, persifla d'une voix traînante.

Elle appartenait à un jeune homme aux cheveux longs et aux mains tatouées. Yeris lâcha Sloane et se tourna pour serrer le nouveau venu contre lui, tout aussi énergiquement.

Le jeune fit la grimace et protesta :

— Yeris, ça suffit! Tu vas abîmer le corps que j'ai emprunté!

Loch passa un bras autour de la taille de Sloane et continua les présentations :

— Sloane, voici ma tante Shartorath.

191

La déesse du mariage et du foyer se libérait de l'étreinte de Yeris. Elle offrit sa main, Sloane l'accepta avec un entrain effaré, l'esprit en déroute.

Il trouvait surréaliste d'être entouré d'une foule d'immortels. Il ne savait que dire.

Sous le coup de l'émotion, il laissa les premiers mots qui lui traversaient la tête s'échapper de sa bouche :

— Ma mère était une de vos ferventes fidèles, Shartorath.

— Merci, répondit-elle avec un affectueux sourire. Je suis ravie de faire ta connaissance, petit mortel. Bienvenue dans notre famille.

Loch fit la moue en regardant autour de lui.

— Où est grand-père Baub ? Il n'est pas venu ?

— Non, répondit Shartorath. Malgré tous nos efforts, nous n'avons pas réussi à le réveiller. Je suis désolée, chéri. Ce n'est pas faute d'avoir essayé.

Milo, bouche bée, se glissa à côté de Sloane et souffla à son oreille :

— Ce sont tous des dieux ? Waouh !

Sloane, les yeux fixés sur Loch, si épanoui et heureux de se trouver au milieu de sa famille, répondit sur le même ton :

— Oui, Milo, des anciens dieux dans des corps humains.

— Qui est Bob ?

— Pas Bob, *Baub*, corrigea Sloane. C'est le grand-père de Loch, le dieu de la guerre et de la colère divine.

— Oh, oui, c'est vrai. En fait, je le savais.

Loch faisait toujours le décompte de sa parentèle.

— Je ne vois pas l'oncle Gordoth, déclara-t-il. Lui non plus ne s'est pas réveillé ?

Yeris et Shartorath échangèrent un regard inquiet, puis la déesse déclara avec un sourire contraint :

— Eh bien, je n'en sais rien. Urilith nous avait prévenus que tu aurais apprécié sa présence, chéri, mais… euh… Nous ne l'avons pas trouvé. Je présume qu'il s'est réveillé et qu'il est allé faire un tour…

Urilith tapa dans ses mains et éleva la voix :

— Venez, les enfants ! Galgareth attend !

— Ah ! Allons-y ! déclara Loch.

Il esquissa un clin d'œil et disparut. Sloane émit un petit rire nerveux en le cherchant du regard dans la foule. Croyant entendre Loch crier son nom, il avança dans une des allées du jardin.

— Où es-tu ?

— Par ici ! cria Loch. Continue à marcher !

Sloane obtempéra. En tournant au coin d'une haie, il se figea avec un cri étouffé. Devant lui s'ouvrait une clairière au centre de laquelle se dressait une gigantesque arcade de branches noires entremêlées de lumières incandescentes. D'autres dessinaient une allée suspendue, qui menait de l'entrée de la clairière jusqu'à l'arcade.

Au début, Sloane crut qu'il s'agissait de lanternes, mais, en avançant, il constata que c'étaient de minuscules étoiles en suspension au-dessus de leurs têtes.

Loch l'attendait sous l'arche, Galgareth à ses côtés. Sloane jugea le sourire de son futur mari aussi éblouissant que le décor, aussi spectaculaire. De ses yeux assombris et scintillants d'étoiles, l'ancien dieu le regardait avec adoration.

Comme s'il était en transe, Sloane se mit en marche, mais Loch, toujours impatient, ne put attendre. Il rejoignit Sloane à une vitesse impossible, le prit dans ses bras et le ramena sous l'arche.

Sloane piqua un fard et frappa Loch sur l'épaule.

— Loch ! Qu'est-ce que tu fais ? Pose-moi, voyons !

Loch sourit et lui effleura la joue.

— Je ne peux pas t'épouser comme ça, tu crois ?

— Non ! Repose-moi !

— D'accord, si tu y tiens.

Manifestement à contrecœur, Loch le remit sur ses pieds.

Sloane jeta un regard gêné à sa future belle-sœur. Il lui sembla que Galgareth retenait un rire.

— C'est bon, vous êtes prêts ? demanda-t-elle. Remarquez, je ne suis pas réellement pressée, Toby me laisse son corps jusqu'à la fin de l'été.

— Je crois que c'est tout bon, marmonna Sloane.

Il prit la main de Loch dans la sienne et se retourna pour vérifier ce que devenaient leurs invités. Apparemment, tout le monde les avait rejoints et s'installait sur l'herbe luxuriante.

Sloane regarda la déesse et hocha la tête.

Galgareth leva les bras.

— Bienvenue à tous, famille, amis et proches, entonna-t-elle avec entrain. Nous sommes réunis ici aujourd'hui pour être les témoins de l'union de deux âmes, qui n'en formeront plus qu'une. Nous allons célébrer le lien d'Azaethoth le Petit et de Sloane Daniel Beaumont, parce que l'amour est

193

la plus puissante des magies, un phénomène spécial, un cadeau, qui nous est accordé par Azaethoth le Grand lui-même.

Sloane écoutait chaque mot avec attention, mais son regard ne quittait pas Loch. Il sentit les tentacules divins se nouer autour de leurs poignets et l'attirer plus près. Le cœur battant à toute vitesse, Sloane avait du mal à croire à ce qu'il vivait.

Sloane n'ayant pas de tentacules, Galgareth enroula un long ruban de son poignet à celui de Loch.

— Le mariage est un lien sacré, déclara la déesse, il ne faut pas le prendre à la légère. C'est un engagement à vie, vous serez liés l'un à l'autre pour l'éternité.

— Aujourd'hui et pour toujours, répétèrent ensemble Loch et Sloane.

Galgareth posa ses mains sur les leurs et déclama :

— J'invoque les bénédictions de la terre pour donner à votre mariage de la force. J'invoque l'air pour vous accorder la joie. J'invoque l'eau pour vous apporter la clarté. J'invoque le feu pour vous offrir la passion.

Au-dessus de leurs têtes, il y eut soudain une pluie d'étoiles filantes.

Galgareth continua avec un sourire béat :

— Et j'invoque les étoiles pour éclairer votre chemin, même aux heures les plus sombres.

Elle leva leurs mains jointes et conclut :

— Ce qui a été joint aujourd'hui, que ni mortel ni dieu jamais ne tente de le déchirer ! Félicitons aux heureux mariés !

Alors qu'un tonnerre d'applaudissements éclatait derrière eux, Loch embrassa Sloane avec ferveur. Sloane lui rendit son baiser, puis il éclata de rire quand Loch le souleva de terre pour le faire tournoyer.

Le ciel était illuminé d'étoiles. Sloane, étonné, constata qu'il flottait parmi elles, au-dessus de l'arche. Loch le berça d'avant en arrière avec un sourire heureux.

— Je t'avais promis de danser avec toi sur un sol d'étoiles tombées et de comètes brisées.

— Oui, je me souviens, murmura Sloane. C'est magnifique !

Il se laissa emporter dans une valse lente, le cœur en fête.

— J'espère que personne ne nous regarde d'en bas, ricana Loch. Je ne porte rien sous mon kilt.

Sloane rata un pas et vacilla.

— Oh, mon dieu !

Loch le stabilisa en riant.

— Oui, c'est moi. Je suis là, je t'aime.

Sloane serra les bras autour du cou de Loch et l'embrassa tendrement.

— Je t'aime aussi ! C'est le plus beau jour de ma vie, Azaethoth.

Pris dans leur danse, il remarqua à peine que Loch l'emmenait de plus en plus haut dans le ciel.

— Je parie que je peux te rendre encore plus heureux, chuchota Loch.

Sloane fronça les sourcils.

— Si je sens un de tes tentacules passer sous mon kilt, tu prends une claque.

Loch afficha un sourire suffisant.

— Je le ferai, mais plus tard, répondit-il, quand nous serons seuls, quand il sera temps de consommer notre union. Pour le moment, j'ai d'autres projets. Ferme les yeux, Sloane.

Sloane s'exécuta, un sourire sceptique aux lèvres. Il doutait fort que Loch résiste à la tentation de le titiller.

À sa grande surprise, il ne sentit qu'un léger courant d'air.

— Que se passe-t-il ? Je peux regarder ?

— Oui, vas-y.

Sloane ouvrit les yeux et… il perdit le souffle.

Hébété, il fixa le vide infini de l'espace, qui les entourait. Il sut tout de suite que Loch les avaient emmenés à Zebulon, la demeure des dieux, car il reconnut les orbes brillants qui tourbillonnaient autour d'eux. L'air était tiède, l'ambiance paisible. Sloane ne pouvait pas détourner le regard.

Devant lui, il aperçut les blocs familiers qui composaient le palais que Loch lui avait fait visiter à son précédent passage. Soane baissa les yeux, il flottait dans l'espace, il n'y avait rien sous lui, aucun sol solide. C'était déstabilisant.

Il s'accrocha à Loch.

L'ancien dieu tendit la main et récupéra deux orbes émeraude et les offrit à Sloane.

— Prends-les, chuchota-t-il. Écoute avec ton cœur.

Sloane accepta d'une main hésitante, il fixa la lumière et tenta de se concentrer. Tout à coup, il perçut des voix…

Chéri, bravo, nous sommes si fiers de toi…

Nous t'aimons, Sloane…

Des larmes plein les yeux, Sloane hoqueta :

— Ces voix… je les reconnais. Seraient-ce… mes parents ?

En voyant Loch acquiescer, Sloane voulut serrer les orbes contre sa poitrine, mais il ne le put, elles étaient brûlantes, il dut les laisser partir. Il les regarda rejoindre le flot de leurs congénères dans le vent, les joues humides, un sourire tremblant aux lèvres.

Loch s'inquiéta de son émotion.

— Sloane, ça va ? Je voulais te faire plaisir, pas te bouleverser.

— Oh, Loch, si je pleure, c'est de bonheur. Quel merveilleux cadeau ! Je les ai entendus, j'ai senti leur amour… Il y a si longtemps que j'étais privé d'eux, ils m'ont tellement manqué !

Loch l'embrassa sur la joue.

— Nous leur rendrons vite aussi souvent que tu voudras, mon amour. Je sais toujours où les trouver, mais comme tu es encore un simple mortel, tu ne peux garder leurs orbes que quelques secondes à peine.

Sloane essuya ses larmes et sourit.

— C'est déjà plus que je ne l'espérais. Merci. À présent, cher mari, ne sommes-nous pas censés assister à la fête que ta mère nous a concoctée ?

— Oui, chéri, acquiesça Loch. Allons-y.

Resserrant son étreinte sur Sloane, il s'apprêtait à redescendre quand une vive lueur le fit se figer.

— Que se passe-t-il ? demanda Sloane, étonné.

— Regarde, murmura Loch.

Des étincelles de lumière des étoiles crépitaient tout autour d'eux dans le velours noir du vide intersidéral, aussi aériennes que des flocons de neige fraîche. Elles s'accrochèrent aux cheveux du couple enlacé, à leurs tenues identiques. Mais, loin d'être blanches, ces étincelles arboraient un somptueux éclat améthyste. Sidéré d'admiration, Sloane sentit un immense pouvoir l'envelopper tout entier.

— Est-ce que… est-ce vraiment… lui ?

Les yeux fermés, Loch souriait.

— Oui, c'est mon illustre aïeul, Azaethoth le Grand, murmura-t-il. Il bénit notre union.

— Waouh ! murmura Sloane.

Dans la religion Sagittaire, Azaethoth le Grand était le Créateur du monde. Le sentir là, avec eux, même en une présence infinitésimale, c'était… inimaginable. Sloane vibrait tout entier, son corps mortel presque submergé d'être en présence d'un tel pouvoir.

Pleurant de plus belle, Sloane pouvait à peine respirer, enveloppé d'une chaleur divine, qui résonnait dans chaque atome de son être. Il n'avait jamais ressenti une telle sensation et, bien qu'il n'ait pas entendu un seul mot prononcé, le message qu'Azaethoth le Grand leur envoyait n'aurait pu être plus clair.

Aimez-vous.

Après un bref moment d'éternité, la lumière des étoiles disparut aussi vite qu'elle était arrivée.

Les jambes vacillantes, Sloane s'agrippa à Loch encore une fois.

— C'était… incroyable ! C'était… Azaethoth le Grand !

— Oui, bien sûr ! Je t'ai déjà dit que j'étais son favori.

La voix de Loch était lourde d'autosatisfaction, presque de fatuité. Sloane éclata de rire.

— Évidemment ! Comment pourrait-on te résister, mon mari adoré ?

— Mmm. Es-tu prêt à repartir, mon amour ?

— Oui, souffla Sloane.

— Alors, allons-y.

Il serra Sloane contre lui et, en un clin d'œil, il les ramena au jardin.

Sloane se retrouva assis à côté de Loch au centre d'une longue table remplie de mets fastueux : rôtis, gâteaux et tartes. Affamé, il ne savait par où commencer. Les autres invités, déjà assis, les attendaient et acclamèrent joyeusement leur arrivée.

Bien sûr, il y avait un très grand feu de joie.

— Maintenant, proclama Loch, le rituel est accompli, mon compagnon est à moi, nous pouvons festoyer !

— Il ne sera totalement à toi qu'après la consommation de votre union ! lança Yeris.

Sa déclaration déclencha des rires et des sifflets lubriques.

Sloane piqua un fard et cacha son visage dans ses mains.

Loch, très à l'aise, se contenta de glousser.

— Je préfère que mon mari adoré prenne des forces avant que je le conduise à notre lit nuptial, mon oncle ! Je compte ensuite me repaître de son adorable corps mortel, je le pilonnerai des heures et des heures durant, je le remplirai de ma semence, je boirai la sienne jusqu'à ce qu'il n'ait plus une goutte dans les…

— Loooch ! couina Sloane, les joues brûlantes, pitié, arrête ! Ils ont compris l'idée générale ! Tu deviens franchement vulgaire !

Loch, la mine offusquée, lui donna un petit coup d'épaule.

— Vulgaire ? Non ! Je suis lyrique, mon bel amour ! Je n'ai pas terminé l'ode à l'amour charnel que j'ai composé en ton honneur.

— Pas tout de suite, supplia Sloane. Tu me la déclameras tout à l'heure, quand nous serons seuls, d'accord ? Maintenant, mangeons. Regarde ! Tu voulais du gâteau ! Il y en a plein ! Et nous avons des cadeaux à ouvrir !

Loch l'embrassa.

— Je sais très bien que tu essaies de me distraire, accusa-t-il. C'est très efficace. Mmm, oui. Je vais attendre. Et me contenter pour le moment de cadeaux et de gâteau.

— Les gâteaux ne sont-ils pas pour le dessert ? se risqua à dire Sloane. Ne faudrait-il pas mieux commencer par les rôtis et les légumes ?

— Non, je suis un *dieu*, je veux manger du gâteau *maintenant* pendant que j'ouvre mes cadeaux ! C'est mon mariage, quand même !

— D'accord, mon mari aimant. Comme tu voudras.

Urilith apporta leur premier cadeau : un gâteau de mariage, superbe composition couleur lavande, qui fit presque baver Sloane. Elle les embrassa tous les deux et les serra contre elle avec ses tentacules.

— Je vous souhaite une éternité de bonheur ensemble.

— Merci, Mère, répondit Loch.

Il noua ses tentacules à ceux de la déesse.

— Merci beaucoup, Urilith ! s'écria Sloane. Merci pour tout !

Loch coupa le gâteau et servit son compagnon en priorité. Sloane y goûta. C'était divin, ça fondait dans la bouche. Il poussa un gémissement d'extase.

Il sentit le regard de Loch peser sur lui et releva les yeux.

— Quoi ?

— C'est la première fois que je t'entends gémir en mangeant, grogna Loch, l'œil suspicieux. Tu émets les mêmes sons quand je te baise.

— Et alors ? Ne me dis pas que tu es jaloux d'un gâteau ?

— Si !

Sloane éclata de rire.

— Mmm, dans ce cas, mets-toi à la cuisine, mon cher mari ! Tu te passionnes pour les émissions télévisées culinaires, tu pourrais sans doute passer à la pratique.

Loch se redressa, la mine ravie.

— Voilà une remarquable idée ! Si je te fournis une délicieuse nourriture mortelle, tu auras certainement envie de t'accoupler plus souvent…

Sloane se resservit de gâteau.

— Et je deviendrai obèse, marmonna-t-il.

Milo et Lynette s'approchèrent pour les féliciter.

— C'est une fête très réussie!

Après les accolades d'usage, Lynette tendit une petite enveloppe.

— C'est quoi? demanda Sloane.

— Notre cadeau. Franchement, nous avons envers vous une dette qui ne sera jamais remboursée, vous m'avez rendu mon frère, je suis... je suis...

Elle se mit à pleurer.

Milo intervint :

— Nous n'avions aucune idée du cadeau approprié pour un dieu, avoua-t-il, alors nous nous sommes décidés pour un bon d'achat. Vu ce que nous savons de Loch, ça devrait lui plaire.

Incapable de résister plus longtemps à la curiosité, Soane ouvrit l'enveloppe. Il devint ponceau en voyant le logo d'une célèbre manufacture de sex-toys personnalisés basée à Archersville.

— Waouh! Merci! C'est... euh... très généreux à vous.

Loch essaya de voir.

— Qu'est-ce que c'est? demanda-t-il.

— Je t'expliquerai plus tard!

Heureusement, Loch fut distrait par sa sœur, qui leur offrit une couverture porte-bonheur délicieusement douce, qu'elle avait faite pour eux en lumière des étoiles. Yeris apporta ensuite des bracelets d'ambre aussi lumineux que le soleil et susceptibles de sauver ceux qui les portaient de la noyade. Shartorath leur donna un sac d'encens lumineux pour bénir leur maison, et Babbeth, une vieille pièce d'or.

Sans donner d'explication, il la pressa dans la main de Sloane avec un petit sourire entendu. Cette expression si sage sur le visage juvénile d'une gamine, c'était un peu déconcertant.

Sloane ne put poser de questions sur sa pièce, car Robert et Lochlain lui tendaient à leur tour une enveloppe. Sloane réprima un gémissement en reconnaissant le logo.

— Je ne comprends pas pourquoi tu refuses de me laisser voir! se plaignit bruyamment Loch.

— C'est impoli devant les invités.

— Mais tu l'as vu!

Sloane accueillit avec soulagement Fred et Ell, qui approchaient. Il étouffa un cri quand Fred le serra dans une étreinte d'ours.

— Humph! Fred! Ell ! Merci d'être venus.

Fred le lâcha pour serrer la main de Loch.

— L'accouplement est très important dans une relation, déclara Loch. Fred, si tu veux que je regarde ton pénis, je suis à ta disposition.

— Tout va bien, merci.

— Voici votre cadeau !

Avec un sourire timide, Ell fourra une grosse boîte dans les mains de Sloane.

En effleurant les doigts du jeune docteur, Sloane eut un frémissement.

Il avait senti *quelque chose…*

Comme un éclair, une très forte étincelle de puissance.

Figé de stupeur, il regarda le jeune homme avec plus d'attention. Il le connaissait peu au fond, bien que Lochlain et Lynette se montrent très élogieux chaque fois qu'ils parlaient de lui.

Sloane n'aurait pas dû se méfier de lui.

Pourtant, il fut tenté de lever les mains pour un sort de perception, parce qu'il était maintenant certain d'une chose : Ell n'était pas humain.

Loch avait profité de son moment de stupeur pour ouvrir la boîte.

— Oh ! Regarde ! s'exclama-t-il. Nous serons assortis !

Il brandissait des boxers en soie noire avec « jeune marié » écrit sur l'arrière. Loch enfila le sien et souleva son kilt, s'exhibant sans vergogne devant leurs invités.

Ell étouffa un rire contre l'épaule de Fred.

La goule secoua la tête.

— Je crois que vous devriez ouvrir le reste plus tard !

— Mais pourquoi ? protesta Loch.

Il continua à fouiller dans la boîte, pleine de petits paquets soigneusement emballés.

— Ohhh ! Du lubrifiant ! Regarde, mon amour ! C'est saveur fraise !

— Je le recommande, marmonna Fred.

Malgré son air impassible, Sloane aurait pu jurer qu'il avait rougi.

De plus en plus embarrassé, il tenta d'arracher la boîte à Loch.

— Par tous les dieux, gémit-il. Je pense que ces cadeaux sont destinés à notre nuit de noces…

— Justement ! s'entêta Loch. Je veux les regarder *maintenant* !

— Non !

— Pourquoi ?

— Parce que ce que nous allons faire plus tard est d'ordre… intime, personne n'a besoin de le savoir !

Loch lui mordilla le cou.

— Je pense qu'ils sont déjà au courant de nos projets, affirma-t-il.

Ell intervint :

— Ce qu'il y a au fond de la boîte ne vous embarrassera pas, Sloane, je le jure.

Sloane acquiesça et sortit un petit paquet rectangulaire, assez dur. Un livre. Il arracha le papier cadeau et poussa un cri ravi.

— Oooh ! *Tout savoir sur les dieux des étoiles !*

Poussé par la curiosité, Loch le lâcha pour regarder lui aussi.

— Qu'est-ce que c'est ?

— Un livre pour enfants, répondit Sloane, très ému. C'est pour leur expliquer les anciens dieux et les bases de la voie des Sages. J'en avais un étant petit. Mes parents me le lisaient tous les soirs.

Il sourit à Ell, surpris d'une attention aussi délicate.

— Merci.

Les joues très rouges, Ell baissa les yeux.

— J'aurais aimé avoir connu ce livre durant mon enfance, déclara-t-il. Vous ne vous en souvenez probablement pas, Sloane, mais… euh, vous m'avez lu un des poèmes de ce livre.

Sidéra, Sloane cligna des yeux. Il avait rencontré Ell au mariage de Robert et Lochlain, très brièvement d'ailleurs, et il ne lui avait certainement pas lu de poème.

— Quoi ? Quand cela ?

Fred intervint en ricanant :

— Lors de la soirée Galmethas de Lynette. Tu tenais une cuite sévère, Loch aussi, d'ailleurs.

L'esprit envahi d'images éparses et très confuses, Sloane gémit.

— Oh, par tous les dieux ! C'était juste après notre retour de ce temple couvert de fresques murales érotiques…

— Une fête glorieuse et magnifique ! s'exclama Loch. Enfin, il me semble.

D'après sa voix, lui aussi en avait des souvenirs fragmentés.

Ell piqua un fard.

— Je ne tenais pas à vous embarrasser, s'empressa-t-il de dire, mais ce poème, voyez-vous, a été pour moi une révélation. Élevé dans la religion Luciane, j'ai découvert la voie des Sages sur le tard. Et puis, euh… Fred m'a expliqué que Loch et vous envisagiez d'avoir des enfants, alors…

— Quoi ? hoqueta Sloane. Qui a pu lui dire que…

Il s'interrompit, jeta un regard à Loch et nota sa mine coupable. Ell enchaîna :

— … j'ai pensé que ce livre vous servirait pour vos enfants.

— Merci, Ell, je suis très touché, déclara Sloane avec sincérité.

— J'en suis vraiment content !

— Moi, intervint Fred, j'ai aidé à choisir le reste.

Loch lui tapota l'épaule d'un de ses tentacules.

— Je te félicite, ami goule. Quand je goûterai à la glycérine aux arômes artificiels de fraise sur le corps de Sloane, je penserai à toi.

Sloane déposa la boîte avec le reste de leurs cadeaux.

— Loch, tais-toi, tu me fais honte !

— Et pourtant, tu m'as épousé, s'exclama Loch, hilare.

— Oui, je me demande pourquoi.

— J'ai la réponse, répondit Loch avec fierté, tu m'aimes, et le plaisir infini que je sais offrir à ton petit corps charnel en l'inondant de ma semence divine te fait perdre la tête.

Bien que très rouge, Sloane ne put retenir un fou rire nerveux.

— Oui, sans doute.

Tout heureux, Loch l'attira sur ses genoux et lui mit un verre dans la main.

— Maintenant, mon amour, il est temps de se régaler !

Le vin coula, le festin fut dévoré. Conscient de vivre un des meilleurs moments de sa vie, Sloane avait totalement oublié son étrange réaction concernant Ell, l'ami de Fred, le docteur goule.

Il se délecta sans arrière-pensée de la fête organisée pour son mariage. Les invités en profitaient eux aussi, les dieux tout particulièrement. Sloane les regarda danser et virevolter autour du feu au son d'une musique magique, qui ne jouait que quand ils bougeaient. Au-dessus de leurs têtes, les étoiles éclataient et tombaient comme un feu d'artifice, Sloane devenait euphorique.

Captivé par la beauté divine de la scène, détendu par plusieurs verres de vin, il ne tiqua même pas en voyant Yeris tenter de peloter Shartorath. Elle le repoussa d'une gifle.

Puis Loch voulut danser, il souleva Sloane par la taille et l'emporta vers le brasier. Son pas étant légèrement instable, Sloane s'inquiéta de finir sur le cul.

— Loch ! Attention ! cria-t-il avec un gloussement d'ébriété.

À son grand soulagement, Loch le reposa et entreprit aussitôt de le faire tourner autour du grand feu. L'esprit embrumé par l'alcool et la joie, Sloane noua les bras autour du cou de Loch et se laissa emporter.

Loch frotta son nez contre celui de Sloane.

— Que tu es beau !

— Mmm, toi aussi, tu es magnifique ! répondit Sloane. Tu es mon beau dieu à moi… C'est le plus beau jour de ma vie.

Il tressaillit soudain et tourna son attention sur le brasier : pour alimenter les flammes, Yeris arrachait des planches à la table du festin et les jetait au feu.

— Oh… hum, étrange coutume !

Loch rayonnait.

— Voilà un vrai brasier pour un vrai mariage ! s'exclama-t-il. Pas comme le dernier auquel nous avons été…

Sloane le fit taire d'un baiser.

— Chut, tu risques de vexer Robert et Lochlain !

— Leur mariage était nul, se plaignit Loch, je me suis ennuyé. Je…

— C'est sans importance, coupa Sloane, une chance que tu aies apprécié le nôtre.

— Oh, oui, il est parfait, déclara Loch, rayonnant de bonheur.

Sloane lui caressa les cheveux et laissa ses doigts glisser jusque sur la joue divine.

— Je suis tellement heureux ! souffla-t-il. C'est vrai, tu sais, je veux passer toute ma vie avec toi. Je ne sais pas à quoi je dois le bonheur que je vis en ce moment, mais j'en suis foutrement reconnaissant. J'ai la plus belle vie qui soit !

Le front de Loch se plissa.

— Tu crois ? Nous avons cependant traversé bien des épreuves…

Sloane ne perdit pas son sourire.

— Je sais, mais ce sont elles qui ont permis notre rencontre. Même si c'était possible, je ne changerais rien. Je suis marié au dieu que j'aime plus que tout au monde, c'est toi, Loch, et je sais que nous avons une éternité à passer ensemble.

Loch le regarda avec ses yeux divins, sombres comme le vide intersidéral et illuminés d'étoiles.

— Oh, Sloane ! Comme je t'aime, mon cher mari !

— Et je t'aime tout aussi fort, répondit Sloane éperdu. Mon mari, mon compagnon, mon âme sœur.

— Oui, nous sommes unis devant les dieux et les hommes, chuchota Loch.

Avec un soupir d'adoration, il se pencha pour embrasser Sloane.

Très vite, le baiser s'enflamma. Quand un tentacule glissa sous son kilt, Sloane se débattit, inquiet que Loch envisage de consommer le mariage devant leurs invités.

— Mmm… Attends, Loch ! Non !

Il jeta un coup d'œil autour de lui, rougit et bredouilla :

— Loch ! Tout le monde nous regarde !

Loch eut un sourire lubrique.

— Je sais. Tu es délicieux, je… hic…

Sloane n'en croyait pas ses yeux.

— Tu es ivre ? Par tous les dieux, toi y compris, oui, tu es ivre !

— Possible, admit Loch après réflexion. L'hydromel que ma sœur a apporté est beaucoup plus puissant que les alcools des mortels, tu sais, aussi suis-je un peu… hic… non, je suis totalement bourré !

Sloane vacilla.

— Moi aussi, avoua-t-il. Ben, merde, alors ! J'espère ne pas recommencer à raconter n'importe quoi et à perdre la mémoire de ce qui s'est passé, comme pour la fête de Lynette.

— Quelle importance ? souffla Loch à son oreille. Même si nous avons tout oublié, je suis sûr que nous avons passé un bon moment.

Sloane repoussa d'autres tentacules indiscrets.

— Non, non et non ! Je tiens à me souvenir de la moindre seconde de notre mariage et de notre nuit de noces !

Loch s'écarta et soupira bruyamment.

— Tes désirs sont des ordres, Briscoe, mon amour. Je vais cesser immédiatement de consommer le nectar des dieux.

— Moi aussi. En revanche, je reprendrai bien une petite part du gâteau de ta mère. Il est délicieux ! Et je le soupçonne en plus d'être aphrodisiaque, parce que plus j'en mange, plus j'ai envie de te sauter dessus et de te baiser.

Loch se figea et le dévisagea.

Puis il tapa dans ses mains et s'adressa aux invités d'une voix de stentor :

— La fête est finie ! Merci d'être venus, mais je vous demande maintenant de vous éclipser, mon nouveau mari a envie de copuler.

Écarlate d'embarras, Sloane souhaita presque que le sol s'ouvre sous ses pieds.

204

— Tu es fou ? C'est impoli de…

— Bonne nuit à tous ! cria Loch. La consommation va bientôt commencer !

Galgareth cria très fort :

— Amusez-vous bien ! Je veillerai à ramener les mortels à bon port.

Sans plus se soucier des autres, Loch enleva Sloane dans ses bras et partit au pas de course à travers le jardin luxuriant jusqu'au lit géant, installé dans une clairière de fleurs luminescentes. Les haies et les arbres se refermèrent autour du couple pour former un cocon.

Loch jeta son nouveau mari sur le lit. D'un claquement de doigts, il les débarrassa tous deux de leurs vêtements.

En rebondissant sur les draps frais, Sloane ne put retenir un petit rire.

— Eh bien, ça a été rondement mené.

— Je ne t'ai pas trop bousculé, j'espère ? Mmm, j'ai peut-être un peu trop bu…

Sloane sourit.

— Je doute que tes performances en soient affectées.

Il s'étira sur les oreillers, alors que Loch s'étendait sur lui pour réclamer un baiser.

— Tu as raison, gloussa Loch.

Quand un tentacule fendu glissa entre leurs deux corps et engloutit sa queue, Sloane se cambra dans le lit et poussa un gémissement rauque, ses hanches se soulevant du matelas. Il bandait déjà. L'aspiration commença doucement, mais, très vite, Loch augmenta la pression. Sloane sentit la chaleur se répandre dans tout son corps, aussi attrapa-t-il les hanches de Loch pour se préparer.

— Oh, mon amour !

Loch frotta son visage contre le cou de Sloane et enroula ses bras autour de lui, tandis que son second tentacule sexuel s'introduisait entre les jambes ouvertes. Sloane savoura les sensations, il aimait la façon dont son corps humide s'écartelait sans douleur. Il planta ses dents dans l'épaule de Loch, prêt à le recevoir.

— Loch. Je t'aime tellement !

Loch et Sloane poussèrent ensemble un gémissement rauque quand le tentacule s'enfonça.

— Moi aussi, mon mari chéri, répondit Loch. Mmm, tu es parfait… comme toujours !

— Toi aussi.

Sloane haleta sous le rythme lent, mais déterminé, avec lequel le tentacule le faisait sien, perdu entre ce profond envahissement et la douce friction sur sa queue.

— Tu aimes, mon amour ?

— Oh, oui, c'est bon, tellement bon…

Sloane s'offrait tout entier, les muscles de ses jambes et de son ventre parcourus de contractions extatiques au fur et à mesure que la chaleur montait en lui. Déjà, il avait envie de jouir. Aussi invraisemblable que ça paraisse, chaque fois que Loch lui faisait l'amour, c'était encore meilleur que les fois précédentes. En tout cas, Sloane ne se souvenait pas d'avoir jamais été aussi allumé, aussi pressé de trouver l'orgasme.

Ce nouveau niveau de passion s'expliquait-il par le fait que Loch était désormais son mari, son compagnon parmi les étoiles ? Peut-être, en tout cas, ils étaient liés pour l'éternité.

Cette pensée déclencha la jouissance de Sloane.

— Loch ! hurla-t-il.

Le tentacule suçant sa queue avala son sperme sans en perdre une goutte, celui qui le martelait de l'intérieur trouva un angle qui arracha à Sloane de nouveaux gémissements. Il trembla tellement son orgasme dura longtemps. Il ne comprenait pas qu'il soit encore agité de spasmes de plaisir, alors que sa queue redevenait flaccide et que ses muscles étaient transformés en gelée. C'était presque excessif.

— Oh, mon Dieu ! gémit Sloane d'une voix brisée.

Loch déposa une pluie de baisers passionnés sur son visage moite.

— Mmm, je suis là. C'était génial, hein ? Prêt pour la suite, mon amour ?

— Mmm, attends…

— Prends ton temps, répondit Loch, amusé. Nous avons l'éternité devant nous – au sens littéral.

Sloane secoua la tête.

— Ha ! Je ne prévois pas d'attendre aussi longtemps.

Il noua ses chevilles au creux des reins de Loch et suivit du bout des doigts la colonne vertébrale. Il serra très fort son mari contre lui en caressant ses tentacules avec douceur, l'expérience lui ayant appris que c'était une zone ultrasensible pour un dieu. Il fut heureux de sentir Loch frissonner sous ses paumes.

— Oh, Sloane ! gémit Loch.

Déjà, son épais tentaqueue tâtonnait entre les jambes ouvertes et se frayait un passage. Il envahit Sloane comme la marée montante, d'un mouvement lent, mais inexorable et puissant. Totalement empalé, rempli comme il ne l'aurait jamais cru possible, Sloane souleva ses hanches avec un cri étouffé.

— Oh, Loch... oui...

Il tenta de garder la position, mais la cadence devint trop forte, et ses jambes retombèrent, vite soutenues par les tentacules divins. Loch prit Sloane par les mollets et les chevilles, lui ouvrant les jambes au meilleur angle possible. Il approchait de la jouissance, ses mouvements devenaient plus erratiques, ses grognements plus bruyants.

Et Sloane savait que c'était un round de plus, certainement pas la conclusion de leur nuit de noces. Les yeux clos, il s'abandonna au plaisir avec un cri d'extase.

Quand Loch releva la tête, Sloane ouvrit les yeux et lui sourit, la main sur le ventre, conscient que la semence divine s'écoulait abondamment de son anus dilaté.

— Tu as aimé ? demanda Loch.

Son tentaqueue s'était rétracté, laissant Sloane un peu vide, mais Loch restait blotti contre lui, attentif et protecteur. Et il ne cessait de l'embrasser.

Sloane soupira de contentement

— Oui, beaucoup. J'aime me sentir aussi plein... Mmm. Tu me gâtes, tu sais, mon beau mari.

Loch gloussa.

— Cela a toujours été mon intention. Encore ?

— Mmm... Oh !

Déjà, le tentaqueue revenait en lui. Sloane hoqueta de surprise, le geste avait été preste. Loch poussa plus fort, lui arrachant d'autres cris.

— Je veux... que ce soit toujours... comme ça, haleta Sloane. Cette passion, cet amour... Loch, tu es tout pour moi !

— Toi aussi, mon amour, promit Loch. Cela ne changera jamais.

Sloane jeta les bras autour de son cou pendant qu'ils faisaient l'amour.

— Oh, Azaethoth, murmura-t-il. Pour notre lune de miel, je crois que nous allons rester dans ce jardin et ne jamais quitter ce lit !

— Mon beau Briscoe ! Je t'aime tellement !

Loch l'embrassa de plus belle et le martela passionnément.

Sloane serra les dents pour retenir un hurlement devant ce déchaînement soudain. Parfois, il oubliait presque que Loch était un dieu, malgré sa manière unique de faire l'amour, mais à d'autres moments, il avait un avant-goût de force divine et se demandait comment son corps humain le supportait sans se briser. La tension était intense, repoussant la limite de la douleur, mais l'extase devenant à la fois charnelle et spirituelle.

Sloane se dit encore qu'il atteignait un nouveau sommet. Quand cela s'arrêterait-il ?

Quand il retrouva ses esprits, son mari était dans le même état que lui, haletant, moite, couvert de fluides. Sloane éprouvait une incroyable sensation de satiété, ses entrailles étaient endolories et très *très* chaudes.

Il émit un petit rire contre les lèvres de Loch.

— Putain ! C'était incroyable ! Je me sens bizarre… Tu n'avais jamais déversé en moi une telle quantité de semence jusque-là. Le gâteau de ta mère était définitivement un aphrodisiaque !

Il nota alors l'expression du visage penché sur lui, le regard était flou, confus et un peu penaud. Loch pressa la main contre le ventre de Sloane et esquissa une grimace inquiète.

Saisi d'un pressentiment, Sloane eut encore plus chaud, il était presque fiévreux. Il posa sa main sur celle de Loch.

— Qu'est-ce que tu as ? Tu es vert, tu ne vas pas vomir, quand même ?

— Sloane, déclara Loch d'une voix tendue, je me suis laissé… emporter. J'ai un aveu à te faire, je crains que tu sois très en colère contre moi.

Sous l'effet de l'appréhension, Sloane perdit son sourire. Il cligna des yeux et demanda d'une toute petite voix :

— Qu'est-ce que tu racontes ?

Loch hésita.

— Tu te souviens de ce que je t'ai dit à propos de la procréation ? demanda-t-il.

Cette fois, ce fut à Sloane d'avoir la nausée.

— Tu m'as dit de ne pas m'en faire ! s'écria-t-il. Que nous avions le temps, que tu savais te contrôler !

— Oui, sauf que…

— Sauf que *quoi*, Loch ?

— Sauf que nous venons de nous marier et que j'ai cédé à la passion. Et puis, Lynette est enceinte, alors…

Sloane écarquilla les yeux.

— Loch… ? Dis-moi que ce n'est pas vrai ! Tu n'as pas…

Loch gémit d'irritation.

— Si. Tu étais si beau et si ouvert pour moi, continua-t-il, et nous avons reçu ce livre destiné aux enfants, à nos enfants. Alors, je t'en ai fait un.

— Non ! Ce n'est pas possible !

— Si.

— Tu ne l'as pas fait.

— Oh, mais si, je l'ai fait.

— S'il te plaît, plaida Sloane, éperdu, dis-moi que je rêve, que tu plaisantes, que je ne suis pas vraiment enceinte... euh, enceint, merde, le terme n'existe même pas !

— Je ne peux pas te le dire, je ne veux pas te mentir, répondit Loch, l'air très malheureux.

— Je ne te crois pas ! Ce n'est pas possible !

— Si.

Pris d'une vague de colère, de panique et de confusion, Sloane s'éloigna de Loch et essaya de s'asseoir.

Enceint ! Il était enceint d'un dieu !

Loch étendit ses tentacules et le ramena dans ses bras.

— Même en colère, tu m'aimes ?

— En ce moment, je crois que je te déteste un peu !

Tout en parlant, il tenta de se dégager, en vain, bien entendu. Loch lui prit la main et la pressa contre son ventre, la sienne restant dessus.

— Lâche-moi ! Qu'est-ce que tu fais ?

— Sloane, s'il te plaît, insista Loch avec ferveur. Ne bouge plus, calme-toi et écoute.

Il ferma les yeux et pressa plus fort leurs deux paumes. Sidéré, Sloane sentit soudain un autre battement de cœur en lui, rapide et frénétique.

Ses yeux se remplirent de larmes.

— Comment est-ce... possible ? haleta-t-il. Ce bébé, s'il existe, n'a que cinq secondes !

Loch le berça contre lui, tandis que le petit cœur continuait à battre sous leurs mains.

— Je suis un dieu, murmura-t-il. Un dieu très irresponsable, je suis désolé, je te demande pardon.

Sloane tenait son ventre, l'esprit court-circuité. Tout ce qu'il vivait depuis qu'il connaissait Loch était en principe impossible, pourtant, là, il était franchement secoué.

Il y avait bel et bien une nouvelle vie en lui. La chaleur qu'il ressentait n'était plus fébrile, elle était douce et réconfortante.

Il chercha ses mots :

— Loch… C'est…

Il ne put continuer, sa voix se brisa.

— Stupide, je sais, marmonna Loch. Je suis désolé…

Sloane prit une grande inspiration et ravala ses larmes.

— Non ! C'est magnifique, murmura-t-il. D'accord, c'est aussi une surprise, un choc même, et je suis un peu en colère contre toi… mais je t'aime. Même si j'aurais préféré attendre, je voulais créer une vraie famille avec toi. Alors, ce bébé est… est une merveilleuse nouvelle.

— Vraiment ?

Loch le dévisagea avec attention, comme pour évaluer sa sincérité. Satisfaisait, il sourit et embrassa Sloane en riant.

— Je t'aime aussi !

Sloane avait des tas d'idées confuses qui tourbillonnaient dans la tête, il ne parvenait pas à se reprendre.

— Je ne peux pas encore y croire. J'attends un bébé, le bébé d'un dieu. Un bébé dieu !

Loch l'embrassa tendrement.

— Oh, mon amour ! Je suis tellement heureux !

— Merde, nous allons avoir du boulot ! D'abord, comment expliquer que je devienne aussi énorme qu'une baleine, hein ? Et techniquement, comment puis-je accoucher ? Oh, Loch, je suis terrorisé ! Comment je vais faire ?

Tout tremblant, il se cramponna aux épaules de Loch.

Loch lui embrassa les cheveux.

— Je ne sais pas, répondit-il honnêtement. Mais nous le découvrirons ensemble. Je serai toujours là pour toi. Ensemble, nous sommes invincibles.

— Ensemble ? croassa Sloane. Tu vas m'aider ?

— Bien entendu, promit Loch. Tu es mon mari, Sloane, mon compagnon. Je m'occuperai bien de toi et je t'aimerai toujours.

Un soupçon de malice dans la voix, il ajouta avec désinvolture :

— Et quand tes hormones te rendront exigeant et tendu, jamais je ne te refuserai un accouplement… Les endorphines sont excellentes pour la relaxation.

Sloane roula des yeux.

— Mon cul ! C'est le sexe poussé à l'extrême qui nous a mis dans cette situation rocambolesque !

— Mais nous avons passé des moments délicieux ! s'exclama Loch, béat.

Sloane gémit.

— J'ai déjà l'impression de devenir fou ! Ça ne va pas être de la tarte, tu sais, d'élever un enfant… Je ne sais même pas par où commencer.

— Mon cher Briscoe, l'apaisa Loch, tu as sauvé le monde à deux reprises et tué deux dieux. Comment peux-tu te croire incapable de devenir un excellent père ?

Avec un petit rire, Sloane embrassa son mari sur les lèvres.

— De toutes les façons, c'est trop tard à présent. Nous verrons bien.

— Mmm, oui, c'est vrai.

Continuez à lire pour un extrait de :
Plus queue parfait
Par K.L. Hiers
Le mystère de l'amour, toujours – Tome 4

I

— BONJOUR, CHASE !

L'inspecteur Benjamin Merrick était assis à son bureau, situé en face de celui de Chase, au poste de police d'Archersville.

— Salut, Merry [4], grogna Chase.

— J'ai déjà vérifié les résidus concernant notre cargaison de cristal volée auprès de la police scientifique. Aucun indice n'est concordant. J'ai terminé les rapports de l'affaire Lunderson et je les ai remis au capitaine Quinn. Oh, je me suis aussi entretenu avec le médecin légiste concernant notre Destinataire Inconnu, personne ne connaît sa réelle identité.

Il se tut un moment, les yeux fixés sur Chase, puis ajouta :

— Ça va ?

L'inspecteur Elwood Q. Chase émit un autre grognement. Mal remis d'une gueule de bois, il n'était pas d'humeur à supporter de bon matin la folle énergie au travail de son partenaire.

Merrick avait tout d'un acteur de cinéma ou d'une gravure de mode : costume parfait, visage parfait. En comparaison, Chase se sentait un vrai clochard, avec ses vêtements froissés et sa mâchoire mal rasée. En vérité, il devenait franchement barbu depuis le temps qu'il négligeait cette étape de sa routine matinale.

De toute évidence, son partenaire et lui ne s'accorderaient jamais sur leurs tenues ou leur aspect. Pire encore, Chase n'avait pas, comme Merrick, l'aptitude de fonctionner à cent pour cent de ses capacités au saut du lit.

Merrick fit glisser quelque chose sur son bureau jusqu'à celui de Chase. Il baissa la voix pour dire :

— Tiens, c'est pour toi. En revenant de la police scientifique, j'ai constaté qu'il ne restait plus qu'un beignet à la crème, ton préféré. Dahlia avait des vues sur lui.

Rasséréné, Chase s'écria :

— Merci ! Tu es un dieu parmi les Hommes !

Il s'empara du donut et croqua dedans à belles dents.

---

4 Signifie « joyeux » en anglais.

Merrick roula des yeux, mais gentiment, presque affectueusement.

— Je veille sur mon partenaire, c'est tout, déclara-t-il. De plus, il est plus poli de ne prendre qu'un seul beignet, Dahlia en était à son troisième.

Il s'éclaircit la gorge et ajouta :

— Elle *sucre* clairement le règlement.

Un sourire aux lèvres, il interrogea Chase du regard.

Chase leva le pouce.

— Oui, oui. J'ai compris le jeu de mots.

Merrick fronça les sourcils et le dévisagea avec plus d'attention.

— Tu n'as pas l'air en forme. Une nuit agitée ?

— Mmm.

Pour éviter de répondre, Chase enfourna ce qui restait de son beignet dans sa bouche. Il n'était pas d'humeur à plaisanter. Il avait veillé trop tard en compagnie d'un cubi de vin et s'était endormi sans penser à utiliser un sort anti-ébriété.

— Bien, enchaîna Merrick, il y a une intrusion à l'ancienne usine Lieben, nous devons nous rendre sur place.

— Mmm.

— Je conduis.

— Mmm.

— Tu es prêt ?

Chase lécha le glaçage qui maculait ses doigts.

— Presque. Lieben ? C'est bien l'usine à chaussures désaffectée ?

— Tu le saurais si tu étais arrivé à l'heure au briefing de ce matin, le sermonna Merrick, sans cacher sa réprobation.

Chase agita la main devant son visage.

— Hé, persifla-t-il, pour rester aussi beau et fringant, il me faut mes huit heures de sommeil. Et me mettre sur mon trente-et-un le matin demande du temps.

— Pfut.

Comme d'habitude, Merrick ne le trouvait pas amusant.

Il n'appréciait que les jeux de mots vaseux et les blagues vulgaires, Chase le savait déjà. Étrangement, il trouvait ce trait de caractère aussi attachant qu'agaçant.

— Tu devrais rire. C'est hilarant. Fais-moi confiance.

Chase se leva en titubant, il vérifia l'arme qu'il portait à la hanche à côté d'un diffuseur anti-sort. Il enfila sa veste et attrapa son chapeau, un vieux fedora marron.

— D'accord, Merry, je suis prêt, ajouta-t-il. Allons-y !

— Attends, ne bouge pas. Inutile d'emporter un bout de donut avec nous.

D'une main légère, il effleura la barbe de Chase autour de la bouche.

Figé sur place, Chase le regarda, concentré sur les doigts posés sur sa joue. Son pouls accéléra et des papillons s'envolèrent dans ses tripes. Il aurait dû réagir, s'écarter de son partenaire, ou même le repousser, mais il ne le voulait pas.

Il ne le pouvait pas.

Il devait même faire un gros effort de volonté pour éviter que son regard s'attarde trop sur les belles lèvres de Merrick. Une telle proximité physique était rare, et Chase espérait ne pas se comporter comme une sangsue. Il adressa juste une prière silencieuse au Seigneur de la Lumière, à Azaethoth ou à n'importe quelle autre déité se trouvant là-haut pour que cet intermède dure un peu plus longtemps.

Mais, bien trop rapidement, Merrick recula, l'expression toujours aussi calme et posée. Apparemment, ces attouchements ne l'avaient pas autant affecté que Chase.

— Là ! Maintenant, tu es présentable.

Chase ne put retenir un sourire.

— Tu viens de gâcher le casse-croûte que j'avais mis de côté pour le trajet en voiture ! railla-t-il.

— Humph.

— La prochaine fois, je veillerai à avoir de la crème sur mon pantalon.

— Je n'aime pas les insinuations, inspecteur Chase. Tu sais très bien que la fraternisation entre partenaires est très mal vue par la hiérarchie.

— Tu n'aimes rien, se plaignit Chase.

Un sourire infinitésimal adoucit le visage stoïque de Merrick.

— Si, j'aime attraper les criminels. Allons-y, nous sommes déjà presque en retard.

— Tu n'es pas drôle !

— Ce genre de réflexion n'apporte rien au débat et, à mon avis, elle viole également le code déontologique d'un officier de justice.

— Fais pas chier, Merrick. Que penses-tu de cette réflexion ? Apporte-t-elle au débat ?

Chase posa son chapeau sur sa tête et lui donna un angle rebelle.

— Tu as belle allure, approuva Merrick. Mais c'est toujours moi qui conduis.

Putain, quelle idée avait eu Chase de tomber amoureux d'un abruti pareil ? Il ne se souvenait même plus quand… c'était arrivé.

En route pour l'usine, la tête détournée, le regard perdu par la fenêtre, il tenta de se rappeler comment il s'était mis dans ce pétrin.

Pas au premier regard, décida-t-il, ça lui avait pris du temps. Malgré leurs différences, qui semblaient de prime abord impossibles à surmonter, Merry et lui avaient réussi, au fil des mois, à former une bonne équipe, bien équilibrée. Très vite, les querelles initiales et le ressentiment latent s'étaient transformés en efficacité redoutable, aussi les deux inspecteurs s'étaient-ils mis à arrêter les criminels à tour de bras. Si Chase tempérait la trop grande rigidité de Merrick dans ses interactions avec les autres, et lui-même était devenu un bien meilleur flic grâce au sérieux méthodique de son partenaire.

Peut-être même une meilleure personne, même s'il doutait d'avoir assez d'années à vivre pour rattraper son retard dans ce domaine.

Il avait bien quinze ans de plus que Merrick.

La détermination implacable et le désir de justice de l'inspecteur Benjamin Merrick étaient comme une lumière dont Chase ne se lassait pas. Il n'avait jamais rencontré d'homme aussi brave et courageux, et son admiration pour lui ne cessait de grandir.

D'après Chase, le mieux qu'il pouvait faire était de ne pas être un handicap pour son partenaire, tout en se chauffant à ses flammes.

Et à l'occasion, il réussissait à le faire rire.

C'était chouette.

Espérait-il davantage ? Oui, mais il rêvait en couleurs, cela n'arriverait jamais.

N'ayant jamais vu Merrick accompagné, il ignorait quel genre de personne l'attirait, mais lui n'en faisait pas partie, il en était certain. Face à Merry, Chase se sentait trop vieux, trop gros, trop pâle, trop couvert de taches de rousseur. Ses cheveux, jadis roux vénitien, avaient blondi et, tous les jours, Chase trouvait de nouvelles rides au coin de ses yeux. Merrick était jeune, athlétique, noir, avec une superbe peau foncée et les yeux les plus bleus que Chase avait jamais vus. Jamais il ne regarderait un vieux plouc mal habillé comme Chase.

Non, aucune chance.

Du coup, Chase ne tenait pas à lui révéler son attirance. Pourquoi tenter alors qu'il se ferait jeter, c'était évident ? Un soir pourtant, complètement bourré, il avait téléphoné à Merry en lui demandant de passer. Quand Merrick avait demandé pourquoi, Chase avait répondu : «C'est personnel».

218

Ensuite, il avait débité tout un tas d'âneries. Par chance, il ne s'en souvenait même pas, l'alcool ayant affecté sa mémoire. Il se rappelait juste de ces mots : «Nous n'aurons pas besoin de vêtements...», parce que Merrick avait raccroché juste après.

Cela s'était passé des mois plus tôt. Chase rougissait encore chaque fois qu'il repensait à son comportement lamentable, bien que Merrick ait eu le tact de ne jamais y faire allusion.

Reconnaissant, Chase s'était résigné à l'admirer de loin, en secret. Sa relation professionnelle avec son partenaire comptait beaucoup pour lui, pas question de tout gâcher en révélant un sentiment stupide, même si la déesse de l'amour le lui avait conseillé.

La déesse de l'amour...

Chase s'étonnait des souvenirs très flous qu'il gardait de cette rencontre. Chaque fois qu'il essayait de creuser sa mémoire, il avait la migraine et, ce matin, vu qu'il gérait déjà les conséquences de ses libations excessives, il n'était pas tenté de renouveler l'expérience. Ces épouvantables maux de tête étaient récents, mais quand même, il buvait un peu plus que d'habitude ces derniers temps.

En plus, il avait réussi à perdre son putain de badge quelques semaines plus tôt et, malgré ses recherches, il ne l'avait toujours pas retrouvé. Pour une raison qui lui échappait, chaque fois qu'il pensait à son badge, il évoquait la déesse de l'amour, et tout se brouillait dans sa tête.

Putain. Mieux valait laisser tomber !

Merrick l'arracha à ses sombres pensées.

— Ça va ? demanda-t-il.

Chase changea de position dans son siège.

— Mmm, oui, très bien. Raconte-moi plutôt ce que j'ai raté ce matin au briefing.

— Lieben est une ancienne usine qui fabriquait des bottes, répondit Merrick avec sérieux. Suite à un dépôt de bilan, elle a été saisie il y a cinq ans, le terrain et les bâtiments sont désormais la propriété de la First Nationale, la banque d'Archersville. Nous avons reçu plusieurs avis d'effraction ces derniers temps et aujourd'hui, on nous a signalé un rodeur au visage pourri.

Chase fit une grimace de dégoût.

— Une goule ?

Les goules étaient des gens qui, après un accident mortel ayant détruit leur corps d'origine, avaient lié leur âme à un autre corps «fabriqué», en général copié sur le premier. Il fallait agir très vite avant que l'âme ne passe le pont sans retour de Xenon. Depuis l'avènement du Seigneur de la Lumière, des siècles plus tôt, la nécromancie était strictement interdite, les goules tombaient donc sous le coup de la loi, elles étaient poursuivies et arrêtées, ainsi que les sorciers les ayant transformées et leurs éventuels complices. Il n'était pas rare que les coupables passent des décennies en prison.

Les nécromanciens avaient quasiment disparu depuis que le gouvernement et les zélés prêtres Lucians avaient détruit l'essentiel des grimoires faisant référence aux rites nécessaires, mais tout le monde suspectait que des sorciers qui suivaient la voie des Sages œuvraient encore dans l'ombre en se transmettant des secrets de famille. Le corps d'une goule durait un certain temps, mais, tôt ou tard, il se mettait à pourrir et nécessitait des soins magiques et des incantations.

— Peut-être, répondit Merrick. C'est ce que nous allons vérifier.

— Je me disais bien qu'on allait se marrer !

Merry lui jeta un regard surpris.

— Se marrer ? Qu'entends-tu par-là, Chase ?

— De la magie, du bizarre et de l'illégal, expliqua Chase. C'est un sacré cocktail ! Nous travaillons au plus haut niveau du contrôle de l'application des lois magiques, donc, quand nous intervenons, c'est toujours en dernier recours sur les cas les plus délicats. Nous avons droit aux pires agressions magiques, comme quand un sorcier psychopathe attaque un gars dont la tête ne lui revient pas avec un pic à glace.

Merry plissa les yeux.

— Oh ? Je ne me souviens pas de ce cas particulier.

— C'est juste un exemple. Je voulais juste dire qu'on ne nous aurait pas fait déplacer pour une simple effraction ou même une bagarre.

— Pourquoi ne l'as-tu pas dit, alors ?

Chase soupira et protégea ses yeux du soleil.

L'inspecteur Benjamin Merrick lui prouvait une fois de plus qu'il était exaspérant. Il était pourtant l'amour de sa vie.

Le reste du trajet fut silencieux, ce que Chase, la tête lancinante, apprécia fortement. En arrivant devant la vieille usine, il essaya d'oublier sa migraine et de se concentrer.

Il devait être en alerte maximale désormais.

Si l'intrus était bien une goule, il serait sans doute dangereux, une fois acculé. Même en état de décomposition avancée, ces êtres magiques, très costauds et rapides, avaient la réputation d'être d'humeur acariâtre, sinon agressive. En plus, ils empestaient.

Merrick ralentit et fit un tour complet des lieux avant de revenir garer la voiture sur le parking situé à l'avant. Le bâtiment de l'usine les surplombait, il avait au moins six niveaux, avec un rez-de-chaussée strié d'une rangée de hautes fenêtres et un revêtement d'aluminium corrodé.

Plusieurs bennes s'alignaient dans la cour, remplies de plaques de tôles. Peut-être les rôdeurs avaient-ils tenté de voler la ferraille. En tout cas, ils avaient renoncé devant l'ampleur de la tâche, laissant derrière eux un triste amas de métal épais et déchiqueté.

Il y avait une autre rangée de fenêtres au dernier étage, centrées au-dessus de l'entrée. Les bennes étaient placées juste en dessous, de chaque côté de la porte. D'après Chase, les bureaux de l'usine devaient se trouver là-haut.

Soudain, il vit une ombre à l'une des fenêtres, aussi tapota-t-il le bras de Merry pour attirer son attention.

— Quoi? demanda Merrick.

Chase garda les yeux braqués sur les fenêtres.

— J'ai vu quelqu'un, répondit-il. Une silhouette, peut-être deux. Ils nous ont certainement vus arriver, nous n'aurons pas l'avantage de la surprise.

Merrick regarda autour de lui. À part leur véhicule, le parking était vide.

— Je ne vois pas voiture ni moto. Pas même un vélo.

— Peut-être sont-ils accompagnés d'un sauteur.

Merrick fit la grimace – il détestait l'argot!

— De qui parles-tu au juste? D'un suicidaire ou un sorcier capable de créer un portail?

— Je pensais à un portail, bien entendu.

Créer un portail était une forme de magie assez rare, cela existait, certes, mais sans courir les rues. Et l'usage des portails était très réglementé en raison des évidents risques qu'ils représentaient pour la sécurité de la population, sans parler de leur potentielle utilisation abusive à des fins criminelles. Archersville n'avait que deux sorciers enregistrés comme «sauteurs», l'un était un boulanger septuagénaire, l'autre, un professeur…

Merde. Comment s'appelait-il au juste? Chase avait son nom sur le bout de la langue, mais sa migraine, qui venait d'empirer, l'empêchait d'y réfléchir à loisir.

— Il est peu probable que notre goule ait cette capacité particulière, déclara Merrick.

— On ne sait jamais, s'entêta Chase. Les goules sont aussi des sorciers, elles ont donc accès à la magie, elles savent lancer des sorts.

— C'est exact, admit Merry. J'ignore ce qui nous attend, et ça ne me plaît pas.

Chase haussa les épaules.

— C'est peut-être juste une bande de gosses chahuteurs.

Il jeta un coup d'œil à Merrick et nota la ride familière qui plissait le front lisse. Il comprit alors que son partenaire était inquiet.

Merrick resta silencieux un moment.

— J'ai un mauvais pressentiment, déclara-t-il enfin. Nous devons nous montrer très prudents.

— Oui, Merry, acquiesça Chase. Comme toujours, c'est la procédure.

L'usine abandonnée ne lui disait rien qui vaille, il n'avait aucune envie d'y entrer, et sa migraine aggravait son malaise général.

Merry et lui sortirent ensemble de la voiture et, l'un derrière l'autre, ils avancèrent jusqu'à l'entrée. Chase tendit les mains et forma un triangle avec ses index et ses pouces, il murmura ensuite les mots d'un sort de perception. Enregistré comme sorcier du feu, il avait un niveau correct en magie, pourtant, il était incapable de lancer des sorts informulés – sauf un, le plus simple qui soit.

— Merde !

— Quoi ? demanda Merry.

— La porte est protégée, répondit Chase avec hargne, et par un sort ultrasophistiqué qui plus est. Cette fois, c'est prouvé, ce ne sont pas des gosses, aucun n'est capable d'une magie aussi puissante ! Je ne reconnais même pas tous ces glyphes !

À son tour, Merrick leva les doigts pour lancer un sort de perception. Sorcier extrêmement doué, il n'avait besoin que d'une seule main et invoquait en silence. Il avait le meilleur bilan de compétences du poste de police d'Archersville, de parfaits examens physiques, d'innombrables mentions élogieuses. Et, comme si cela ne suffisait pas, il excellait dans la magie « divine », la plus puissante des catégories, celle qui englobait toutes les autres – l'air, la terre, le feu et l'eau – et les dépassait, parce qu'elle incluait des capacités spirituelles très avancées.

Les Lucians l'appelaient « divine », les Sages, eux, parlaient de la « lueur des étoiles », un pouvoir qu'ils attribuaient au plus puissant des anciens dieux, Azaethoth le Grand, le créateur de l'univers.

Alors que Chase devait ânonner chaque syllabe d'un sort comme un bambin apprenant à lire, Merrick, lui, savait les lancer d'un simple mouvement du poignet.

Cet enfoiré avait toutes les qualités !

Là, cependant, il semblait très contrarié en étudiant la porte.

— Toi, tu les reconnais, je présume ? persifla Chase.

Merrick acquiesça, la mine très sombre

— Oui, soupira-t-il. Ces symboles sont anciens, très anciens, ils invoquent la protection de Salgumel.

— C'est le dieu des rêves, je crois.

— Oui.

— Alors, c'est mauvais ?

— Oui, répéta Merrick. Il régnait jadis sur les anciens dieux Sagittaires quand ceux-ci étaient adulés sur Eon, avant que les morte… hum, que les humains ne se détournent d'eux et les poussent à entrer dans le rêve.

— Oh, je vois, alors ils se sont détournés de l'humanité pour aller piquer un petit roupillon sur l'Olympe ?

— Ce n'est pas l'Olympe, mais Zebulon, corrigea Merrick, la demeure des dieux dans les étoiles.

Chase était un athée plein d'espoir, parce qu'il espérait se tromper et découvrir la foi avant de casser sa pipe. Ses parents avaient été Lucians, mais fort peu dévots. Ils n'avaient pas appris les Litanies à Chase et à son frère, ils ne les avaient pas faits baptiser, ils n'avaient jamais participé aux célébrations Lucianes.

Un peu avant de mourir, ils s'étaient convertis à la foi Sagittaire, la voie des Sages, une religion un peu niaise basée sur des légendes, des monstres pleins de tentacules, des armes de lumière. Étrangement, ses parents avaient pris leur nouvelle croyance très au sérieux, et Chase rappelait les avoir souvent entendus évoquer le réveil des anciens dieux et leur retour sur la terre – sur Eon.

Chase ne croyait ni au Seigneur de la Lumière avec sa magie solaire, ni à Azaethoth le Grand avec ses étoiles, ses grandes cornes et ses tentacules géants.

Il avait une fois assisté à une célébration Luciane, il avait accompagné ses parents dans les cercles Sagittaires, et ni dans un cas ni dans l'autre, il n'avait senti de présence divine.

S'il y avait là-haut une déité, elle ne s'intéressait nullement à lui.

Merrick semblait très perturbé.

— Là n'est pas la question, d'ailleurs, enchaîna-t-il, ce qui compte, c'est que les bénédictions de Salgumel sont à la fois puissantes et corrompues.

Chase fronça les sourcils. Il savait que certaines formes de magie étaient illégales, la nécromancie, par exemple, mais concernant Salgumel, son savoir était assez limité.

— *Corrompues* ? Que veux-tu dire ?

— Je doute que ce sort particulier ait une occurrence moderne, aussi ne fait-il pas partie des listes interdites par la législature.

— Alors, qu'est-ce qu'on fait ? On laisse tomber ?

— Non, on entre, bien entendu.

Merrick serra le poing. Le cadre de la porte se fissura, les protections éclatèrent.

Comme toujours, Chase le regarda faire, à la fois impressionné et agacé. Il ne comprenait même pas comment Merrick parvenait à exercer une telle puissance !

Merrick était touché par « la lueur des étoiles », comme disaient les Sages. Cette putain de magie « divine » !

La foi Luciane avait établi un système moderne et efficace pour enregistrer les sorciers. Il y avait cinq catégories de magie : le feu, l'eau, la terre, l'air et le divin.

Bien plus compliquée, l'antique classification des Sages avait d'innombrables sous-catégories. Chase, par exemple, n'était pas un simple feu, mais celui du foyer de Shartorath, une flamme douce susceptible de guérir et d'éclairer un chemin sombre.

C'était utile pour allumer une cigarette et des bougies d'anniversaire, nettement moins en cas de vrai problème.

Comme pour casser des sceaux de protection.

La porte étant accessible, les deux inspecteurs entrèrent dans le bâtiment. Toutes les machines-outils avaient été enlevées, laissant un immense espace vide avec un unique escalier menant aux étages.

Chase fit la grimace.

— Tu as le diffuseur ? demanda Merrick d'une voix étouffée.

— Oui.

Il le sortit de sa ceinture, le posa au bas des marches et l'activa. Il empêcherait de lancer de sorts dans sa zone d'action, donnant ainsi aux deux policiers un certain avantage pour affronter ce qui les attendait en haut. Bien entendu, eux seraient également privés de magie, mais ils avaient leurs armes de service. Bien que nettement plus primaire que les sortilèges, la balistique restait efficace dans des cas pareils.

Merrick passa le premier et s'engagea dans l'escalier, Chase le suivit. Très vite, il s'avéra incapable de suivre le pas de son partenaire et se trouva à la traîne. Il était à bout de souffle en atteignant le palier du dernier étage et, en son for intérieur, il maudissait le beignet avalé ce matin au poste et tous les autres gâteaux et viennoiseries dont il s'empiffrait trop souvent.

Merrick s'était arrêté devant une porte fermée. Il posa la main sur la poignée, sortit son arme et vérifia que Chase suivait son exemple.

Chase entendit plusieurs voix derrière le panneau.

Il inspira un grand coup et, d'un signe de tête, indiqua qu'il était prêt.

Merrick acquiesça, ouvrit la porte et chargea.

— Police ! hurla-t-il. Vous êtes tous en état d'arrestation pour intrusion sur une propriété privée et violation du statut deux point six…

— Oh, merde ! souffla Chase.

Atterré, il examina la scène de cauchemar sur laquelle ils venaient de tomber.

La zone de bureau était grande, poussiéreuse et vide, à l'exception de quelques tables bancales, dont certaines étaient renversées. En revanche, de grands cadres s'alignaient contre le mur et… Oh !

Sept ou huit hommes leur faisaient face, manifestement très contrariés de leur intrusion à une fête privée où ils n'étaient pas invités.

Chase aurait préféré affronter une bande de gamins chahuteurs.

Un des malfrats portait un large bandage, qui couvrait la moitié de son visage. Il leva les mains pour lancer un sort et poussa un juron en constatant qu'il n'obtenait rien.

Très calme malgré leur infériorité numérique, Merrick continua à déclamer :

— Vous avez le droit de garder le silence. Vous avez le droit…

— Tuez-les, ordonna Visage Bandé.

— Merde de merde, grogna Chase.

Il saisit Merrick par le bras et l'attira à l'abri derrière le bureau renversé le plus proche lorsque les voyous ouvrirent le feu.

Merrick se baissa avec un grognement outré.

— Vous aggravez votre cas en tirant sur des policiers dans l'exercice de leurs fonctions ! cria-t-il.

— Dépêchez-vous ! cria Visage Bandé. Emportez les tableaux !

Merrick se pencha autour du bureau et tendit son arme pour riposter.

Chase baissa la tête, parce que les balles continuaient à siffler tout autour d'eux. Il sortit son téléphone.

— Nous devrions appeler du renfort !

— Ils arriveront trop tard ! cria-t-il. Nous ne pouvons pas les laisser s'enfuir !

Chase serra les dents.

— Merde ! Et tu envisages de les arrêter comment, hein ?

Une forte explosion éclata quelque part à l'extérieur du bureau, puis Chase entendit le «*pop*» d'un portail.

Non, c'était impossible !

Merrick abandonna soudain son abri.

— Reste ici, Chase ! cria-t-il sans même se retourner.

— Merrick ! Espèce d'imbécile ! Non !

Chase essaya d'intercepter son partenaire, mais il ne fut pas assez rapide. Son geste l'ayant redressé, il aperçut un portail ouvert au coin de la pièce et regarda, choqué, les hommes armés battre en retraite au travers.

Visage Bandé tirait toujours, et Merrick fonçait droit sur lui. Il le renversa et, sous l'impact, son arme lui échappa, celle de son adversaire glissa également sur le sol. Durant la lutte, le bandit perdit son pansement : il avait un immonde trou pourri sur la joue.

Merde, le trou avait la forme d'une main !

Tandis que Merry se battait toujours avec le Troué, Chase avança et tira dans le portail. Il ne comprenait pas comment ce dernier avait pu être ouvert, alors que le diffuseur anti-sorts était allumé, mais il n'avait pas le temps de creuser la question, il avait d'autres priorités en ce moment.

Le Troué réussit à libérer son bras de la prise de Merrick, il entonna un chant et leva la main pour jeter un sort. La lumière jaillit au bout de ses doigts, mais ce n'était pas Merrick qu'il visait.

C'était Chase.

— Chase, attention ! cria Merrick.

Il lâcha le Troué et se tourna pour intercepter la boule d'énergie. L'explosion fut violente, et Chase vit le monde tournoyer autour de lui.

Quand il reprit ses esprits, il était étalé sur le dos, les yeux fixés sur le vieux plafond fissuré. Catapulté par l'impact, Merrick vola à travers la pièce et s'écrasa contre la fenêtre. Dans un terrible fracas de verre brisé, il bascula à la renverse et tomba dans le vide.

— Merrick ! hurla Chase.

Les oreilles bourdonnantes, il lutta pour se relever, courut à la fenêtre et regarda en bas.

Oh, merde !

Merrick était tombé sur la benne pleine de ferraille, il ne bougeait plus…

Non !

Oubliant le Troué, Chase se rua vers l'escalier, il le descendit aussi vite que possible, enjamba sans les voir les morceaux du diffuseur éparpillés sur la dernière marche et courut vers le perron.

Le cœur dans sa gorge, il sortit et regarda autour de lui.

Merrick allait s'en sortir.

Chase refusait d'envisager une autre option !

Il s'arrêta net dans un dérapage en voyant Merrick et tomba à genoux avec un sanglot angoissé.

Le corps empalé sur des tiges métalliques déchiquetées qui dépassaient de la benne était presque coupé en deux. Une masse de boyaux verdâtres grouillaient hors de la plaie béante.

Immobile et inerte, Merrick avait les yeux clos.

Chase savait qu'il devait appeler les urgences, prévenir le poste, les renforts, mais il restait figé et luttait pour retenir sa nausée. Les yeux noyés de larmes, il tendit une main tremblante et effleura le visage de Merrick.

Il aurait dû être plus rapide, réagir plus vite ! Il aurait dû faire quelque chose, n'importe quoi… pour aider son partenaire et lui sauver la vie.

Maintenant, il n'aurait plus jamais l'occasion de révéler à Merrick ses sentiments pour lui.

Reniflant misérablement, Chase fit l'effort de regarder la blessure et…

Il y remarqua une anomalie : il n'y avait pas de sang, pas une seule goutte. Et ce qu'il avait pris pour les intestins, c'étaient…

Des tentacules.

Une masse grouillante d'épais tentacules verts.

— C'est quoi ce… bordel ? murmura Chase. Putain !

Merrick ouvrit les yeux.

— Ne sois pas grossier, Chase, s'il te plaît. Un peu de tenue !

Chase retira brusquement sa main et cria d'une voix presque hystérique :

— Tu… Tu… Co-comment… comment arrives-tu à parler dans cet état ?

Étonnamment calme pour un homme quasiment coupé en deux, Merrick répondit :

— Je pense que le moment est venu de te révéler ma vraie nature.

— Non, sans blague ? Merde ! Tu déconnes ?

Merrick le toisa sévèrement. Puis il récupéra ses jambes, arracha son ventre aux lames de métal et, aussitôt, comme par magie, son corps se reconstitua, les tentacules disparurent à l'intérieur de la plaie, déjà refermée.

Merrick s'extirpa de la benne et tenta d'essuyer la poussière et la rouille qui maculaient ses vêtements.

— Putain, j'y crois pas ! haleta Chase.

Merrick se redressa, les sourcils froncés.

— Une telle vulgarité est inacceptable, Chase. Je t'ai déjà dit…

Chase recula avec un cri d'horreur.

— Ferme-la, bordel, je me fous de tes conseils, je m'en tape, je m'en branle ! Ce que je veux savoir, en revanche, c'est qui tu es… ou plutôt, *ce que tu es* !

Merrick inclina la tête avec un profond soupir.

Quand il releva les yeux et regarda Chase bien en face, ses prunelles n'étaient plus bleues, mais noires comme le ciel à minuit et parsemées de milliers de petites lumières…

Non, c'étaient des étoiles.

— Je suis un dieu, annonça Merrick.

K.L. HIERS, surnommée Kat (la chatte), est à la fois embaumeuse, artiste en restauration et écrivaine de romans LGBT. Diplômée en direction de funérarium et en service funéraire, elle a travaillé comme croque-mort pendant près d'une décennie. Sa vraie passion a toujours été de raconter des histoires, et elle s'y adonne depuis plus de vingt ans, avec un premier livre écrit à huit ans. En général, il est rare qu'un éditeur accepte un manuscrit sur un carnet *Hello Kitty*, mais Kat n'a jamais abandonné. Suite au succès de son premier roman, *Cold Hard Cash* [5], Kat s'est consacrée à l'écriture, optant pour des histoires mouvementées, pleines de passion sensuelle, de mondes exotiques et de voyages émotionnels. Elle adore assister à un festival de films d'horreur et faire du *cosplay* de ses personnages préférés. Elle vit à Zebulon, en Caroline du Nord, avec son mari et leurs six enfants, dont certains ont des pattes et d'autres le prétendent, parce qu'ils trouvent ça chou.

Site Web : http://www.klhiers.com

---

[5] Non traduit en VF

Par K.L. HIERS

LE MYSTÈRE DE L'AMOUR, TOUJOURS
Amour tentaqueulaire
CraQueue mon cœur
Tête à queue

Publié par DREAMSPINNER PRESS
www.dreamspinner-fr.com

UN MYSTÈRE DE L'AMOUR, TOUJOURS

AMOUR
TENTAQUEULAIRE

K.L. HIERS

Le mystère de l'amour, toujours – Tome 1

Rien ne rapproche aussi bien deux hommes – ou plutôt un homme et un immortel – que la vengeance.

Sloane, détective privé, a sacrifié sa carrière dans les Forces de l'Ordre pour traquer le meurtrier de ses parents. Comme eux, il croit en des dieux oubliés, il pratique leur magie et leur offre ses prières… sans jamais obtenir de réponse.

Jusqu'ici.

Azaethoth le Petit, dieu des voleurs et des escrocs, prend soin des siens. Il vient sur terre pour venger le meurtre d'un de ses favoris et peut-être séduire le très tentant détective que le destin a mis sur son chemin. S'il réussit dans ses projets, il ne s'agira pas seulement d'attraper un tueur pour le remettre à la justice. En fait, Azaethoth est sûr d'avoir enfin trouvé celui avec lequel il aimerait passer sa vie éternelle.

La résistance initiale de Sloane cède devant la tendresse inattendue d'Azaethoth, et les tentacules qu'il aperçoit parfois sous l'apparence humaine du dieu enflamment son imagination. Mais leur enquête devient de plus en plus étrange et dangereuse. Pour survivre à la bataille finale, le couple aura besoin d'un peu de foi… et beaucoup de lumière mystique.

www.dreamspinner-fr.com

UN MYSTÈRE DE L'AMOUR... TOUJOURS.

CraQueue mon
Cœur

K.L. HIERS

Le mystère de l'amour, toujours – Tome 2

Ted n'a jamais eu de chance dans la vie ! Voilà qu'il rencontre l'amour alors qu'il est couvert de sang avec un cadavre à ses pieds.

Ted Sturm travaille dans un funérarium, il a une grande gueule, un grand cœur et le don de communiquer avec les morts. Malheureusement pour lui, les morts ne sont pas une compagnie terrible. Ted n'a qu'un seul ami vivant, son colocataire, mais sa vie se complique encore quand Jay adopte un chat plus que bizarre. À cause de cette sale bête, Ted se retrouve dans une autre dimension… en compagnie d'un cadavre.

Voilà Ted accusé de meurtre, de puissantes créatures magiques réclament sa tête et son seul allié dans ce monde étrange est le roi Grell, un félin sublime et éternel aux dons impressionnants… qui manie aussi bien le sarcasme que la séduction. Ted et Grell sont mêlés à un complot cosmique et cernés d'ennemis dangereux. Ils ont néanmoins une chance de déchiffrer le mystère et de sauver Ted grâce au don de ce dernier et à la magie de Grell. Un seul problème : Ted doit résister aux avances pressantes de Grell… et il n'est pas certain d'y tenir.

www.dreamspinner-fr.com

Pour les meilleures
histoires d'amour
entre hommes, visitez

www.dreamspinner-fr.com

www.ingramcontent.com/pod-product-compliance
Lightning Source LLC
Chambersburg PA
CBHW031220260626

47169CB00007B/2120